Story by Fuse, Illustration by Mitz Vah
伏瀬 插畫／みっつばー

關於我轉生變成史萊姆這檔事 5

Regarding Reincarnated to Slime

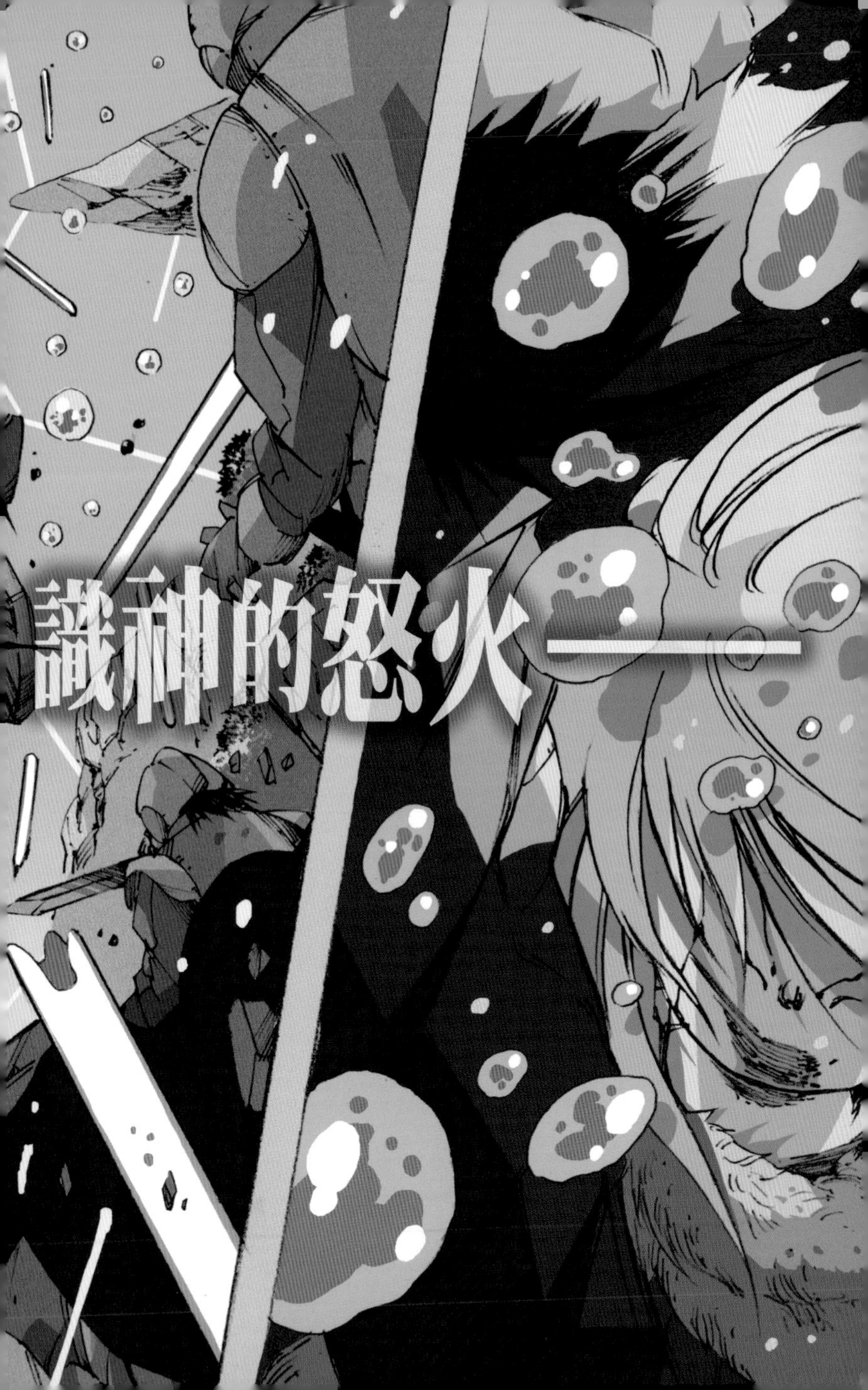
識神的怒火——

受死吧！讓你們見

那人的樣貌與利姆路相仿——
這是沒有自我意識的
主人的代理人（拉斐爾）。
「智慧之王拉斐爾」
朝倒臥的紫苑
走去。
大手一揮，
開始進行
「解析鑑定」。
慎重其事地，
為了替主人實現願望。

關於我轉生變成史萊姆這檔事 5

Regarding Reincarnated to Slime

Kadokawa Fantastic Novels

目錄 一 魔王覺醒篇

序章

毀滅之日

Regarding Reincarnated to Slime

魔王卡利翁用緊張的神情仰望天空。

他發現一件事，高密度的魔力聚集體正從遠方飛來。

從那毫不打算收斂的強大妖氣來看，肯定是魔王蜜莉姆。

明顯的戰鬥架勢，目標好像是這個國家。

蜜莉姆以超越音速的速度飛來，在卡利翁的城堡上空停下，接著拉大嗓門宣告。

「哇哈哈！我是蜜莉姆．拿渥。魔王來著！我來這跟你們說清楚講明白，魔王們擬定的協議全都廢除掉不算數。包括跟魔王卡利翁立的一切約定！我還要跟你們宣戰，一星期後再見吧。你們好好努力，做好迎戰本姑娘的準備！哇────哈哈哈────！」

以上是她的宣告。

「獅子王（Beast Master）」卡利翁兼具魔王身分，這種自己喊爽的宣言喊得他一個頭兩個大。

「那個笨蛋，在想什麼啊──？」

但現在不是頭大的時候，他立刻下達命令。

「把國內的戰士全召集過來！現在馬上去辦！」

該命令迅速執行，要不了多久，大廳裡除了三獸士，連獸王戰士團都來了。

「卡利翁大人，除了克魯西斯沒來，全員到齊。」

「知道了。」

「黃蛇角」阿爾比思向王報備，卡利翁聽完從容地點頭。

在這短短一瞬間，他已經釐清思緒。

大夥兒靜待卡利翁指示，王則在他們面前威嚴地宣告。

「蜜莉姆那傢伙準備一週後進攻。那個王八蛋，未經魔王會議（魔王盛宴）決議，竟敢擅自背棄魔王之間的約定。這麼做形同跟十大魔王為敵。真令人匪夷所思。那傢伙是有些武斷沒錯，某些時候又很狡猾、深思熟慮。一定發生什麼事了。」

大家都聽到蜜莉姆的放話，無人懷疑事情真假。但事情來得太離奇，大夥兒多半摸不著頭緒。

「那麼，其他魔王做何反應？」

有人冷靜地提問，不出所料，是阿爾比思。

「芙蕾跟克雷曼都不信她會攻來。瓦倫泰還是老樣子，音訊全無，菈米莉絲一直在炫耀新的守護者，把別人的話當耳邊風。金事不關己，其他三人則沒興趣。無妨，要是本大爺真的跟蜜莉姆打起來，到時那些傢伙不想信也得信。」

各路魔王興趣缺缺，卡利翁語氣不悅地說道。

「既然這樣只好跟她打了，頭目！由我擔任先鋒！」

「白虎爪」蘇菲亞幹勁十足地發話，不料「黑豹牙」法比歐出聲制止她。

「蘇菲亞，妳不知道魔王蜜莉姆有多強，才能說得這麼輕鬆。老實跟妳講，那傢伙強得不像話。就算獸王戰士團集體出動，都會被她秒殺……」

法比歐原本是血氣方剛的傢伙，前次的失敗讓他記取教訓，行事變得慎重許多。因此他才能冷靜思考，分析現況。

而這樣的他認為「這場仗毫無勝算」。

「法比歐，本大爺很高興你有所成長。你曾經見識過蜜莉姆的實力，本大爺不會懷疑你的判斷。依你看，本大爺跟蜜莉姆誰比較強？」

卡利翁問得很直接，法比歐露出苦悶的表情，似乎難以回答。但他還是下定決心，跟卡利翁四目相對。

「不好意思，卡利翁大人。我無法評判兩位魔王的實力。不過，真要我回答，只能說魔王蜜莉姆不愧是『破壞的暴君(Destroy)』，非浪得虛名——」

法比歐沒有正面回應，然而卡利翁三兩下就聽出話裡真正的含意。

「是嗎，她比本大爺強啊！」

王說完哈哈大笑。

「那好，藉這個機會讓你們見識一下。看『獅子王』有多厲害！」

與魔王蜜莉姆．拿渥對決——反倒是個轉機也說不定，卡利翁心想。

他並非有贏過對手的把握，但這對卡利翁而言是不可多得的好機會，他是強者，可以藉此展示自身實力。

卡利翁不是大頭症患者。

他認為蜜莉姆比自己強。

不過——

「總覺得，看到強敵就逃，不配當魔王吧？再說可以跟傳說中的魔王交手，可不能錯過這麼有趣的事！」

他熱血沸騰，心頭騷動。

魔王蜜莉姆——毋庸置疑的強大霸主。

遠古魔王，跟她的外表不同，人見人怕。

可以跟這個魔王交手。要他按捺興奮情緒是不可能的事。

小時候父母跟他提過。

講述殘虐無道的惡龍公主。

那是蜜莉姆嗎，還是另有他人？

當時雙親對他這麼說——

忤逆龍之皇女，國家會滅亡！

絕對不能與她相爭！

愛說笑，卡利翁在心裡暗道。

獸王國猶拉瑟尼亞是強國之一，擁有豐饒的國土。戰鬥民族不是浪得虛名，多數國民都是戰士。

不輸其他魔王的領土，乃軍事強國。

更厲害的是——國主卡利翁當上魔王，往後數百年間，國力更上一層樓。

沒什麼好怕的。

卡利翁對自己的力量有自信。

如今有機會發揮這股力量，讓他的鬥志異常高昂。

同時，卡利翁從王的角度冷靜判斷，下達一道命令。

「蜜莉姆由本大爺對付。還有一件事，假如她帶部下過來，戰士團就去對付他們，若她單槍匹馬，大家要立刻從國家撤離，聽懂了吧？被本大爺跟蜜莉姆的戰事波及，你們肯定會受傷。」

「可、可是——！」

「我要跟您一起並肩作戰——」

「卡利翁大人，我等——」

三獸士你一言我一語地發表意見，卡利翁則出聲喝斥，要他們閉嘴。

「住口——！魔王蜜莉姆．拿渥只有本大爺能對付！你們要將守護國民的任務擺在第一順位。不許你們插手我們倆的戰事！」

卡利翁當眾釋放妖氣，壓迫聚於大廳的高階魔人。

面對如此強大的霸氣，沒人敢出面反駁。

在場眾人不約而同下跪，表示願意服從卡利翁的命令。

「相信本大爺。本大爺會打倒她！」

「「「唔喔喔喔喔喔喔喔——！」」」

大廳裡歡聲如雷。

麾下的魔人及家臣仰望卡利翁，群起激昂。

要不了多久的時間，大方針已定。

就在這一刻，獸王國猶拉瑟尼亞正式進入戒嚴狀態。

擬定方針後，獸人們手腳飛快地行動。

高效率疏散非戰鬥人員，才花短短一個星期，人民就從自家國土撤離。

「對了。這種時候可以去拜託那隻史萊姆吧？」

「您是說利姆路大人？」

「對，好像叫那個名字。替本大爺轉告他，要他準備美酒，準備辦慶功宴。」

「呵呵呵，真令人期待。那麼，要帶居民前往朱拉大森林避難嗎？」

「好。這任務就交給妳了，阿爾比思。」

就這樣，聽從魔王卡利翁的命令，其中一名三獸士阿爾比思率領數萬避難民眾，朝魔國聯邦出發。

跟隨卡利翁留在國內的人只剩由蘇菲亞、法比歐率領的獸王戰士團，約二十名。

與魔王蜜莉姆的決戰之日即將到來，他們幾個悄悄地磨牙以待。

——接著，命運之日來臨。

卡利翁仰望聳立在城堡後方的靈峰，對自身力量信心滿滿。

為了迎戰蜜莉姆，他從座位上起身。

「就是今天，一定要向大家證明本大爺是最強的！」

「卡利翁大人，祝武運昌隆！」

「要是蜜莉姆大人獨自前來，我們也會往安全的地方撤退。」

卡利翁朝法比歐、蘇菲亞點頭回應。

隨後——

「本大爺不討厭妳，蜜莉姆。還以為我們能變好友呢，可惜。」

卡利翁小聲地自言自語。就不知有沒有人聽到這句話……

那聲響被蜜莉姆接近的飛行聲蓋過，於戰場逸散。

＊

卡利翁慢條斯理地發動「飛行魔法」，讓身體浮到半空中。

蜜莉姆一到現場，雙方便悶不吭聲地開戰。

先小試身手。

他使盡全力揮拳，朝蜜莉姆發動攻擊。但蜜莉姆的身體似乎受某種東西保護，猛拳傷不了她。

因為蜜莉姆的皮膚施了「多重結界」，可以反彈物理力量。

卡利翁召喚愛用的武器白虎青龍戟，伸手握住它。身上的力量增幅，心情隨之高昂。

他輕輕地吐氣，讓妖氣轉為精純的鬥氣，對準蜜莉姆一鼓作氣揮出多道砍擊。每砍一下就帶出一道氣斬，朝蜜莉姆襲去。

不過——

這些砍擊連蜜莉姆的表皮都傷不了。氣斬只砍掉數層「多重結界」，無法傷害本體。

不僅如此，當作主力的白虎青龍戟朝對手劈砍，卻被蜜莉姆的魔劍「天魔」擋下。身材嬌小如少女的她孔武有力，足以跟卡利翁的怪力抗衡。

魔劍「天魔」是把不符蜜莉姆的身材，又長又大的曲折單刃劍，看起來相當駭人。刀身散發藍白色妖氣。曾屠殺眾多魔人及魔王，是傳說中的魔劍。

（嘖，居然出動那把劍！）

卡利翁咂嘴，暫時拉開距離，重新擺出迎戰架式。

剎那間的攻防讓卡利翁改觀，對蜜莉姆的評價逆勢修正。他並沒有小看對手，但對方的實力出乎意料地強。

卡利翁沒拿出真本事，不過，蜜莉姆的能耐深不可測。直覺告訴他，此時不該保留實力，要出全力應戰才行。

「喂，蜜莉姆。為什麼幹這種事？」

「…………」

卡利翁的問題遭人沉默以對。

蜜莉姆的樣子有點奇怪。意識稀薄，疑似被人操縱。

「嘿，妳該不會被人操縱了？是就有點遺憾了。因為本大爺要打倒拿出真本事的妳，證明最強的人是本大爺！」

「…………」

「居然不回話。難道說真的被操控了……？不過，那不重要啦。反正贏的人一定是本大爺！」

卡利翁喊道，露出勝券在握的笑容。

魔王蜜莉姆居然被人操縱，這玩笑未免開過頭了。可是感覺怪怪的，無法對此一笑置之。要是蜜莉姆真的被人操縱……

面對詭異到不行的蜜莉姆，卡利翁認為跟她交涉也沒用。

這下得拚盡全力廝殺。

他毫不猶豫地解放力量。跳過變成魔人、魔王的過程，略過這些階段——

正如稱號「獅子王」所示，卡利翁是獅子型態的獸人。

是眾多獸人中最強的獸種。

該種族具備專屬的固有能力「獸人化」，變成魔王後進一步增幅。

——進化成獨有技「百獸化」。

獸魔之王——「獅子王」卡利翁就此現身。

頭部是威武的獅子。

肉體跟象一樣頑強。

手的強韌程度媲美熊，兼具猴子的靈巧。

再來是貓科動物的柔軟腳力。

背上生著大鷲的翅膀。

各種野獸的長處完美調合，成為毛色銀白的猛獸。

身上的裝備都是傳奇等級。稀有的特質級裝備經年累月進化，形成最高級的裝備。

獅子頭配戴發亮的朱雀冠。

腰間繫著玄武寶帶。

手持白虎青龍戟。

這些裝備吸收卡利翁釋放的魔力，徹底發揮應有的力量，展露最強大的樣貌。

這股力量非比尋常。

跟變身前天差地別——

這是魔王卡利翁的真實姿態。

卡利翁發現蜜莉姆看見這身姿態，其眼眸一瞬間閃了一下。也或許是他看錯……

他不以為意地開口，向蜜莉姆放話。

「好了，蜜莉姆。很遺憾，既然本大爺變身，妳就只能吃敗仗啦！可惜了，慢走不送！」

戰場上，多愁善感是多餘的。

卡利翁喊完就發動身上的鬥氣，灌入白虎青龍戟。

要是他在地上，被這陣波動掃到，地殼肯定會裂開，周遭景物也難逃遭人粉碎的命運吧。

空中充斥鬥氣的殘渣。光這些殘餘能量就足以讓大氣為之蒸騰。

「從世上消失吧！獸魔粒子砲！」

那是靠魔力擊發的粒子砲。

白虎青龍戟的戟首消失，恢復成魔粒子。

拿到地上施放，前方直線上的所有物體都會消失得無影無蹤，是「獅子王」卡利翁的究極必殺技。

照理說，這招在射程一百公尺外依然威力不減。之後力量逐漸逸散，可以延伸到兩公里之多。

是長射程的一對多必殺技，這次他讓威力集中在一點上，針對單體施放。

獸魔粒子砲拿來對付單體還是頭一遭，但卡利翁確定不管誰吃下這招都無法倖免。

他沒有放水。

毫不留情、後果先擺一邊，注入眼下握有的一切力量。

體內魔素急遽減少。身上的飛行效果逐漸亂套。

不過，付出這點代價就能擺平蜜莉姆算很便宜了。

換作平常，打個兩、三發都不是問題，但這次的對手太強。

畢竟她是「破壞的暴君」蜜莉姆．拿渥。

卡利翁不惜面對反作用也要將威力提昇到極致，範圍收到最小，盡可能釋出最強大的攻擊。這樣一來，無論對手是何方神聖都難逃死劫——他有十足把握。

呼——的一聲，王鬆了一口氣，打算落至地面——

不料卻在下一刻慌忙迴避。動物的本能告訴他，背後有強烈的殺意來襲。

這個即時判斷救了卡利翁。擦身而過的劍擊讓側腹噴出鮮血，但他運氣止血。

王趕緊回頭查看。敵手是誰用不著確認，不過，眼前景象令他不敢相信自己的眼睛。

卡利翁料得沒錯，那人就飄在眼前。

張開龍的翅膀，美麗的櫻金色髮絲隨風飄揚。

先前不曾出現的美麗紅角自額際延伸。

暴露的服裝不知不覺間搖身一變，換成漆黑的鎧甲。

（啊啊……這才是妳原有的戰鬥形態嗎——）

身上魔力快乾了，對手卻毫髮無傷。撞見這一幕，卡利翁不屈的鬥志亦染上絕望色彩。

（開什麼玩笑，中那招居然沒事？饒了我吧，真是的……）

他不禁感到一種哭笑不得的奇妙心情。

「哇哈哈。厲害，真有趣。上次左手麻掉已經是好久以前的事了。讓我用大絕招回敬你。」

一路打下來，蜜莉姆主動跟他說話，這還是頭一遭。

像在念稿的語氣固然令人懷疑，但這句話暗藏危機，讓卡利翁無暇顧及語氣的事。

老實說，他才不要對方回敬。這是卡利翁的真心話。

幸好這裡沒有半個部下在。居民也跑去避難了，不須擔心城鎮。

卡利翁打算馬力全開逃離戰場。

本能敲響警鐘，告訴他留下來必死無疑。

龍的瞳孔大張，龍之翼大肆展開。

蜜莉姆放聲咆哮！

「龍星爆焰霸！」

那招帶著淡淡的美麗光芒，恰似繁星的星光。

光朝下方灌注，不只城堡，遍布山麓的城鎮亦難逃此劫，全都無聲無息地消失。

遠遠超越人類的聽力範圍，光靠聲音和衝擊波就將放眼可及的廣大土地破壞殆盡。

受光直擊的物體無從抵抗，只能隨之毀滅。

那是無人能敵的最強魔法。

長年來，魔王蜜莉姆總是在戰爭中傲視群雄、稱霸各界，這就是原因之一。

卡利翁勉強逃離，成功來到蜜莉姆上方。值得慶幸的是，龍星爆焰霸具方向性，只會朝蜜莉姆正前方攻擊，才讓他撿回一命。

（居然有這種事！）

看到眼下這片光景，卡利翁目瞪口呆。

往昔那些質樸的石造城鎮與大自然融為一體，如今已灰飛煙滅。

這正是「破壞的暴君」蜜莉姆．拿渥。

據說絕對不能跟該魔王為敵。

事到如今，卡利翁總算知道父母所言不假。

不可以跟她打。對方強得離譜。

然而——

「不過，那傢伙該不會……」

「該不會？哎呀，你在說什麼？我也想知道呢。」

有人用薄型刃器抵住卡利翁的脖子。

一名女子在他背後悄聲無息地飛著。

是稱霸天際的魔王——「天空女王（Sky Queen）」芙蕾。

蜜莉姆大剌剌地釋放駭人妖氣都是為了掩護芙蕾，方便她隱匿聲息靠近，直到這個時候，卡利翁才恍然大悟。

「嘖，芙蕾……妳也有份……？」

「哎呀，我也怎麼了？麻煩你鉅細靡遺地解釋一下。」

芙蕾動手，接著，卡利翁就此昏厥──

對獸王國猶拉瑟尼亞來說，今天是最糟的日子。

日後獸人族歷史上稱今日為「毀滅之日」。

ROUGH SKETCH

第一章

和平的日子

Regarding Reincarnated to Slime

──事情回溯到毀滅之日許久之前。

魔人繆蘭再次出動，去調查利姆路等人。

將魔法道具當面交給主人魔王克雷曼時，他要繆蘭混進去收集情報。他說「詳細調查謎之魔人，看他有沒有弱點，或收集其他能用來交涉的情報」。

……………

………

……

幾個月前，繆蘭提出的報告內容多采多姿。

包含前去調查的魔物城鎮長什麼樣子、文化水平多高，蜜莉姆疑似跟擔任城鎮首長的謎之魔人交好。還說那個首長是史萊姆，即以前透過影像看到的面具魔人。

更重要的是，那隻史萊姆還獲朱拉大森林管理者樹妖精認可，當上森林盟主，諸如此類。如今已成不方便出手的第三勢力，不是魔王派，也不是人類的人馬。

聽聞魔王蜜莉姆跟觀察對象謎之魔人交好，就連克雷曼都大吃一驚。

看似弱小的史萊姆就是謎之魔人，還是城鎮首長，這些固然令人吃驚，但蜜莉姆的行徑更讓繆蘭猜不透。簡直前所未聞，萬萬沒想到事情會變成這樣。

堂堂魔王居然和來路不明的魔人當朋友，太亂來了，弄得她一頭霧水。

繆蘭是凡人，不懂魔王在想些什麼。但她認為這些不重要。

那個魔王有點——不，是非常奇怪吧？雖說她確實為此感到納悶，不過……釐清魔王的思緒，不是繆蘭的職責。

所以她不以為意，直接一五一十稟報。

聽完報告內容，克雷曼龍心大悅地笑說：「原來如此……這點頗具利用價值。令人玩味。」

看樣子他很滿意，繆蘭暫時放心。

此外，她還交出堪稱王牌的關鍵魔法道具——一顆水晶球。

繆蘭提出的情報記錄體，有暴風大妖渦(charybdis)與那群謎之魔人的對戰過程，還可窺見魔王蜜莉姆的力量。

這些情報無價，魔王克雷曼也很滿意，可是……

繆蘭卻沒有因此恢復自由身。要立更大的功勞才能滿足魔王克雷曼。這個男人不會因眼下利用價值低落就放棄到手的高階魔人。對此，繆蘭再清楚不過。

話雖如此，她確實交出亮眼的成績，成功取得克雷曼的信任。

他命繆蘭繼續單槍匹馬出任務，繆蘭求之不得。為了從魔王克雷曼手中逃走，最好在他的視線範圍外暗中準備。

魔王還給她一定程度的權限，所以繆蘭就在沒有聯絡克雷曼的情況下自由行動。

她再度回到魔物城鎮，繼續觀察。

魔王蜜莉姆住在城鎮的期間，繆蘭沒用任何的「魔法通訊」。也沒有發動其他魔法。她盡量壓抑妖氣，隱匿蹤跡潛伏。反過來說這也成了不讓克雷曼主動聯繫她的理由。在繆蘭看來簡直是天賜良機。

魔王蜜莉姆已經發現她了，今後行動必須更加慎重。這麼做或許沒用，但繆蘭保持最高警戒，一面遂行任務。

努力似乎有了回報，後來都沒人發現她的存在。

而且過沒多久魔王蜜莉姆就離開魔物城鎮了。

不知道她跑哪兒去，都做些什麼……不過，繆蘭肩負的任務只到謎之魔人調查，不需要留意魔王蜜莉姆。

先喘口氣休息一下也不錯，然而揮之不去的戒心令繆蘭遲遲無法下定決心歇息。

她決定靜觀其變。

結果繆蘭相中進出魔物城鎮的人類集團，想利用他們——

…………………

…………

……

時間點來到現在。

自繆蘭向魔王克雷曼進行匯報後，時隔數月。

在那之後她依舊生龍活虎地進行活動，克雷曼也沒聯絡她。

當初魔王蜜莉姆離去時，她曾經跟克雷曼報備過，但對方只叫她繼續執行任務。

由此可見克雷曼已經對繆蘭失去興致，所以繆蘭決定放膽去做。

為了收集情報，她一直想辦法混入城鎮。此時她盯上人類集團。

繆蘭慎重其事地收集情報，得知該集團是跟魔物城鎮有過協議的武裝分子——她查到名為利姆路的謎之魔人設法將這幫人類打造成人們眼中的英雄。

既然如此，只要混進那個集團就行了——她朝這個方向擬定作戰計畫。成功混進去就能在光天化日之下入侵魔物城鎮。

她原本是人，假扮人類不費吹灰之力。

目前只能對克雷曼言聽計從，為求解放將不擇手段。看到可以利用的東西利用就對了——繆蘭的方針如上。

雖然繆蘭本人不想承認，但她的想法愈來愈像主子克雷曼。

接著，繆蘭便啟程前往法爾姆斯王國——那個人類集團要去的地方。

*

「呼～人類城鎮也發展得有模有樣呢。」

繆蘭嘆為觀止。

她當人類已經是好幾百年前的事了。

當時配稱城鎮的只有王都。其他就是村裡三三兩兩幾戶人家，沒住這麼多人。

繆蘭在鎮上避開人群走著，尋找某棟建築物。

這裡是尼德勒·麥格姆伯爵的領土，她想找位於此處的自由公會分會。

找到太陽都快下山了，繆蘭總算找到該找的地方。

她打開大門入內，那裡擠了一堆粗人。

有人在櫃台那粗聲交涉，或者幾方人馬拉大嗓門討價還價、試圖提高販售價格，某些人則樂得炫耀今日戰果……各式各樣的聲音傳出，往刻意提昇聽力、用於收集情報的耳朵集中。那些聲音太吵，讓她頭暈目眩。

但中斷魔法也不是辦法，繆蘭決定讓注意力遠離耳朵。

此時有人對她吹口哨，大概是嗅到讓血腥味相形失色的芬芳香氣，其中一個粗人發現她。

「喂，快看！那邊有大美女耶！」

「噢噢，是上等貨。小姐，來這有何貴幹？」

「這隻獵物不錯吧。接下來要用它換錢喝一杯，小姐妳要不要一起來啊？」

（——嘖，吵死了。）

繆蘭不悅地擺臭臉。

為什麼大家都把注意力放在自己身上？她不懂。

以前她總是避人耳目做魔法方面的研究，過隱士生活，因此對自身美醜一點也不在乎。

她有一頭透著微弱綠光的銀髮、一對藍眼睛，看起來很文靜。任誰看了，都會把她跟美女劃上等號。

而她進到塞滿臭男人的公會分會，引發騷動在所難免。

加上時間點不對。現在是人最多的傍晚。

「吶，跟我走吧？」

「不好意思，我有事。」

繆蘭冷淡地拒絕，但男人不死心。

「別這麼說嘛，稍微撥點時間陪我。」

「你煩不煩，都說我有事了！」

她以魔人來說算個性溫和，但沒寬容到可以容許陌生人跟自己裝熟。

「竟然嫌我煩？看人家客氣就得寸進尺……」

「別這樣，伊薩克大哥。小心等一下被基爾瑪斯罵喔！這裡又不是酒吧，搞不好是來公會委託任務的啊。」

「嘖，知道了啦。」

名喚伊薩克的男人似乎打消念頭，變得安分許多。但他一直盯著繆蘭看。

繆蘭輕輕點頭，向安撫伊薩克的男人道謝，接著毫不猶豫地走向一般窗口。

「我想登記。」

「您要登記嗎？請問是登記當一般的公會成員嗎？」

「不，我要登記當冒險者。這個嘛——」

她猶豫一會兒，共有採收、探索、討伐三大部門，不知道該登記哪個才好，後來想起自己以前很擅長採收草藥。

如今主力都放在栽培上，但年輕的時候會去森林採草藥。

「——麻煩替我登記採收部門。」

「採收是嗎？須通過測試，可以嗎？」

「好。那我該辦哪些手續？」

「首先，請先填寫這些表格。」

繆蘭按櫃台人員指示，於申請表格填寫用來發行身分證的資訊。此時伊薩克再度找上她。

「喂喂喂，妳一個女人家要當冒險者？沒其他同伴嗎？考試要不要我幫忙？」

對方笑容滿面，放這句話的目的是給其他冒險者下馬威。

就算繆蘭要僱個護衛好了，只要伊薩克先跳出來放話，其他冒險者就不方便接案。接了等同跟伊薩克為敵。

這個叫伊薩克的男人，雖然這副德性，在公會裡可是有頭有臉的人物。

雖說實力只有C級偏低，在邊境自由公會分會的成員之中卻屬上段。有實力的高手都往大都市去，換接當地任務。

所以伊薩克這個小角色才自我感覺良好，以為自己在鎮上是了不起的大人物，誰都不敢忤逆他。

（真是的。被雜碎纏上很麻煩，乾脆把他殺了？）

繆蘭瞇起眼睛，在腦內盤算是否做掉伊薩克。不過，她馬上打消這個念頭。

明目張膽殺人會釀成大問題，暗中收拾又不能殺雞儆猴。不僅如此，要是事情沒辦好還會變成殺人案的嫌犯，對她來說百害無一利。

這樣就毫無意義了。

那麼，該怎麼辦才好？

「呼，看樣子最快的辦法就是展現實力。我不選採收部門了，改登記討伐部門。選討伐可以在這接受測試吧？」

繆蘭沉靜地開口，櫃台人員審視規約後點點頭。

接著她接受測試，之後──

「嘿嘿，大姊。旅館在這！」

伊薩克對繆蘭的實力毫不畏懼，還自告奮勇當她的跟班。

幾天後。

繆蘭按預定計畫去公會接任務，一路過關斬將。

要不了多久，她想找的武裝集團——尤姆等人就會過來。繆蘭等的就是這個。

伊薩克意外有認真的一面，擅長收集情報。當城鎮的導遊也很稱職，繆蘭已經跟人類社會脫節，有他在獲益良多。想不到他很清楚尤姆一行人的事，算是意外的收穫。

還好沒殺他——繆蘭心想。這時伊薩克正好跑來報備。

「大姊，他們來了！」

是時候實施作戰計畫。

繆蘭立的作戰計畫很簡單。

拜託這個鎮的自由公會分會長弗朗茲幫忙，向尤姆引薦。

這幾天活動下來，繆蘭的實力已經廣為人知。

連擔任考官的自由公會分會長弗朗茲都認可她，如今在公會裡無人不知無人不曉。

「希望妳一直待在這個公會裡。」

對方甚至這麼說，不過，繆蘭的目的不是這個。她的目的只是想弄到身分證。

「我雖然是弱女子，但擅長施魔法，想成為英雄的助力。聽說尤姆大人隊上的魔法師不多。」

「真教人遺憾。不過，妳去幫英雄尤姆，本公會也會輾轉受益。好吧，我幫忙引薦。」

如此這般，事情一下子就談妥了……

時至今日。

怎麼變成這樣？繆蘭無語問蒼天。

一直到分會長引薦為止都按計畫來。

「啊？魔法師的話，我們已經有法術師隆麥爾、妖術師傑奇了。女人能幫上什麼忙？不需要其他法師啦！」

遭人斷然拒絕，繆蘭只覺得很火大。

「哦──那麼，就讓你見識魔導師究竟有多可怕。」

她一不小心就跟對方吵起來，還把那傢伙修理一頓。

最後如願加入尤姆小隊，但不知為何，繆蘭爬上僅次於尤姆的位階。

還擁有擬定小隊方針的權限，變成軍事顧問。

跟副手卡基爾、軍師隆麥爾平起平坐。

（唉唉，原本打算用咒術師身分低調加入……）

或許自己的個性出乎意料地衝動──繆蘭稍事反省。

這天，尤姆重新體認一件事，就是人不可貌相。

地點在人煙稀少的鎮外森林。裁判是引薦魔法師繆蘭的弗朗茲，以及三流冒險者伊薩克。尤姆嗤之以鼻，自認不會輸給女人。

幾個愛操心的手下跟來，不過，這些人只負責當觀眾。基本上，他一個人來就綽綽有餘了。尤姆的裝備來自利姆路，是頂級鎧甲——骸甲全身鎧。魔法抗性很高，能癱瘓半吊子的魔法攻擊。

（哼！區區一個魔法師，看我衝過去秒殺妳！）

以上是他的如意算盤。實際上，至今對付過的魔法師還不曾讓尤姆感到棘手。

「三人一起攻過來吧。要全隊包抄也行。」

那個叫繆蘭的女人大言不慚，害尤姆的理智神經瞬間斷裂。

「別小看我，女人！隆麥爾、傑奇，用不著客氣。我們有回復藥，出全力跟她拚了！」

隆麥爾興趣缺缺，傑奇一臉平靜、反應平淡，各自依尤姆之命備戰。

接著弗朗茲一聲號令，決鬥就此展開。

三對一。

按常理想絕不會輸。

接獲號令，隆麥爾施強化魔法、傑奇施輔助魔法，讓尤姆的肉體極限強化。乘著這股氣勢，他信心十足，往必勝之路邁進——接著就這麼陷入陷阱。

「什麼！」

就在繆蘭眼前，尤姆為了施放必殺技踏出一步，那隻腳踩破地皮。

「元素魔法『地面固定』。」

尤姆大吃一驚，一道沉靜的聲音竄入耳裡。

這魔法原本是用來穩固踏腳處。然而等人掉到洞裡再發動該魔法，就會變成包覆全身的枷鎖。

才開打沒多久，尤姆就失去戰鬥能力。

「居然有這種事！」

「一個單純的魔法還能這樣用！」

傑奇跟隆麥爾驚愕不已。

怪不得他們會驚訝。繆蘭只用一些簡單的魔法，分別是創造陷阱、讓地面變成軟質泥土的魔法，還有讓軟土固定的魔法。有再好的抗魔法裝備都沒用，直接陷入地洞裡將無用武之地。

看穿尤姆的行動，戰法快狠準。

驚慌失措的隆麥爾和傑奇，接著聽到繆蘭清澈的聲音說出「狀態異常『聲音中斷』」。

「——？」

「——！」

結束。

「不會吧。你們沒有追加狀態異常的防護措施嗎？連這層保護都沒有，怎麼跟魔法師作戰……」

繆蘭說這句話時打從心底感到傻眼。

比試開始連短短三分鐘都不到，繆蘭就跟他們分出勝負了。

這下尤姆不得不承認她有兩把刷子。

當天晚上，地點在酒吧。
為了慶祝繆蘭加入，一行人舉辦小型歡迎會。
「哎呀——啊、哈、哈、哈、哈！大姊好厲害。沒想到大哥居然輸了。」
副手卡基爾哈哈大笑地說著。
「少廢話，卡基爾。我沒料到對方會出這麼簡單的招式。傑奇，那點程度的身手在魔法師世界比比皆是吧？」
「說那什麼話，老大。眼看高手戰士的劍就要砍到自己了，是魔法師都會嚇到屁滾尿流……挖洞必須鎖定某個點，膽子要夠大，才有辦法拿自己當誘餌站著不動。不管我也好，其他的魔法師也罷，像她那麼大膽的沒幾個。」
「就是說啊，尤姆先生。出言挑釁也在她的計畫之內。繆蘭小姐說得沒錯，我們兩個不擅長打魔法戰。」
被卡基爾嘲笑老大不爽，尤姆找隊上的魔法師洩恨，找個人逼問。然而隊友的回答等同在提醒他們，目前的實力有待加強。
「嘖，好吧。就算我誇口實力在妳之上也沒用，結果代表一切。我們三人聯手卻輸給妳。我認了。所以說，不好意思，麻煩妳向大家傳授跟魔法師對戰的訣竅。」
尤姆老實認栽，望繆蘭傾囊相授。
「事實上，魔法學園並沒有教過這種戰鬥技巧。在軍團魔法的課堂上，是有教這種運用地形的魔法啦……」
繼尤姆之後，隆麥爾也向繆蘭討教。

「只透露一點還在可行範圍內……？」

「謝謝！我想更加拓展知識，學會有效活用魔法！」

「噢噢，我也想拜託妳教！」

「好吧。可是，我只教一點喔！」

隆麥爾跟傑奇喜出望外。

「之前得罪了，今後請多指教。」

尤姆也想請繆蘭指點迷津，學習如何應對魔法。

死皮賴臉硬要人家教他，最後繆蘭終於首肯。

如此這般，繆蘭變成尤姆等人的夥伴，充當諮詢師，謀得軍事顧問一職。

●

說來說去，繆蘭覺得自己或許是個濫好人。

為了調查魔物王國，她混進尤姆的團隊裡。這樣很好。雖然很好，卻莫名其妙搭上要職。

（一群傻瓜。都沒懷疑我是魔人。）

雖然把那群人當白痴看，嘴邊卻浮現淺淺的笑容。已經好久沒跟人類接觸了，如今又跟人們混在一起，讓她的心莫名雀躍。

暫時這樣好了。她希望多享受一下，感受這樣的氛圍。

在她本人都沒自覺的情況下，繆蘭如此希冀。

接著裝作若無其事，一如往常返回崗位。

自從跟尤姆一行人同行後，繆蘭每天都忙得團團轉。

她負責教隊友戰術。例如對付魔物、對付魔法師要如何攜手合作等等，透過實戰傳授。

當初繆蘭不小心說溜嘴，坦承自己是魔導師。如今反省也於事無補，潑出去的水收不回來。

所以她逼不得已當老師教隆麥爾和傑奇，還教其他有魔法基礎的人。

光戰術就夠她教的了，現在又加上魔法。

如果是單純的咒術，教起來很容易。她本來就是魔女，教人在用的魔法並非難事。不過，高階魔法就不同了。

其中包含只有魔人能用的魔法，不小心透露底細可能會壞了大事。

教之前得先弄清人可以運用的範圍到哪兒。

（麻煩透頂。事情怎麼會變成這樣……）

唉聲嘆氣也沒用，一切都是她咎由自取。

軍事顧問還有另一個工作，就是決定行動方針。

這個工作也很麻煩，比當初所想的還繁重。

每當他們透過設置在各村的通訊水晶定期聯絡，這時幹部要集合起來討論行動方針。繆蘭也是幹部，必須參加幹部會議，可是……

這幫男人的腦子都不大靈光，遲遲無法討論出一個所以然來。

枉費他們配有如此昂貴的魔法道具，居然為這點小事浪費時間，讓繆蘭忍無可忍。敗就敗在他們辦起事來拖泥帶水，害她不小心插嘴出意見。從那次開始，舉凡向各小隊下指令、開會討論，甚至是跟尤姆報備——

全都變成繆蘭的工作。

那些事根本不該交給她這個新成員辦，繆蘭心想。但眼下沒有其他合適人選，所以她就順水推舟獨攬重任。

隊上唯一像樣的傢伙就只有隆麥爾一人。

「哎呀，繆蘭小姐加入真是幫了我大忙！」

見對方由衷感激，繆蘭也不好斷然拒絕。

（居然相信一個魔人，未免善良過頭了！）

她是有滿肚子牢騷沒錯，卻說不出口。

隆麥爾從魔法學園畢業立刻被這個城鎮的領主延攬，在領主底下當專屬魔法師工作，實戰經驗可說是零。這樣的隆麥爾在許多方面都拿不定主意，據說繆蘭還沒來之前，總是邊做邊學。

但他腦子不錯，在繆蘭的指導下逐步成長。

繆蘭希望他早日學成，跟自己交棒，攬下那些工作。到頭來，鍛鍊隆麥爾變成眼前的首要任務。

行動方針定案，下一步就是實施。

按照先後順序巡視村莊，討伐現身的魔物。

同時跟駐紮的隊員輪班或補缺等，做了上述調整，讓部隊運作更加順暢。

（為什麼連這種事都落到我身上？開什麼玩笑，真是的……）

繆蘭很想抱怨個幾句，不過，在本來的目的潛入魔物王國達成之前，不能因為生氣而前功盡棄。她自認選這個作戰計畫很失策，但事到如今總不能拍拍屁股走人。

牢騷一堆還是維持良好的配合度，繆蘭依然與尤姆等人結伴同行。

退治魔物、拯救村莊……

好像哪裡怪怪的。

拜託別鬧了。

心懷不滿，一方面又覺得很滿足。

許久沒跟人類來往，喚醒早已被她遺忘的感情——

就這樣，一行人總算往她的目的地出發。

前往魔物城鎮——魔國聯邦（Tempest）的首都。

●

魔人克魯西斯在鎮上作客，一同接受戰鬥訓練。

「痛死我了，那個老頭，今天還是一樣狠！」

「哥、哥布達……那個惡鬼——說錯，白老大人每次都這樣嗎？」

克魯西斯被人修理一頓，朝同為天涯淪落人的人鬼族（滾刀哥布林）哥布達提問。

「對啊，受不了。有夠扯的。」

哥布達發起在本人面前絕不敢發的牢騷。克魯西斯頗有同感，但他選擇當個好客人，少說兩句為妙。兩人的命運因此大不相同。

「哦——？你說的老頭，莫非是指老夫？」

「咦、咦————！師、師父您怎麼在這兒——？」

「住口，臭小子！不許你自稱為老夫的弟子，想當還早一百年呢！」

無聲無息，早該離去的白老就站在那兒。

還拿木刀敲人。快到連克魯西斯都看不清楚，白老朝哥布達的腦門痛打。哥布達眼冒金星，下一秒整個人暈過去。

可憐的他遭人強行帶離，追加更多魔鬼訓練，克魯西斯則用同情的眼光目送他。

他能做的只有祈福，願友人平安無事。

克魯西斯奉三獸士法比歐之命，來魔國聯邦增廣見聞。

該國盟主利姆路外出，但他允許克魯西斯把這裡當自家，沒什麼問題。堂堂盟主獨自出遊令他難以置信，然而這個國家的居民都見怪不怪，他也就入境隨俗了。

那些事先擺一邊，克魯西斯想把握這個機會好好努力，吸收各式各樣的知識及經驗。

為了貫徹這個初衷，他參加由白老指導的訓練從不缺席。

加入的契機來自第一個人類朋友尤姆的邀請。

印象中那次訓練沒有如此嚴苛，這次情況根本不同。

鎮上一般居民受的訓練是另一個境界。

（真是整死我了。之前的修行考量尤姆他們是人類才放水，以免操死這些人吧……）

感到佩服之餘，訓練內容的落差更令他吃驚。

跟尤姆等人一同接受訓練時，白老走技術指導路線，只打些許基礎。但這次不同，幾乎在練基礎功。

「就你們這些軟腳蝦，休想從老夫這學習技藝！要本著從老夫身上偷學的心，睜大眼睛看好，拚上性命學習！」

伴隨怒吼，白老以實戰形式，拿木刀痛打學員，一個不漏。

克魯西斯當然也難逃此劫。

他信心滿滿地挑戰，結果如大家所見。白老瞬間逼近，用肉眼追不上的快刀打遍身體各處。

（若他沒用木刀，我早就沒命了吧……是說，為什麼用木刀還這麼痛？）

明明是回復能力一級棒的獸人，被打到的地方卻持續悶痛。看樣子他運用克魯西斯不清楚的技藝出招，種下會慢慢侵蝕身體的創傷。

這個惡鬼老頭真不是蓋的，克魯西斯在心裡暗自點頭，認為哥布達評得有理。

自己頂多比其他滾刀哥布林多撐個幾秒。

克魯西斯對自身實力的信心徹底遭到粉碎。

而這樣的他則對哥布達的部下們有了興趣。

那些滾刀哥布林騎乘有過稀有進化的星狼族，統稱狼鬼兵部隊，負責當城鎮的警衛。

跟著白老修行時，他們重視團隊合作勝過個人技巧，每對搭檔都默契十足。很有老夥伴的架勢，動作相當純熟。

（如果跟這些傢伙打起來，極限大概是一打五吧——）

克魯西斯為他們讚嘆不已。

可以的話，真希望把他們挖角到獸王國。不過，應該沒辦法啦……

就他對城鎮居民的觀察，接受挖角的可能性是零。

在克魯西斯看來，鎮上的高手比預料中更強。

例如剛才跟自己一同修練的哥布達，對鬼人族白老的魔鬼訓練抱怨連連，依然跟上腳步。光這點就不容小覷。

除了他還有一大票高手。

像警備隊長利格魯，他的實力在哥布達之上。

較少遇見的龍人族也不遑多讓，實力非比尋常。

至於稱職的工兵豬人族（高等半獸人），克魯西斯偶爾會看到隊伍裡混雜高階個體。其中的豬人王蓋德彷彿豬頭帝（半獸人王）降世，擁有相應的風貌與力量。

雙方對戰八成實力相當。搞不好克魯西斯會吃敗仗。

最後是鬼人。

近距離接觸就知道他們有多厲害。

要說克魯西斯有把握打贏誰，就屬名喚黑兵衛的鍛造師、名為朱菜的纖弱少女。打贏他們根本不值得驕傲。

看看其他四名鬼人，直覺告訴他，自己不是他們的對手。就算克魯西斯在獸王戰士團只敬陪末座，但他們仍明顯強得異常。

似乎在驗證他的直覺，剛剛才被白老修理一頓。

（搞什麼，太扯了。這座城鎮好奇怪！目前兵力搞不好都能跟我國作戰！）

想當初，他們的領導者魔王卡利翁避免跟這座城鎮交惡果然是正確選擇。想到這兒，克魯西斯有種安心的感覺。

*

之後時隔數日，尤姆一行人又回來了。

「嗨，過得好嗎？」

「很好。你看起來也過得不錯，真是太好了。」

說完，克魯西斯跟尤姆相視而笑。

而尤姆小隊裡最為醒目的美女更讓克魯西斯感興趣。

「對了，那個人是誰？」

「哦？明明是魔人，居然對女人感興趣？」

「笨蛋！魔人的種類很多。比起魔人，獸人更接近亞人好嗎？有不少人跟人類結合，孕育下一代。」

「哦，是嗎？可是，那個人不好對付耶。我之前小看她，吃了不少苦頭——」

「啊？這怎麼可能……？」

克魯西斯不解。

自己認可的男人居然說他輸給一個女人，還是看起來沒什麼戰鬥能力的女子，讓他一時間難以置信。

「不然這樣好了，你親自會會她？」

「有趣。應該沒機會讓我拿出真本事，就陪她玩玩！」

克魯西斯性格單純。人家都邀戰了，怎麼可能打退堂鼓。

他接受尤姆的提議，決定跟尤姆小隊的女軍事顧問比劃。

地點是他們常用的訓練場。

尤姆領女子過來。

「幹嘛要我配合做這種無聊事啊——？」

對方老大不願意地抱怨。

「別這麼說嘛，繆蘭。我也想讓這傢伙見識妳的實力。」

「可是，我沒道理跟他打啊。」

「有喔！這傢伙把妳看得很扁。看妳被人輕視，我忍無可忍啊！」

克魯西斯傻眼地看著說得天花亂墜的尤姆，一面觀察女子。

（哦，原來她叫繆蘭啊。就近看果然是個好女人。是說尤姆那傢伙，沒事唬弄我幹嘛？）

繆蘭散發溫和芬芳的香氣，看起來一點也不強。尤姆說自己是她的手下敗將，克魯西斯壓根兒就不信。

這個尤姆好說歹說總算說動繆蘭，此時他衝著克魯西斯直笑。

「嘿嘿，她總算聽進去了。克魯西斯，要是你打贏她，我就當你小弟。不過——輸的人是你，就倒過來喊我大哥！」

「啊？在說什麼鬼話？」

「喔，我知道了。你沒自信喔？」

「……好啊！我接受你的提議。你準備從今天開始叫我大哥啦！」

面對尤姆的挑釁，克魯西斯二話不說上鉤。

「聽說你因為我是女人就小看我？被人當賭注實在很蠢，但我願意跟你交手。先警告你。我是魔導師，打的時候罩子放亮點。」

「哦，魔導師啊。跟敵人攤牌好嗎？也對，看妳那身打扮，一眼就能看出會使魔法。」

運用的魔法系統超過三種就是魔導師。比法術師、妖術師遠遠厲害許多。

理所當然，會使的魔法各式各樣，據說攻擊魔法的威力也高出一般術師好幾倍。

繆蘭號稱是魔法界的佼佼者。

克魯西斯正確解讀，對繆蘭頗有好感。

不過，犯不著為此特地提高警覺。高階魔人克魯西斯有「魔法抗性」。若傷勢不嚴重，還能靠「自動修復」修補。因此不構成致命傷的魔法都可以忽略不計。

（再說，要發動將我一擊必殺的魔法，應該需要一段詠唱時間。魔法師破綻百出，抓詠唱的空檔打倒就行了。）

克魯西斯的想法跟尤姆徹底的一模一樣。

結果用膝蓋想也知道——

…………

…………

……

「哇————哈、哈、哈、哈！你看看你！」

某人一臉苦悶，仰望笑得樂開懷的尤姆，想也知道此人正是克魯西斯。

（可、可惡！居然有這種事！）

尤姆還在捧腹大笑。

繆蘭則露出傻眼的表情。

土埋到克魯西斯的胸口，他眼下正為恥辱紅著一張臉，眼裡含著悔恨的淚水。

如此這般，克魯西斯也認可繆蘭的實力。

「順序好像反了，我叫克魯西斯。輸了才說有點那個，別看我這樣，我可是獸人兼高階魔人。這話的意思不是在說變身就能打贏妳，放心吧。」

「我是繆蘭。假如你變身，因為步伐的關係大概會白白浪費這個陷阱吧。沒關係，到時我會飛到空中逃走。」

克魯西斯和繆蘭互相打招呼。

當事人或許沒有其他意思，但那些話聽起來就像藉口跟冷嘲熱諷。

「別這樣，你們好好相處吧！對了，克魯西斯。剛才的約定——」

「嗯？那個啊。尤姆，從今天開始你就是我的大哥了。雖然我的主子只有魔王卡利翁大人一個，但這樣是在抬舉我認可的男人，不會互相衝突，沒問題的。」

「這樣好嗎？那只是玩笑話，幫你提振士氣罷了……」

「當然好。不過，老實跟你講，要是卡利翁大人命令我殺掉你，我會毫不猶豫地殺你。抱歉，這是永遠無法妥協的個人原則。」

「明白了，我會銘記在心的。」

獸人果然很率真，克魯西斯乾脆地答應尤姆。他們行事爽快，約定說一不二。

「好啦，既然事情定案，我就跟你們走吧。這個城鎮已經看慣了，是時候去其他的人類國家晃晃。」

「可以嗎？」

「沒問題。我的任務是增廣見聞。只要祖國沒聯繫我，都可以自由行動。」

說完，克魯西斯露出輕鬆愉快的笑容。後來他終於從陷阱爬出，臉上還掛著苦笑。

就這樣，克魯西斯加入尤姆小隊。

●

有人悄悄逼近克魯西斯等人。

是哥布達。

（呵呵呵。我都看到了。有那個就能——）

帶著一肚子壞水，哥布達朝氣氛和樂的克魯西斯等人搭話。

「剛才那一戰讓我大開眼界！太棒了。真厲害。大姊的身手令人如痴如醉。我看好大姊，想跟您商量一件事。」

哥布達說話時，臉上掛著詭異的笑容。

尤姆、克魯西斯跟哥布達很熟，兩人馬上猜到他又要玩花招。

唯獨繆蘭，她跟哥布達第一次見面，顯然不知該做何反應。

「繆蘭，這傢伙是哥布達。嚴格說來，在鎮上也算小有來頭的強者。」

「嘿嘿，過獎啦。」

「你太謙虛了，這位哥布達老兄可是大人物。剛才被魔鬼教官修理，卻若無其事地修練。」

「哎呀，話說那些訓練，真的很辛苦呢……」

哥布達被尤姆誇到一臉害羞樣，但因克魯西斯的話想起此行目的，立刻換上認真的表情。換完就切入正題。

「是這樣的，希望大姊用剛才那招打倒某人。打倒那個惡鬼——是老頭才對……不不不，應該叫師父吧，他老是擺架子。所以——」

哥布達壓低音量，邊警戒四周邊講悄悄話。

聽完他的話，尤姆跟克魯西斯也大感贊同。

「繆蘭。妳就幫幫忙吧。打倒那傢伙，其他人會對我們另眼相看。再說，我也想見識一下，看要怎麼對付那傢伙。」

「這作戰計畫太完美了。碰到那招，再強的鬼人都不是對手！」

不只哥布達，連尤姆跟克魯西斯都加進來拜託，就算繆蘭不願意也只能點頭答應。

「真的要用這招嗎？如此單純的戰術，不可能每次都成功。」

「沒問題啦！他擅長打近身戰，還是劍士。那個老爺爺對速度很有自信，肯定會上鉤！」

「沒錯！平常跩個二五八萬，偶爾要讓他吃點苦頭！」

「對啊，畢竟這招都騙到我了。一旦被人看穿出腳位置，腳部動作是關鍵的近戰職會很吃虧。」

那招是因為你們兩個頭腦簡單才出的，不是每個對手都管用——繆蘭在心裡暗道。

但她沒說出來，改講別的事。

「那我該找什麼理由挑戰他？」

繆蘭認為一個巴掌拍不響。

「這個嘛……就說希望他傳授對付魔法師的招術，再把那個老爺子帶來。」

「那就當作是在演練嘍！」

「應該可以吧？反正只出一招就能定生死，先打到對方就算贏，照這種規則來，他也不會懷疑吧。」

「的確。這樣就跟『魔法抗性』無關，魔法師只要用魔法轟到對手就贏了。劍士也是先碰到人算贏，這場對決比的是速度。」

「……打擾一下。這種規則要我怎麼接。按常理想，魔法師很吃虧。對手是靠速度致勝的劍士，需要詠唱時間的魔法師跟人比快幹嘛？」

「……說、說得也是。」

「不清楚對手有多少實力，限縮自己的能耐簡直是自尋死路。」

就個性認真的繆蘭看來，哥布達的作戰計畫太過隨性，光聽就覺得頭疼。

再說提出這項規則形同昭告對手此地無銀三百兩。這幾個男人頭腦簡單四肢發達，八成不懂其中的奧妙在哪兒。

繆蘭發出嘆息，鉅細靡遺地如此說明。

「那這樣好了，要繆蘭出戰的事作廢。只要讓他認可妳的魔法實力就行了。這樣的話我有一招，叫提案人哥布達當誘餌。」

「也對。有哥布達當他的對手，那個人肯定會接受挑戰。」

事情發展愈來愈曲折離奇，這下哥布達慌了。

「先暫停一下！」

他趕緊出聲嚷嚷，但尤姆和克魯西斯忙著擬定作戰計畫。事到如今，要罷手可難了。

（糟、糟糕啦。要是作戰計畫失敗，我會死得很難看啊。這下只能卯起來想作戰計畫了……）

要繆蘭出面作戰的哥布達原本樂觀以對，聽到自己可能會面臨危險，行事馬上慎重起來。還加入他們，用認真的態度協助構思作戰計畫。

「現在來確認一下。我會過去挑戰他，拜託在我旁邊弄一圈陷阱！」

「既然範圍擴張，不如讓地面液化，用這種方式封住腳部行動更有效率吧？」

「液化會變怎樣？」

哥布達問完，繆蘭就讓一部分地面液化。

接著哥布達朝那踩去，確定腳踩進去就拔不出來。

「這樣應該沒問題！」

他滿意地點點頭，最後的確認工作到此結束。

「我的任務是開打前讓地面變質，對吧？」

「麻煩妳了！」

作戰計畫定案，大夥兒開始付諸實行——

……………

…………

「接下來，可以請你們解釋一下嗎？」

有幾個人被迫跪坐，分別是哥布達、尤姆、克魯西斯。

繆蘭本打算跟他們一起罰跪，但白老像個和藹的老爺爺，要她別跪。

「小姐不用跪沒關係。依老夫看，一定是這幾個笨蛋唆使妳吧？」

「話不是那樣……」

「怎麼，別在意。他們幾個肯定吃過悶虧，才想讓老夫步上後塵，成為陷阱的犧牲者吧？妳的魔法確實了得，但這幾個兔崽子的眼神已經出賣他們了。」

啊啊，果然是這樣——繆蘭嘆了一口氣。

接著，剛才的對戰狀況重回腦海——

擬定作戰計畫，把名為白老的老人約出來——到這邊都很順利。

繆蘭一眼看出這名老人就是當初將泳空巨鯊砍成兩半的高手。除此之外，撞見那不凡的氣魄、矯健的肢體動作，她就知道我方的作戰計畫注定失敗。

若他們真的在打仗，不是演練，她會立刻要求我方人馬撤退。不過，這場仗只是打好玩的，可以從失敗中學習，以上是繆蘭的看法。

（橫豎都會失手，不如藉機見識白老這號人物如何作戰。）

基於上述想法，她決定支援尤姆等人的作戰計畫。

「氣勢不錯！既然要打，老夫就拿出睽違已久的真本事，陪你們練練。你們可以三個人一起上。這位小姐沒見過，照外觀看來應該是魔法師，妳要參戰嗎？」

白老當時做此回應。

「喂，老——師父！你太小看我們了！」

「就是啊，老爺子。高手歸高手，說這種話未免自信過頭了吧？」

「呵呵呵，我這個客人不該出手，可是被你說成這樣，不認真參戰怎麼行？」

三人因白老的挑釁三兩下上鉤。看到這一幕，繆蘭的預感轉為確信。

（這麼容易衝動還談什麼作戰。之後得找機會好好教育他們才行——）

儘管牢騷一堆，繆蘭似乎早已習慣當尤姆的軍事顧問——以軍事顧問為名的諮詢師。

她原本就是很有責任感的人，打算朝積極的方向看，讓尤姆他們透過這場比試留下寶貴的經驗。

比試結果不出所料，果然慘兮兮。

地面雖然液化了，白老的動作依然相當矯健。

「咦！為什麼還能動？」

四周都液化了，看哥布達想往後逃，繆蘭便適時解除魔法。同時指定位置創造陷阱，但白老彷彿在空中疾馳，移動過程中完全沒將陷阱當一回事。

（啊，他發現了。沒關係。照他的動作看來，似乎用了「瞬動法」。）

只有高手才能練成，在「氣鬥法」這個獨門技藝體系中，算是高難度技巧。而白老運用自如，繆蘭頓時體悟面對這樣的他，耍什麼小手段都沒用。

「嘖，這邊啦，老爺子！」

尤姆刻意出聲引人注意，再出刀攻擊。不過，他的動作已經被看穿了。

配合尤姆的聲音，哥布達連滾帶爬趕緊逃跑。然而一把木刀朝他的腦門敲去。

「又來了——」

留下這句話，哥布達遭人擊沉。

尤姆也一樣。

他喊那聲不是為了救哥布達，而是另有目的，但……這些都白搭。

白老的動作太快。尤姆的刀都還沒出完，打倒哥布達的白老已經繞到他背後。

「不會吧！我都沒看——」

「你太嫩了。」

白老一刀料理尤姆。

踩空作戰失敗，尤姆第一時間拿自己跟哥布達當餌，替克魯西斯製造機會，讓他突襲白老。然而他的努力終究化為泡影。克魯西斯來不及分析尤姆的意圖，白老就葬送哥布達和尤姆。

一連串動作看在繆蘭眼裡美得如最佳典範，讓她這個觀者佩服不已。

並非靠肉眼觀看，這些都是「魔力感知」告訴她的。

白老的一舉一動快到肉眼無法捕捉。

而繆蘭沒有在一旁乾瞪眼。

為了隱藏高階魔人的實力，她持續醞釀需要詠唱的魔法。

（話又說回來……對手必須靠「魔力感知」捕捉，要對付他只能用會影響周遭的大範圍魔法。現在不能用，已經分出勝負了。）

基本上，面對這種飛毛腿，詠唱魔法根本沒辦法用。為了對付這類對手，必須準備許多魔法，事先完成詠唱程序，讓魔法進入待機狀態，只需關鍵字就能發動。

——還是發動「詠唱排除」？

（不過以我的實力看來，就算發動「詠唱排除」，頂多只能用中級魔法就是極限了，認真打可能也贏不了吧——）

繆蘭的魔素量較高，但她認為雙方實力不相上下。光是這點，她就覺得配合玩這場遊戲有其價值。跟小心翼翼的繆蘭不同，白老的目標放在克魯西斯身上。癱瘓魔法師繆蘭前，他想先打倒四人中最礙事的克魯西斯。

換句話說，白老不認為繆蘭的魔法會構成威脅。

（被人小看了，但不能怪他。如今我假扮人類，不管施什麼魔法，白老先生都能應付自如吧。但至少報個一箭之仇——）

冷靜分析狀況，繆蘭對準備完成的小型爆炸進行設定，一共三發，按特定的時間間隔擊出。

白老正要攻擊克魯西斯，第一發爆炸打在他面前。

這發爆炸不具殺傷力。它是煙霧彈，讓白老、克魯西斯受黑霧包圍。

「唔！」

白老唔了一聲，但他面不改色、毫不猶豫地衝進黑霧裡。

克魯西斯嗅覺敏銳，看不見並不會讓戰鬥能力減分。繆蘭看準這點才採取此作戰方式，不過，白老也不是靠視力對決的。

（果然行不通。他能讀取氣息？還是說……）

繆蘭早就預設立場，認為煙霧彈對白老不管用，她不慌不忙，繼續發動下一發魔法。

閃光魔音彈——釋放閃光與爆音，麻痺聽覺和視覺的魔法。在室外一樣有用，是繆蘭拿來對付人型敵人的魔法之一。

剛才的煙霧彈已經縮小了瞳孔，再放閃光彈可以期待會有更棒的效果。這些也如繆蘭的計畫。

白老朝克魯西斯逼近，見黑暗中有魔法即將發動，瞬間朝後方閃避。閃是閃了，照理說還是會被光和聲音擊中才對，然而白老不以為意，再度展開行動。

（果然沒錯——！看樣子白老先生也會「魔力感知」……）

剛才對閃光魔音彈戒備的舉動必須了解魔法奔流——即了解魔素動向才有辦法辦到。不僅如此，之後的閃光與爆音似乎沒影響到白老。

也就是說，白老跟繆蘭一樣，都會「魔力感知」。這樣一來，施法都會被人預先看穿，繆蘭若想干涉這場比試只能施展大型魔法。

把繆蘭當空氣，先對付克魯西斯，這麼做很合理。

她捨棄直接造成傷害的攻擊魔法，用狀態異常魔法支援克魯西斯，不過……對手有「魔力感知」根本行不通。作戰計畫徹底失效。

——然而事情朝這個方向發展，會覺得魔法被人小看，讓繆蘭的自尊心受損。

（真不是滋味。雖然不想蹚渾水，但我要讓他見識一下，讓他知道瞧不起魔導師會有什麼下場！）

滿腔怒火的繆蘭朝克魯西斯看去——

幹勁瞬間歸零。

「咕喔喔喔喔！我、我的眼睛，耳、耳朵————！」

「你在幹嘛啊，大笨蛋！」

她不由得怒吼出聲，顯露本性。

閃光魔音彈只會朝單一方向施放，照理說克魯西斯受的影響不大……沒想到克魯西斯居然刻意盯著那顆爆彈看。

繆蘭已經提前告知正式上場會採用的魔法了。或許這個叫克魯西斯的獸人有某種特性——叫他別看愈想看。繆蘭在心裡傻眼道。

（——變鬧劇了。獸人很率直，應該方便操控才對，但從另一個方向解釋，反倒讓人難以掌控……）

繆蘭舉雙手投降。

「假如這招不管用，輸的就是我們了。畢竟克魯西斯都變那樣了，不可能再戰。」

「呵呵呵，這位小姐很懂得審時度勢嘛。剖析狀況的功夫遠勝這三人。那麼，最後的魔法已經準備妥當了吧？」

「是啊，反正放了也沒用。」

最後一招是——用來當殺手鐧的催眠煙霧。

要讓白老徹底睡著是不可能的，可是能在他攻擊克魯西斯的瞬間使之閃神，到時就有勝算。就算白老沒閃神，這陣催眠煙霧也能嚇嚇他，繆蘭是這麼想的，但撞見克魯西斯的蠢樣害她打消念頭。

她發出一聲嘆息，同時解除魔法。

如此這般，導火線來自哥布達的對白老模擬戰落幕，繆蘭等人輸得慘兮兮。

——聽到白老說「視線出賣他們」，繆蘭恍然大悟。

枉費她特意掩飾魔法發動的痕跡，但哥布達跟克魯西斯會不時朝地面張望。

（就他們那副德性……有什麼事都憋不住吧。尤姆還算厲害，但他畢竟是人類。無法跟白老先生抗衡。）

繆蘭無奈地道出內心想法。

「呵呵呵。不管小姐是多稱職的軍師，無法掌握己方人馬的特性，打團體戰就會綁手綁腳。臨時組成的隊伍無法勝過老夫。」

白老的話聽起來像在安慰繆蘭，她頷首表示贊同。

「這麼說也對，替我上了一課。我要先從掌握他們的性格著手。」

「就是這樣。從這裡著手就對了。」

嗯嗯幾聲，白老和藹地點頭。

接著看向哥布達他們——

「好了，及早招供對你們有好處。趁老夫還沒棄木刀改真刀，快點招吧。」

剛才對應繆蘭的慈眉善目不復存在。白老拿出媲美魔鬼的表情威脅三人。

「呀！」

「唔喔！」

「怎麼這樣——！」

接下來三小時——

三人持續罰跪，跪到腳麻動不了，似乎直到他們好好反省，發誓再也不動歪腦筋。

繆蘭懶得管他們幾個，獨自一人回到旅館，還下了堅定不移的決心，今後絕不配合使那些蠢到家的小手段。

另一方面，哥布達他們——

「還有一件事，你們幾個。老夫先提點一下，可不能拿這招試探利姆路大人吶。」

——讓白老很擔心。

「說什麼啊？這招怎麼可能對利姆路大人有用！」

「——是嗎？依老夫看，他搞不好會上當……」

「哈哈哈，老爺子。你太杞人憂天啦！利姆路少爺才不會像我們這樣，被那種雕蟲小技騙倒。」

「那就好。萬一成功，事情可就嚴重了。」

聽到這句話，三人光想像那些畫面就面色鐵青。

「說、說得對。雖然我一開始就不打算試探利姆路大人，但唯獨這件事還是絕對別做呢。」

「對啊。順帶一提，還有那個暴力女，對她出手也絕對會很不妙。」

「暴力女？在說紫苑小姐嗎？還是難道在說那個蜜莉——」

「哎呀，哥布達。說到這兒就好。」

尤姆趕緊出聲制止，哥布達也點頭如搗蒜。

克魯西斯狀況外，但他似乎判斷加進去接話會有危險，沒吭半個字。這麼做是明智之舉，他本人大概沒發現吧。

看三人這樣，白老鄭重其事地開口。

「罷了。蒼影那小子行事謹慎，用不著擔心，但利姆路大人跟紅丸大人還有些毛躁。特別是利姆路大人，似乎對『魔力感知』做了限制……」

他如此忠告。

「加那種限制幹嘛？」

「天曉得。我對『魔力感知』這種技能沒什麼概念。」

哥布達和尤姆面面相覷。面對這兩人，克魯西斯自豪地發表言論。

「我懂。話說這位利姆路，真不愧是卡利翁大人認可的男人。簡單來講，他平常對身體加諸限制，藉此修練自我！」

「什麼！」

「原來是這樣！利姆路大人好強！」

「原來如此。少爺的想法果然很不一樣！」

克魯西斯的看法連白老都買單，結果對自身設限的修練方式就在魔物國度裡吹起一陣風潮。

——不過，這些都跟利姆路無關。

來看看沒能按作戰計畫讓白老吃鱉的這三人，當初在地上一下摔一下滾，身上都是泥巴。所以他們打算去泡堪稱本鎮名產的溫泉。

「不過啊，那個魔法師大姊好厲害呢。還是大美女。」

「對吧。而且她是個好女人。」

「我同意。她叫繆蘭吧？不知道她願不願意幫我生孩子——」
「等等，克魯西斯。這樣說不通吧？那個人是我的部下耶！」
「不對吧，尤姆，是你的部下又怎樣？戀愛是自由的，先搶先贏啦！」
「先搶先贏嗎？我知道了！」
「欸，哥布達！怎麼連你也說這種話？」
「哈哈，不錯喔！我要拿出氣魄，去找她搭訕看看。」
「克魯西斯你個王八蛋，要搭訕也是我這個大哥先吧！」
「最好是，尤姆。就跟你說每個人都有戀愛自由了！」
「就是說啊！」
三人前往浴場，一路上吵吵鬧鬧。
接著他們洗完身體泡澡，這時哥布達又露出賊眼。
「我想到了，之前卡巴爾先生過來的時候，曾經提到一件事——」
哥布達開口道。
「聽說世上有名為『混浴』的美妙規則。是從利姆路大人那聽說的。我在想，利姆路大人的命令就是聖旨，沒錯吧。」
「打個岔，哥布達。既然是利姆路少爺的命令，大家不就要遵守了？」
「應該吧？我也這麼覺得！」
「等等，哥布達，說詳細點！混浴具體來說是怎樣？」
「唔嘿嘿，克魯西斯先生也很感興趣嘛？好，所謂的混浴就是——」

哥布達開始大談混浴論。

尤姆跟克魯西斯聽得津津有味。

「換句話說，除了繆蘭，朱菜小姐跟紫苑小姐也……？」

「喂喂喂，真的假的，哥布達。這座城鎮居然有那種規矩，我都沒聽說……」

溫泉的熱度讓人心曠神怡，三人的膽子逐漸大起來。嗓門自然愈變愈大，整個澡堂都是那些壞點子。

聲音還穿透牆壁傳到隔壁浴室，聽得清清楚楚。

那裡有邀了繆蘭，跟她一同過來的朱菜和紫苑。

「看樣子得開發用來治腦袋的藥了？」

「請您放心，朱菜大人。我會打到他們哭爹喊娘，讓他們脫胎換骨。」

「我來幫忙。」

之後這三個男人有何下場，並未明文記載……

●

幾個星期過去，繆蘭已經習慣跟尤姆等人一同生活。

「繆蘭，我有話跟妳說。」

某天，尤姆用認真的表情搭話。

「好，什麼事？」

「在這兒說有點不方便……」

「？」

雖然滿腹疑問，繆蘭還是乖乖跟著尤姆走。

尤姆離開城鎮，前往人煙稀少的森林。

（嗯？難道說，他察覺我的真實身分了？不，前方好像沒人埋伏，也沒陷阱……）

尤姆的同伴似乎都留在城鎮裡，繆蘭已經掌握大家的位置。被約出來的時候，尤姆跟克魯西斯疑似互相使眼色，但感覺不像察覺她底細的樣子。

（到底有什麼事……？）

還沒弄清尤姆的意圖，兩人就來到森林入口處。

「來到這裡應該差不多了吧？到底有——」

「繆蘭！」

繆蘭才要質問尤姆有何目的，尤姆就拉大嗓門打斷她。

她有點嚇到，開始心生警戒。

（不會吧，真的被發現了？）

既然他知道自己的真實身分，是不是大家都知道了？還是說，只有尤姆注意到？無論真相為何，繆蘭都在第一時間反應，飛快思索對策——

「我喜歡妳！第一次遇見妳的時候，我就對妳一見鍾情了！」

聽到這句話，繆蘭的腦袋頓時一片空白。

（——咦！他剛才……說什麼？）

「咦？」

諸多疑問自腦海閃過，但出口的只有那句。

光是要回看尤姆就費盡心力。

仔細想想，自從她潛入城鎮，就老覺得有人在看自己。看她的人正是尤姆，兩人一對上眼，他就尷尬地別開目光，類似事件發生好幾次。

還以為他是戒心很重的男人，繆蘭一直對他保持警覺，沒想到……

「你是認真的？」

「對。我一定會讓妳幸福。我發誓！」

被人直截了當地告白，繆蘭一張臉染上紅潮。

她還是一名稚嫩少女的時期遠在七百年前。她對那時的往事沒什麼印象，也沒有跟人共譜的回憶。

其實繆蘭根本沒談過戀愛，對她來說這是未知領域。

不安勝過喜悅。此外——

（你說要讓我幸福……我因為「支配的心臟」變成魔王克雷曼的傀儡。沒有取回真正的心臟，便無法重獲自由。要拿回心臟是不可能的……再說——人類的壽命很短，一下子就死了，你要拿什麼跟我攜手——）

到頭來，繆蘭決定先不回覆尤姆。

理智要她拒絕對方，但她不知為何沒有勇氣拒絕。

繆蘭當了四百年的魔人。心情如此忐忑還是頭一遭。

被尤姆告白後，她的生活還是跟往常一樣。

尤姆平常總是吊兒郎當，大概想尊重繆蘭的個人意願，並沒有對她出手。雖說這樣一來，繆蘭本人也可以下定決心就是了。

就連去村莊巡迴狩獵魔物、在鎮上放鬆休假都不例外。他只是一直注意繆蘭，沒有催她給答覆。

（我──我到底在想什麼？只要魔王克雷曼沒死，這種願望根本不可能實現……）

不知不覺間，繆蘭開始夢想跟尤姆共結連理。理智出面否認，告訴她這是無法實現的願望，但她無論如何就是無法割捨這份心願。

甚至沒有發現克魯西斯看起來神情黯淡、很落寞地持續注視這樣的她，繆蘭也開始對尤姆產生好感。

和平的日子過去。

──再過一週，毀滅之日即將到來。

＊

『好久不見，繆蘭。妳那邊有動靜嗎？』

克雷曼用「魔法通訊」聯絡繆蘭。

面對突如其來的「魔法通訊」，繆蘭陣腳大亂。

『原、原來是克雷曼大人。您特意聯繫我，有何要事？』

繆蘭對克雷曼毫無忠誠之心可言。

一旦讓她逮著機會，可能會趁克雷曼睡覺的時候偷襲。之所以沒這麼做是因為偷襲注定落空。那個魔王行事縝密，根本無機可乘。

上次回報時，克雷曼的心情好得詭異。

現在也是。

事情不妙——繆蘭的本能警鈴大作。

克雷曼平常不會在部屬面前顯露情緒，如今他樂成這副模樣，證明詭計如他所料進展相當順利。

不僅如此，對繆蘭來說肯定不是好消息。

——一語中的。

克雷曼對不敢大意的繆蘭開口道：

『多虧妳帶回的情報，這邊進行得相當順利。幹得好。甚至讓我很想將妳的心臟還回去，考慮還妳自由身。』

這話來得突然，繆蘭一時間反應不過來。尤姆的臉掠過腦海。

她的心情開始變得高昂，但回起話來不動聲色。絕不能讓克雷曼看穿自己的想法。

畢竟對方是魔王。是欺騙部屬面不改色，性格惡劣的「操偶傀儡師（Marionette Master）」。

『多謝誇獎。您的提議太過突然，我不明白。難道說，我已經沒有利用價值了？』

繆蘭選擇較為安全的回答方式。

『哈——哈哈哈。不愧是繆蘭，無須謙讓。像妳這麼優秀的棋子，豈有用盡的一天？當然，我還想讓妳多做點事。』

『原來如此，有您這句話我就放心——』

『繆蘭。』

繆蘭繃緊神經回覆，卻被克雷曼平靜地打斷。接著，他做出宣告。

『用不著戒備成這樣。我想請妳幫最後一個忙。妳應該不會拒絕我才是。畢竟妳不想死，也不想看自己心愛的男人被殺吧！』

話聲一傳進耳裡，繆蘭頓時渾身發冷。

『我、我哪來心愛的男人──！』

『難不成，妳要說沒這回事？可別小看我，繆蘭。妳只要乖乖聽我的命令就行了。難得我讓妳作恢復自由身的美夢，要心懷感激。那麼，在我還沒下令之前，妳最好安分點──』

魔王自顧自下完通牒就切斷魔法通訊。

只可惜，繆蘭無從反抗。

就算會把其他人拖下水也無妨，若她想逃離掌控，除了聽從命令別無他法。

繆蘭心中只剩魔王克雷曼的語話──「等一切結束，我就放妳自由。跟心愛的男人攜手共度餘生再也不是夢」。

這是陷阱嗎？

──用不著懷疑，肯定是陷阱。

可是繆蘭只能選擇相信，把那些話當真。

要是她存疑，到時受害者就不只自己，還會害尤姆遭殃，肯定會落個淒慘無比。與其讓事情變成這樣，還不如聽從命令，期待克雷曼心血來潮放人。

就跟往常一樣，繆蘭只能選擇聽令行事。

話雖如此，倘若克雷曼真的放手——

（我是否能夠接納他的愛？）

明知自己沒資格動這種念頭，繆蘭仍情不自禁地幻想。

（只要能實現願望，要我把靈魂賣給惡魔也行。）

繆蘭下定決心，做出覺悟。

接著她裝作若無其事，再度展開行動。

第二章
災厄前奏

Regarding Reincarnated to Slime

法爾姆斯王國的艾德馬利斯王接獲報告書，神情顯得凝重。

眼下王國周邊的環境發生重大變革。

事情起因是封印在朱拉大森林裡的「暴風龍」維爾德拉消失。

鄰近森林有些邊境領土，而那些領主——以尼德勒．麥格姆伯爵為首的眾多貴族發出支援請求、申請派遣騎士團，這些申請堆得如山高。

從國家的角度來看當然不能對此問題置之不理，國王馬上下令要大家擬定對策。但這種命令並非各領主想要的，而是以進一步鞏固王權為目的。

「等一兩塊邊境領土遭魔物蹂躪時，再把魔物一網打盡比較好吧。」

「這麼做，可以彰顯騎士團的能耐。」

「呵呵呵。囉嗦的自由公會成員將淪為犧牲品，但我們蒙受的損失不大。支付對象消失，錢也不用付了。」

「說得對極了。好處不只那些，這可是弘揚王權的絕佳機會。」

他們一開始就做好國土受害的準備。

若是對王忠誠、平日便遵從王命守護領土的領主，王必須保障其人身安全，艾德馬利斯王是這麼想的。可是，對象換成尼德勒．麥格姆，還有一些跟他半斤八兩、忙著中飽私囊的傢伙，國家沒義務保護他們。

情況一夕間惡化確實不假，可是這幫人平日疏於準備，算他們自作自受。

被其他國家知道固然不是件光彩的事，然而他們可以事後派騎士團彰顯威信，來個功過相抵。與其滴水不漏地守護全國領土，還不如等敵人進攻再做反擊，這樣成本相對較低，更有效率。

邊境領土是守護法爾姆斯王國本土的防線。

失守也無妨，再找就得了，充其量不過是方便使用的道具罷了。不需要拚死拚活守護道具。

可是，萬萬沒想到——

正在為魔物侵擾做準備的中央政府失算。

因為一個名叫尤姆的英雄崛起。

原本是平民的英雄尤姆，他們竟打倒了半獸人王率領的軍隊——如此傳聞廣為流傳。

實際上，魔物帶來的損害也比往年少，因「暴風龍」維爾德拉消失使魔物開始作亂的報告沒半件。

這下英雄尤姆的傳聞可信度就更高了。

「英雄？怎麼可能。」

「我也不相信。可是，自由公會曾經提報，說半獸人王出現了。看樣子傳聞並非空穴來風。」

「的確。或許沒多到堪稱大軍的地步，但新生的王可能率領好幾百隻半獸人士兵。光這些兵力就足以對邊境造成威脅……」

「哼！那又怎樣。不過是幾隻豬罷了，我一個人就能擺平！竟敢自稱英雄，不自量力——」

於政府的權力樞紐，艾德馬利斯王信賴的臣子們你一言我一語，回報現況之餘並做出結論。

「話雖如此，只要威脅消失就好了。不過法爾姆斯王立騎士團沒機會出場就是了。」

騎士團團長弗肯對宮廷魔法師長拉贊的說法頗有怨言，但他就此打住。因為他知道拉贊不是在諷刺，只是陳述事實罷了。

基本上，沒那個必要就不用跑去戰場送死。

艾德馬利斯王也接受這群臣子的結論，大夥兒討論到這結束……

後續又發生一些問題，這次可不能靜觀其變。

就是稅收減少。

一般而言，要看出明確的國庫損益，至少需要幾年以上的長期評比分析。然而這次跟去年度相比，縮減幅度相當明顯。

按個別月分做比較，差異會更清楚。從某個時期開始，與貿易有關的利益就急遽減少。

法爾姆斯王國因地理位置的關係，獨攬跟矮人王國的交易。這也是其被稱作西方諸國門戶的原因。不需通過危險的海路或陸路，可以直接進行交易是其強項。因此，可以對進口商品課徵高額關稅，販賣這些商品獲取龐大利益。

然而從某天開始，入關的冒險者人數逐漸下滑。

先前許多冒險者將該國擠得水洩不通，帶大把金錢購買矮人王國作的武器和防具。其中回復藥更是攸關性命安危，是冒險者爭相購買的商品……

然而沒多久，不只冒險者，連旅行商人都變少了。從英格拉西亞王國那邊過來的商人依然不減，布爾蒙王國以及其他朱拉大森林周邊國的商人卻明顯變少。

此處的重點，便是和來自朱拉大森林周邊國的商人做生意，投資報酬率較高。因為沒有競爭對手讓他們取得先機，過去法爾姆斯王國以獲取暴利的價格向那些商人兜售回復藥。

這些商人消失令他們難以接受。

外國訪客全消失無蹤，因他們入國才有錢賺的旅店、餐飲店也開始接連遭受波及，無須多久時間。不到一個月，營業額的低下就顯現在數字上，總攬國家經濟的大臣趕緊命人查明原因。而捎回的報告著實令大夥兒吃驚。

「朱拉大森林出現新的城鎮，還是一座魔物城鎮。」

這是密探帶回的報告內容。

一開始聽人報備時，艾德馬利斯王也悄聲直呼「不可能」。然而他要擺出一國之君的架勢，不能失去王的威信，逼自己全程維持處變不驚的模樣。

（雖然讓人不敢置信，眼下也只能信了。比起那些，如何從眼前局面獲取利益才更是重點。）

就這樣，有遠見的王進一步放眼未來。

●

艾德馬利斯王一聲令下叫來各路諸侯，召開緊急會議。

「可是，陛下。唯利是圖的商人再也不入我國，改朝魔物王國去了。」

「他們好像修建一條安全道路，可以路經該國前往矮人王國……」

「這件事我也聽說了。有個叫『輪替點』的東西很像騎士屯駐站，每二十公里設置一間。據說魔物士兵在那裡待機……」

「實在誇張，但熟識的商人已經向我證實。聽說旅途中被魔物攻擊可以用出發時配給的發焰筒連絡。救兵抵達的時間不超過五分鐘。」

「不會吧！」

回應緊急呼叫的大臣和貴族開始交換情報，各自抒發己見。從其他人口中亦道出自己曾經聽說的誇張傳聞，他們為此驚愕不已。

棲息在朱拉大森林的魔物為數眾多。由於森林幅員遼闊，人類城鎮附近只有威脅度較低的魔物棲息。話雖如此，有時會出現B級以上的魔物。

對方在這種危險地帶建造城鎮，還開闢道路，連通布爾蒙王國和武裝強國德瓦崗。

這需要多少預算、多少戰力啊。

在場眾人都難以想像。畢竟，就連已經遠離魔物棲息圈的周邊城鎮或村莊，為了保護他們仍必須砸下大筆稅金。即便只是保護國家的肉盾，一定程度的保養依然不可或缺。

不僅如此，該國城鎮還住了魔物。

真是前所未聞。

據說該國國主是朱拉大森林的盟主。但他沒有自稱魔王，似乎立志與人類國家和平共處。

建國者是魔物。簡直令人無法置信。

會議開到一半，艾德馬利斯王舉起一隻手要大家肅靜，朝大臣使眼色。

奉國王之命，大臣開口道：

「該國國名是『朱拉・坦派斯特聯邦國』。商人都叫它『魔國聯邦』。盟主好像是名喚利姆路・坦派斯特的史萊姆——」

「史萊姆？你耍我啊！」

有人打斷大臣大聲嚷嚷，叫完跟著起身，是黑髮黑眼的青年。

在王面前，就連大臣和貴族都不敢有這種無禮舉動。只不過，該名青年生在與這類禮儀無緣的世界。更甚者，此人的地位容許他做出這類無禮舉動，不超過某個範圍就行。

說白了——他是「異界訪客」——

法爾姆斯王國的英雄之一。

因為他是英雄，無人對他的言行舉止不滿。不，該說心生不滿也沒膽脫口才對。

某些頗有威望的貴族顯然不把青年當一回事，不過，將那種態度顯露在外對自己沒好處，他們都明白其中的利害關係，彼此心照不宣。

法爾姆斯王國每三年會舉行一次「召喚儀式」，叫出能力上最適合用來戰鬥的人體兵器。而叫出的便是田口省吾（Shogo Taguchi），二十歲的日本人。

「省吾，稍安勿躁。把報告聽完。」

宮廷魔法師長拉贊開口，要省吾收斂點。

「可是，史萊姆不是小嘍囉嗎？那種垃圾怎麼會當上森林盟主？該不會是那個？森林裡只有廢物？我每天進行戰鬥訓練，就是為了打倒這種雜碎？」

省吾以戰鬥訓練為名目，把十幾名騎士團精銳打到重傷，這件事就發生在昨天。一回想起來，拉贊就露出苦悶的表情。

這個叫省吾的青年確實擁有強大力量。可是，要操縱這股龐大力量，他的心還不夠成熟。

他十七歲時被叫到這個世界，至今過了三年。拉贊認為他的暴虐程度與日俱增。若沒有召喚時注入的支配魔法約束他，那種個性很容易讓省吾變成毀滅國家的不定時炸彈。

不過，他絕對無法違抗支配魔法。

「給我『閉嘴』。」

「唔——」

拉贊的「鍵言」讓省吾唯命是從，乖乖坐回位子上。

他眼裡燃著凶惡的怒火，但被拉贊這個堂堂大魔法師無視。

此時有人朝拉贊涼涼地開口。

「拉贊大人。省吾先生沒有惡意。在我們的世界裡，史萊姆是有名的雜碎魔物。不，某些遊戲把它作成強敵，可是一般而言史萊姆都很弱啦。」

「恭彌，是你啊。既然你在，就稍微安撫一下，讓省吾乖一點。我們在謁見國王啊。別讓我丟更多的臉！」

名喚恭彌的青年也是受召者，來自日本的「異界訪客」。

本名橘恭彌（Kyoya Tachibana）。兩年前法爾姆斯鄰近小國將他召喚出來，被人帶到這裡。法爾姆斯王國境內住了一些「異界訪客」，他是最後才加入的。

恭彌聳聳肩膀，表示願意聽從指示，一雙眼朝省吾看去。省吾跟著點頭，平息怒火，閉嘴聽大家談話。

斜眼看他們二人，拉贊要大臣繼續說下去。

在「魔國聯邦」的城鎮裡，有許多哥布林和半獸人族進化而成的魔物棲息。

話說對外表示中立的矮人王國，境內常會見到滾刀哥布林、高等半獸人和狗頭族，但那些只是部分特例。

報告指出魔國聯邦鎮上居民都是進化種，推翻既有常識。

統率族群的個體進化成高階種——這是好幾年才會發生一次的現象。通常這類個體沒有成長變強的機會，被人發現會馬上遭到討伐，迅速格殺。矮人王國跟這類魔物保持交流，對人類社會來說根本是異類。

然而據這次的情報指出，鎮上居民都是進階個體。這種案例往回追溯幾百年也找不著吧。但那些都是真的，密探的報告讓人無從質疑。

這麼一來，首要之務就是討伐吧……可是這次很難辦。

成為亞人的魔物長知識、長技術，開闢森林，建造城鎮和道路。如今已通人話，還做起生意。

至於剛才聽說的「輪替點」制度，密探也報備過。用來稱呼警備人員的輪替制度，那些建築物的正式名稱則是「派出所」。

大臣針對報告做詳細說明。

還說「派出所」都設在街道要地。原本是開拓道路住的臨時宿舍，他們直接進行改裝，拿來當哨站。

此外，魔物還會在各哨站待機，藉此保障旅人的安全。

「還派出所咧，他們是警察喔！」

省吾語帶嘲諷，稍微出聲吐個嘈。

厲聲糾正他的人是拉贊。

「省吾——」

「好啦好啦。我閉嘴就是了！」

「不。你剛才說的警察是什麼？」

「啊？警察就──警察啊……？」

見兩人話不投機，恭彌笑著插嘴。

「拉贊大人，這個警察就是──」

他抓重點講，來個簡單的講解。

「──哦。聽起來，等同將衛兵工作細分的組織吧。不過，魔物居然有辦法營運這樣的組織……」

「在那個國家裡，或許有我們這種『異界訪客』吧？如果他有某種能力，跟魔物打成一片也許只是小事一樁。」

「啊？誰會這麼大費周章啊！要是他有力量，在這個世界求生很容易吧。幹嘛沒事找事做，弄到被人盯上？」

「這麼說也對。」

省吾和恭彌一下就對這個話題失去興致，拉贊卻換上認真的表情思考。

（──「異界訪客」？可能嗎？不，朝這個方向解釋就說得通了。）

拉贊陷入沉思，發現艾德馬利斯王在看他，微微地點頭致意。

他們盯上的國家可能有「異界訪客」固然令人在意，卻不至於影響整個計畫。

拉贊旗下的幾個弟子召喚「異界訪客」，不只省吾和恭彌，大有人在。

可能性只代表有可能發生。將可能性一起考量進去再展開行動就行了，沒問題。

（呵呵，就算那裡有「異界訪客」也於事無補，省吾是我的最強棋子，那傢伙肯定不是對手──）

打著如意算盤，拉贊繼續聽大臣做後續講解。

●

向大家剖析原因後，人們開始切入今日緊急會議的正題。

就是朱拉大森林多了一個城鎮。

冒險者拿那個鎮當據點，收集魔物素材。

那裡生產性能優於矮人王國製品的回復藥，也有能保養裝備的鐵匠。

還住了商人，收集素材後，省去返人類據點販賣的工夫。如此一來，自然會有大批冒險者朝魔國聯邦聚集。

法爾姆斯王國的都市離森林有段距離，特地跑一趟的動機也沒了。

還有更大的問題等在後頭。

正是這次用來號召貴族的名目……

橫越朱拉大森林，與矮人王國、布爾蒙王國連通的陸路成形，還是由魔物亞人保障人身安全的交易路線。

有這條路以後，大部分的商人去矮人王國不需經過法爾姆斯王國。

這件事可不能裝做沒看到。

默許他們，收關法爾姆斯王國存亡。

畢竟法爾姆斯王國——

沒有亮眼的特產，也沒有礦產資源。

優秀的工業國家矮人王國就在旁邊，本國的工業水平相對較低。

農作物的收成量不至於讓國民餓肚子，拿來當國庫稅收卻不夠用。

國家稅收都靠觀光和貿易兩大經濟支柱撐場。

做完說明，大臣朝艾德馬利斯王一鞠躬。

艾德馬利斯王點頭回應，放眼環視各諸侯，朝他們問話。

「好了，接下來該如何對應？」

無人回答王的問題。

目前受召的貴族和大臣手邊都配有報告書，跟王看的報告內容一樣。上頭詳細記載剛才那位大臣說過的事。

群聚於此的都是高階貴族，負責國家營運、財富管理的中樞。

中央機關的成員——喪失本國優勢、稅收減少會帶來多大的衝擊，他們比任何人都清楚。

大夥兒沒有回應，但他們想法一致，只是說出來就要背負所有責任。怕得負全責，才不敢回話。

——辦法有，就是毀滅那個城鎮。

法爾姆斯王國是大國。

按國力計算，可動員的軍隊人數最高來到十萬。只不過，對手是進化的魔物。一般士兵不是他們的對手。必須追加訓練有素的騎士、身手熟練的傭兵。

這場戰爭的敵人並非人類，既然是你死我活的討伐戰，門外漢就沒出場的餘地。派他們去只會徒增無謂的死傷，變成礙事的絆腳石。

那麼十萬將士裡，究竟有幾名堪用……

法爾姆斯王立騎士團——五千名。

由騎士團長弗肯親率，法爾姆斯王國最強的騎士團。奉國王之命自由行動，王直屬的精銳部隊。個人戰鬥能力B級，被評為西方諸國最強的騎士團。

法爾姆斯魔法士聯團——一千名。

由宮廷魔法師長拉贊率領，畢業於王立魔法學園的菁英集團。遴選特別擅長戰鬥魔法的人組成，都是魔法專家。

法爾姆斯貴族聯合騎士團——五千名。

自大貴族底下的直屬騎士遴選，包含貴族子弟在內的菁英騎士團。然而他們缺乏實戰經驗，身分是職業軍人，戰鬥能力有待商榷。

法爾姆斯傭兵游擊團——六千名。

平常以最低限度的人員數維持國內外治安，遇緊急狀況會召集他們，徹底發揮那股力量。成員實力掛帥，想藉由立功當上騎士，都是一些野心勃勃的傢伙。

上述一萬七千人是法爾姆斯王國的常駐戰力，可以立即出動。

為遠勝他國的龐大戰力。

話雖如此，魔物王國的居民超過一萬人。魔物進化後，能力很可能來到C級以上。就算出現B級魔物也不足為奇。

這樣一來，即便法爾姆斯王國勝券在握，依然會出現人員傷亡。再者，堪稱國家重寶的國王直屬騎士團、魔法士聯團一旦蒙受損傷，免不了被人追究責任。他們是花大把資金栽培的人才，可不能因無謂的戰爭耗損。

害怕痛失人才——拿這個當理由恐怕無法說服貴族。不過，光靠傭兵游擊團又打不贏……

為求百分之百獲勝，必須投入所有的戰力。群聚於此的眾人都在第一時間做此結論。

在此提及開戰一事可能需連帶擔負下述責任——調度維持軍隊、管理軍隊的資金、張羅傷亡的損害賠償對策。

要給西方諸國一個交代也很麻煩。特別是目前正在跟魔國聯邦交流的布爾蒙等國，定會極力反彈。

尤其是負責外交部門的成員，他們已經想到這個問題，預料未來可能會發生的事。所以，大夥兒不敢貿然提議。

不希望喪失國家利益，一方面又怕惹禍上身。可是繼續放著不管，王國將蒙受損失。更慘的是，弄不好害國力低落，國家恐怕有覆滅的危險。

——必須採取行動，拜託誰先起個頭吧……

聚集在此的眾人都有共識。

讓各國閉嘴的外交。

以及有把握戰勝的兵力。

最重要的是收買停在魔物城鎮的冒險者。絕不能跟他們為敵，如果可以，最好讓這些冒險者跟我國聯手。

問題一大堆，卻沒有任何利益可言。朱拉大森林管理起來很困難，攻克魔物國度也沒辦法收來當自家領土。

怪不得自告奮勇的沒半個。

●

這幫貴族在想什麼，艾德馬利斯王瞭若指掌。

他的想法與大家如出一轍。唯一的不同點在於王已經擬定對策，動手去做了。

當初聽取報告後，艾德馬利斯王立刻召集自己的人馬，一起商討對策。

關鍵是想個辦法，用無損國家利益的手段解決。此外，他們還討論該如何獲取更龐大的利益。

「放任魔物王國發展，總有一天消息會傳遍西方諸國，到時就沒機會出手。要擊潰他們就趁現在。」

拉贊如此開口。

「哼！不過是魔物！」

騎士團長弗肯嗤之以鼻地喊道。但他想起國王就在前方，馬上拿出謙恭的態度。接著冷靜下來，開始做客觀的分析。

「的確，魔物一旦進化就變得很棘手。成為亞人更加聰明，必定是難以對付的強敵。而且他們還成立組織，在這方面展現一定程度的能耐。數量超過一萬。也就是說保守估計，危險度達到災厄等級，搞不好還來到災禍級。假如那幫魔物的盟主跟人類敵對……或許會催生新的魔王。」

「竟然有這種事？如果他們是災禍級魔物，我們怎麼可能獨力應付！」

艾德馬利斯王發出驚呼。然而人們沒有回應他的呼喊。

拉贊的推論似乎和弗肯一致，他沒有插話，只點頭了事。

「請您放心，陛下。」

此時有人開口，是雷西姆，法爾姆斯王國地位最高的祭司。

他是西方聖教會派來的大主教，在這個以「魯米納斯教」為國教的法爾姆斯王國，他名義上跟王的地位相等。然而這只是檯面上的表現，背地裡王的權力略勝一籌。

「噢噢，雷西姆。你有什麼好辦法嗎？」

堪稱艾德馬利斯王仰賴的心腹，雷西姆說起話來帶著聖職者不該有的冷酷笑容。

「有，我有，當然有。關於這次提到的魔物王國，教會本部認為他們相當危險。剛才尼可拉斯．修伯特斯樞機大人聯繫我，說該國無疑與神為敵，會派人討伐。只不過，目前沒有災情傳出，某些人類國家還與我方唱反調……本部不想與評議會為敵，就等任何一國出面求援……」

「是嗎！教會已經把該國列為跟神作對的國家了……話說，需要國家出面求助是吧……」

艾德馬利斯王眼睛一亮。

法皇是神聖法皇國魯貝利歐斯的最高領導人，尼可拉斯．修伯特斯樞機則是他的心腹，還是西方聖教會的實質掌權者，更是雷西姆大主教的頂頭上司。戴著聖職者面具的惡魔——大家如此稱呼這個男人，而他的傲慢與殘酷也人如其稱號。

連艾德馬利斯王都敬他三分，是令人畏懼的策士。

他做出決定。這表示背後那名女子即將展開行動。

艾德馬利斯王不由得扯開笑容。

「打個比方……要是我國國民因該國受害，該如何應對？」

「屆時西方聖教會將擔起責任，出面救助信徒。」

「哦，如此甚好。畢竟我們是虔誠的神之子民啊。」

「是，正是。您說得對極了。」

艾德馬利斯王與雷西姆大主教相視而笑。

有人打斷他們，是弗肯。

「到時我國也會大舉出兵，前去討伐魔物。靠王立騎士團就能殲滅魔物王國，但不怕一萬只怕萬一。雷西姆閣下，教會也會派兵嗎？」

雷西姆似乎早就料到對方會問這個，臉上笑意更深。

「會的，弗肯大人。您大可放心。尼可拉斯樞機大人已經頒布許可令，准我們動用神殿騎士團。」

神殿騎士團由中央聖教會神殿派至各國，團員騎士隸屬於教會。據說總人數突破好幾萬，證明教會擁有絕大的影響力。其中特別優秀的人可以加入聖騎士團，稱之為聖騎士。

法爾姆斯王國的教會當然少不了神殿騎士駐守，人數高達三千。駐紮人數高於其他鄰近國家。

就連雷西姆大主教都無權支使他們。不過，這次尼可拉斯樞機已經做出許可。可以投注一切兵力，毫無罣礙。

「居然准許出動神殿騎士團……看樣子聖教會來真的——」

弗肯滿意地點點頭。

艾德馬利斯王也隨之頷首，開始在腦內思考。

（「魔物是全人類大敵」，這是西方聖教會的教義，不可能承認他們的國家。但少了正當名義，人心將就此背離。所以教會才利用我們。呵呵呵呵，彼此彼此。）

既然雙方看法一致，眼下不如老實追隨，跟他們攜手才是上策。艾德馬利斯王做出判斷。

接著，雷西姆為這場對談下總結。

「當西方聖教會宣布討伐，由我方打頭陣較為妥當。如此一來，你們的兵士亦與有榮焉！」

艾德馬利斯王同意他的說法。

外交和戰力方面，有教會撐腰就沒問題了。

現在只剩最後一個問題——

「再來，要想辦法誘貴族出兵……」

必須誘貴族出兵，也得給傭兵獎勵才行。

光一個正當理由無法說動他們，弄不好還會與之為敵。

「光靠榮譽，大概無法誘他們出兵吧。」

拉贊似乎也這麼認為，嚴肅的神情依舊凝重。

「王立騎士團、魔法士聯團，加上駐紮我國的神殿騎士團，兵力共九千。這樣真的能贏嗎……」

除了雷西姆，其他三人都希望多點後盾。

不過，有人出面打破沉重的空氣，又是雷西姆。

「對了，我想起來了。關於這件事，尼可拉斯樞機大人要我帶個話。『魔物不是人』。他還說，這塊土地『不在教會保護範圍內，隨你們處置』。」

他笑臉迎人地轉述。

「魔物不是人」？這種理所當然的事何必多——話才要出口，艾德馬利斯王就將它嚥回去。毀滅魔物王國後，無法將那塊土地納入管轄只是暴殄天物，一點好處都沒有。可是，若能納入管轄……？

降伏魔物城鎮，獲得治理該地的權力將有何不同？

奴役魔物不會讓人良心不安。魔物奴隸隨處可見。

假如透過交涉歸順，大可以法爾姆斯王國的名義庇護。前提是他們願意投降，來當神的僕人。

如果不從就攻破魔物國度，奴役倖存的魔物，再將那個城鎮納入自家國土。

像矮人之類的亞人可能不方便抓來當奴隸，但光只是進化的魔物不算人。用魔法將他們變成奴隸也無傷大雅。

「原來如此，尼可拉斯樞機大人真有一套。已嗅得先機了。」

「您說的是，正是。大人他一直心繫法爾姆斯王國的前程。」

艾德馬利斯王大力頷首。

法爾姆斯王國可以獲得新的領土，還能獨攬朱拉大森林的自然資源。

叫那些變成奴隸的魔物防守，大家也不會有意見吧。魔物奴隸，評議會定能認可才是。

最重要的是，他們能取得新的貿易路線。一旦控制這條路，他們又可以把布爾蒙王國踩在腳底下，繼續跟矮人王國貿易。

追加徵收魔國道路的過路費，肯定能獲取更多利益。稍微暗示背後的利益，原本難以使喚的貴族肯定會爭先恐後參戰。

（如果事成……一定要想辦法奴役那個國家的技師，由朕納為己用……）

問題解決了，慾望跟著萌芽。

艾德馬利斯王也不例外，最近令他著迷的東西開始在腦內盤旋。

那是一種絲織品。好像是在魔國買的，摸起來非常舒服，至今遇過的布都相形失色。

魔法纖維、麻布等根本不是它的對手。分析後發現，這是從魔物地獄蛾繭取出的絲，用那些絲仔細編織而成。

地獄蛾是B級的高危險魔物，拿它們的繭當素材根本連想都沒想過……然而事實上，如此高檔的布就在手邊。

一定要不擇手段弄到製作方法，打造成本國特產。聽說該國還有其他令人眼睛為之一亮的產品，所以艾德馬利斯王讀過報告書就命人收購各類商品。

話雖如此，只要攻下他們的國家，這些全都手到擒來，不費吹灰之力。

慾望幾乎要令艾德馬利斯王笑出來，但他拚命忍住。

有西方聖教會撐腰，這場戰爭將成為「聖戰」。指揮作戰、帶領大家邁向勝利，得此殊榮意義重大。可以鞏固自身基礎，制衡那些特別有威望的貴族。

換句話說，這場戰爭的總指揮官非國王莫屬，也就是自己——艾德馬利斯王心想。打贏這場降魔聖戰，他就能如己所願獲得名聲，成為英雄王。

弗肯會成為打倒災禍級魔物的英雄。

拉贊則是支援他的賢者。

大夥兒都能贏得好名聲。

尼可拉斯樞機也會對雷西姆讚譽有加，下一任樞機的位置將唾手可得。

這次的戰爭對眾人來說利益良多。

雖說到時要拿錢資助西方聖教會，可是跟到手的財富相比，那點小錢不算什麼。

若有貴族立下汗馬功勞，那塊魔國土地給他們當領土也行。該國產業、支撐產業的技術才是關鍵所在，不是領土本身。關稅權握在本國手中，對外分點多餘的小甜頭不成問題。考量防禦開銷，送出去當貴族領土或許更划算些。

艾德馬利斯王想獨占魔國的財富。為此，必須想辦法製造情境，讓貴族不為這場戰事爭先恐後，並且事後沒機會抱怨——

＊

這場有名無實的會議就是用來製造此情境的鬧劇。

只要大夥兒不出聲，身為國王的艾德馬利斯就得出面領兵，他要靠這場會議製造假象。

國王環視大貴族和大臣，確定無人吭聲。

如此就能製造假象，假裝王御駕親征是迫於無奈。

時機正好。

「朕原想請眾愛卿擔負重任，對你們來說，似乎過於沉重……」

艾德馬利斯王拿這句起頭，打算繼續說重點。

然而一名貴族舉手發言，打斷王的話。

「陛下，恕臣直言！據說這個名喚魔國聯邦的魔物王國，他們已和武裝大國德瓦崗、布爾蒙王國締結邦交，也跟冒險者展開交易，不知貿然出手會帶來多少影響……」

「正是。不僅如此，該國亦得矮人鐵匠協助，開發獨家技術……若我們舉兵進攻，周邊各國定會對我國有意見吧！」

二名貴族皆提出反對意見。

是法爾姆斯王國裡自成一派的貴族派系，領頭羊米歐拉侯爵和追隨者海爾曼伯爵。

王暗中壓下想咒罵他們兩人的衝動，悄悄朝拉贊使眼色。

「——兩位言之有理。說實在話，我也怕喚醒沉睡的獅子……」

「拉贊啊，朕同意你的看法。不過——」

「是，臣明白您的意思，陛下。放任該國發展，我國的威勢必定一落千丈。必須趕在悲劇發生前扳倒他們。哪怕得不計代價……不滅他們就換我國滅亡。」

嗯的一聲，艾德馬利斯王頷首稱是，利慾薰心令目光混濁。

不只是他，拉贊也一樣。這是事前套好的招，並非真心話。是在扮演憂心王國的王和忠臣。

看見這一幕，貴族都被艾德馬利斯王騙得團團轉。

「還有一件事要跟各位報告。雖然還沒對外公開，但神已經下聖詔了——要我們討伐魔國。」

雷西姆還拐彎抹角，表明這場戰是「聖戰」。

貴族開始搖擺不定。既然是聖教會認可的戰役，他們就有正當理由出兵。

「米歐拉侯爵和海爾曼伯爵的擔憂固然有理。不過，對聖教會存疑，這種事連想都不敢想啊。」

「——再說，也可以朝這個方向解釋啊？我們會讓諸國清醒，或許他們都被魔國給騙了。魔物不值得信任。要提醒他們！」

弗肯強而有力地吼道。

「可、可是——」

「那樣一來，我們會背上汙名……」

「哦，那兩位有何見解？」

見侯爵與伯爵無法接受，艾德馬利斯王語氣溫和地反問。

有聖教會替我國撐腰，周遭國家怎麼想不足掛齒。法爾姆斯王國是大國，在評議會上握有莫大的發言權。政治與宗教兩大層面都端出冠冕堂皇的名義，化解其他國家的干涉易如反掌。

被人這麼一問，那兩人先是互看一眼，接著就由米歐拉侯爵當代表應答。

「要不要送使者過去？若我國與該國交流，便能得知對方是否值得信賴！有機會與該國交好，魔物威脅隨之解除，也不需出兵。聖教會之所以沒公開，定是要一窺究竟、看他們是好是壞。」

「說得對！」

海爾曼伯爵也跟著頷首道，為侯爵幫腔。

米歐拉侯爵、海爾曼伯爵的領地與森林相接，保衛領土的問題一直讓他們頭疼。此外，米歐拉侯爵的領土更與布爾蒙王國相連，雙方關係良好。

基於上述原因，兩人才對魔國討伐投反對票吧。

（搞不好布爾蒙王國有給他們好處，但出兵討伐已經是既定安排了。）

你們慢了一步——艾德馬利斯王在心裡暗自竊笑，順便將這兩人視為眼中釘。王對名利勢在必得，腦子裡只剩那兩樣東西。

不僅如此，有人代替艾德馬利斯王回應兩人，是雷西姆的冷言冷語。

「話不能這麼說，米歐拉大人、海爾曼大人。神已經下聖詔了。魯米納斯神不容許世上出現任何魔物。更別說已經形成國家……這與新魔王誕生無異！竟敢放這些汙穢的生物苟且偷生，那可是十惡不赦的重罪啊！」

不敵他的氣魄，米歐拉侯爵和海爾曼伯爵為之屏息。

想乘勝追擊，艾德馬利斯王用威嚴的聲調開口。

「朕懂你們的意思。那朕問二位，那些魔物當真可信？你們誰敢保證，該國魔物今後都不會攻擊人類？你們敢擔起責任背書？朕愛護子民，二位敢說會守住子民的身家財產？對手是魔物，真實想法不得而知，與人類水火不容吶？兩位愛卿的想法未免過於天真了。」

艾德馬利斯王問起話來咄咄逼人。

遭問的兩人面色鐵青，無言以對。

想也知道。

對手不是人，採信的憑據在哪兒——弦外之音直指這份不安，侯爵與伯爵根本無從反駁。

照艾德馬利斯王分析，那個什麼盟主本人肯定是好好先生。曾在武裝大國德瓦崗發表演說，還如實體現提及的內容。

讀到報告書提的理想論「希望魔物與人類不分敵我，彼此攜手合作」，王甚至笑了出來，認為盟主過於天真，是很好擺弄的對象。

沒什麼心機，一個老實的魔物。這是那個盟主給艾德馬利斯王的印象。

那些東西沒有寫在發給貴族的報告書裡。使這種小手段是想避免有人反對，要是穿幫大可裝作不知情。

（這樣一個濫好人盟主，搞不好三兩下就能降伏也說不定……）

說服他們歸順大國法爾姆斯，對方也許會厭惡爭鬥，選擇跟我國和平交涉，艾德馬利斯王同時相中這點。

（那樣一來，事情就能圓滿落幕。願意向朕繳納金銀財寶，放他們自治也行——）

想到這兒，艾德馬利斯王趕緊收斂即將因慾望扭曲的臉龐。

接著，確定其他人沒有進一步發表意見，王挑明自己要出戰的事。

「這場戰爭是聖戰！先派先遣隊過去，傳達朕的意思！若他們願意歸順我國即好事一樁。否則，朕忠誠的兵將替天行道！」

「「「陛下英明——！」」」

既然艾德馬利斯王自告奮勇出戰，在場眾人怎麼可能跟他唱反調。

就這樣，法爾姆斯王國打著降伏魔國聯邦的名號，決定興兵攻打。

會議過後——

「不過話又說回來，派先遣隊去鬧，他們可能不願投降，反倒原形畢露反抗我們？」

「說得對。為了讓他們見識我國實力，應該派『異界訪客』省吾過去才對……」

「哦？可是只派省吾，不確定因素很大。那傢伙言行舉止問題不少，但他確實很厲害。可不能因他失控打亂大局。」

「話是這麼說沒錯，但魔物數量龐大。有事最多只是逃回來，但一不小心可能會被殺。不然這樣好了，讓恭彌一起去就沒問題啦。再說有個人選也很適合出這種任務。」

「你說她啊，那個女人。朕懂你的意思。」

聽拉贊與弗肯談論，艾德馬利斯王點頭稱是。

發兵的目的在於削弱敵方士氣。能不戰而勝奴役魔物再好不過。雖說我國備妥的兵力穩操勝算，但艾德馬利斯王還是希望將傷亡降至最低。

「愛卿說得有理。派那些怪物出戰，或許連兵都用不著。可是，切忌輕忽。」

「請陛下放心。保險起見，我會命他們稍微作點亂就回國。」

哪輪得到王擔心，拉贊也一樣，頂多只想試探罷了。

見他們三人商討對策，雷西姆帶著殘酷的笑容開口。

「陛下，若方便，能否恩准我試試獨家祕術？」

「祕術？雷西姆閣下，你說的祕術是指什麼？」

「雷西姆，你在打什麼歪主意？」

「這個嘛——」

笑意不減，雷西姆愉快地解說。聽完他的說詞，艾德馬利斯王也露出愉悅的笑容。

同樣的，拉贊跟弗肯都扯出與之相仿的笑靨。

「咯咯咯，真有趣。」

「那麼？」

「好，就用吧！朕准了，雷西姆。」

「謝主隆恩。小人定會替陛下爭光！」

如此這般，雷西姆亦下了一步暗棋。

●

在艾德馬利斯王的號令下，先遣隊集結。

該急行部隊由百名馭馬騎士、數台馬車組成。其中混雜三名「異界訪客」。

田口省吾、橘恭彌，最後一人是女性，叫水谷希星（Kirara Mizutani）。

「是說，好久沒出外旅行了——不過他們也找我，果然要那個嗎？」

「是啊，沒錯。」

「恭彌，你知道內情嗎？」

「……你不也知道？法爾姆斯王國要出兵討伐那隻史萊姆。」

「好笑。還真的為一隻史萊姆勞師動眾喔？」

「不，實力有待確認吧？能操縱數以萬計的魔物，光想就覺得很危險啊。」

「是嗎？要我說，這個國家的騎士弱到不行。所以我在想，是這個世界的人類太弱，弱到怕些雜碎魔物啦。」

「啊哈哈，是省吾太強吧？獨有技專門用來作戰，真不是蓋的。」

「不不不，在我看來，希星的技能更可怕。」

「對啊。我也覺得妳比較強。」

希星是年僅十八的少女。跟省吾一樣，三年前被人叫到法爾姆斯王國的領地裡。

不具直接傷人的戰鬥能力，只能用交涉技能影響他人的思想，所以當初被人誤當召喚失敗品，沒有受到禮遇……

希星為此大發雷霆。還將那股力量用在痛處。大叫：「開什麼玩笑，一群垃圾！敢小看我的人都去死啦！」

效果立刻顯現，抵抗失敗的人全都自我了結。希星的獨有技「狂言師」就是這麼厲害。交涉系不得了。光用言語命令就能讓對手言聽計從。不論語種，希星的意思就是一切。

直到召喚主察覺，趕緊用「咒語」壓制之前，一條條人命就這麼持續遭希星虐殺。

省吾、恭彌、希星無一例外，召喚後立刻確認他們的能力。

幾個月來皆透過魔法學習語言，同時接受各式各樣的測驗。被人用「咒語」下令便無法違抗，不從也得從。

以此類推，他們的技能也被迫一五一十攤牌。

希星在那個時候老實說了，卻沒有正確說明。這是因為希星的語言學得不好。

她當時才十五歲，在她看來學習外文是件痛苦的事。雖然有魔法輔助，對討厭念書的希星來說卻跟拷問沒兩樣。

結果就引發了那個悲劇。在那之後，希星未經許可便無法使用技能。

省吾跟她的遭遇類似，但不知該說幸還是不幸，他早在確認之前就證明自身能耐。

受召後當場殺掉圍在他四周的魔法師，共三十名。

放他的力量——獨有技「狂暴者」肆虐。

正如技能名稱所示，肉體強度和身體機能大幅提昇，簡單明瞭扼要。當時十七歲的他是不良少年，讀吊車尾高中。反社會、喜好暴力的心喚醒那股力量。

從小學的空手道和獨有技「狂暴者」相輔相成，省吾的戰鬥能力大幅進化。結果造成三十名魔法師慘死。假如拉贊不在，損失肯定更加慘重。

無論希星或省吾都一樣，來到這個世界的受召者不可能乖乖聽話。外人為了自身利益硬生生將他們拉離原本的生活，會反抗情有可原。此處的居民很清楚這點。

辦法就是對召喚儀式魔法注入完全支配受召者的「咒語」。如此一來，他們這些「異界訪客」就會對召喚主言聽計從。

「話說那個臭老頭……竟敢隨意支使我們……」

「真的，煩死人了。有機會一定要殺了他。」

「兩位冷靜，別這麼說嘛。只要我們乖乖聽話，在這個世界就不愁吃穿，他們會用最高規格禮遇。」

看省吾和希星老大不爽，恭彌出面緩頰。這已經是老戲碼了，但省吾他們依然無法釋懷。

「啊？本來就該禮遇我們吧！而且就算號稱這個世界的最高規格待遇，拿去跟我們的世界比，根本連屁都不如吧？」

「真的——沒有時尚的店跟美妝。沒電視沒網路，連智慧型手機都沒有耶！這個世界沒半點娛樂，說真的，我看乾脆毀滅算了。」

他們的不滿愈積愈高，隨時有爆發可能。最重要的是，自由意志遭剝奪，變成任他人擺布的棋子，兩人對這種情況忍無可忍。

恭彌也感同身受。然而不同於他們二人，他懂得變通。

他對原本的世界毫不留戀，來這獲得的能力更吸引他。

省吾和希星，以及自己的力量。

看過這些能力之後，他一直在研究能力的利用方式。研究到一半，這次的事件找上門。要討伐魔物，換他們上場。

兩年來，恭彌對實戰機會引頸企盼，總算讓他盼到了。

（省吾和希星好像很不開心，但這反而是一個好機會。一旦開戰，用「咒語」束縛我們的人可能會出現破綻，運用得當或許能殺了他。不，就算我們不出手，他可能也會自己賠掉性命。）

用講的怕他人用魔法偷聽，無法跟他們放心商量。這點最麻煩……

總而言之，恭彌把這次的戰事當成轉機，虎視眈眈地等待，尋找重獲自由的機會。

就這樣，乘載著三人三種心思，運送他們三人的馬車直指魔國聯邦。

●

魔王克雷曼緊急聯絡繆蘭。

對她下令，要她發動特殊的大魔法。

這種大魔法的作用範圍是半徑五公里，圈內會變成魔法無效領域。發動大魔法需一段時間，克雷曼要她立刻實施。

目的在於斷絕城鎮與外界的聯繫。

事情似乎沒這麼單純，魔王克雷曼卻沒有進一步說明。

她只知道魔王克雷曼在醞釀重大計畫。要是被魔國聯邦居民察覺就不好了。繆蘭為此惶恐不已。

然而克雷曼不許她多問，繆蘭只好聽話照辦。此外——

這魔法原本是用來對抗魔法的防禦魔法。繆蘭的版本有做過修改，身為術師的她必須當施法中心。問題就出在這裡。

要發動大魔法並維持，繆蘭必須變回高階魔人，露出真面目。再者，發動規模如此龐大的魔法，這個國家的人不可能毫無知覺。

她是魔法師，待在魔法無效區對付該國人民，簡直要她去送死。

魔王克雷曼指定的魔法為設置型，一旦發動將維持數天，無論繆蘭是死是活。也就是說，克雷曼完全把她當死士用。

接獲這個命令，繆蘭深感絕望。不過，某個男人的身影掠過腦海。

拒絕赴命會拖累對方，害那個男人落得淒淒慘慘。她比任何人都清楚這點，才逼不得已服從魔王克雷曼的命令。

（果然，最後還是無法逃離克雷曼的手掌心。我死有餘辜，可是，至少要保住他的命——）

那個男人願意喜歡這樣的自己，想起尤姆的臉，繆蘭不禁綻放微笑。

幾百年來，繆蘭冰封自己的心，尤姆的話充滿柔情，讓她如沐春風。

（有你那句話就夠了——）

她下定決心，打算一個人悄悄離去。

「妳想去哪兒，繆蘭？」

「是克魯西斯啊，有什麼事嗎？」

「嘿，沒什麼啦。」

說完，克魯西斯開始找繆蘭聊天。不僅如此，他好像還想當跟屁蟲。

想起剛才魔王克雷曼的樣子，滿心焦急的繆蘭想甩掉克魯西斯。總是一派冷靜的克雷曼對她下令時，樣子顯得有些焦慮。還說「快點發動魔法就對了」，單方面切斷魔法通訊。

聽起來，八成遇到突發狀況。

「對了，餐廳推出新的點心嘍！好像叫泡芙吧，尤姆說那個超好吃。我們現在去吃吧！」

克魯西斯老是少根筋，讓繆蘭有點煩躁。撞見那張笑臉，好不容易堅定的決心又開始動搖。

「難得你好意邀我，抱歉。你說的那種點心，昨晚尤姆已經當禮物送我了。」

「嘖，那個混蛋……又偷跑……」

「偷跑？你在說什麼啊。總之我有要事在身，等會兒再——」

「等會兒？真的嗎，妳等一下會過來找我嗎？」

「會、會啊。這還用說？」

隨便找話搪塞，繆蘭打算丟下克魯西斯走人，不過……

「話說剛才，我收到奇怪的消息。聽說『魔王蜜莉姆跟我國宣戰』。才想說這怎麼可能，就看到妳樣子有點奇怪，讓我有點在意。」

克魯西斯用銳利的目光盯著繆蘭看。

原來是這麼一回事——繆蘭釐清狀況。

雖然不清楚魔王蜜莉姆跟魔王卡利翁是怎麼打起來的，但魔王克雷曼肯定在背後操弄。

這之中一定發生了問題。

她想，魔王克雷曼大概沒料到魔王蜜莉姆會下戰帖吧？

原本魔王蜜莉姆該殺個對方措手不及，一舉進攻獸王國吧。克雷曼可能想趁機命繆蘭發動魔法，卻因魔王蜜莉姆這匹脫韁野馬打亂計畫──以上是繆蘭的推測。

（話又說回來，切斷這個國家的對外通訊有什麼目的？）

獸王國跟魔國聯邦也有邦交，但魔國聯邦的戰力不足以對付魔王蜜莉姆。明知沒用還要斷絕聯繫是因為──想到這兒，繆蘭突然靈機一動，答案隨之顯現。

（──我懂了。他對那隻名喚利姆路的史萊姆有所顧慮。的確，如果是那隻史萊姆，或許能說動魔王蜜莉姆。）

魔王克雷曼擔心利姆路這個不確定因素，怕他參戰。所以想避免魔王卡利翁的人馬聯繫魔國聯邦幹部、讓利姆路輾轉得知此事，才下令要繆蘭發動魔法。

那麼，她繼續拖拖拉拉只會惹毛魔王克雷曼。

必須快點發動魔法才行，繆蘭心想。

「還有，妳這麼聰明應該已經聽說了，這個國家的高層目前手忙腳亂。在這種時候出現可疑舉動，無疑是自殺行為喔！」

克魯西斯說得沒錯，如今魔國聯邦高層陣腳大亂。

幾天前發現有不明武裝集團靠近，蒼影等情報人員全數出動。情況有古怪，高層都很緊張。

「是嗎？我都不知道──」

風雨欲來，還是魔王克雷曼掌控之外的某種事物──繆蘭開始坐立難安。

這樣下去不知道會發生什麼事。要盡快按指示發動魔法才行，否則盛怒的魔王克雷曼不只會收拾繆蘭，還會把鎮上居民殺個精光……

情況都迫在眉睫了，克魯西斯卻出聲警告繆蘭，完全沒有放過她的意思。

「別以為裝不知情就沒事。妳休想在這種時候搞鬼。」

「說什麼蠢話……先別管那個，既然對手是魔王蜜莉姆，你的主子不就危險了？」

「哦，說得好像妳很了解魔王蜜莉姆一樣。放心吧。卡利翁大人是無敵的。不管魔王蜜莉姆多強，卡利翁大人都不會輸。現在的重點是妳，繆蘭！」

「我真的不懂你在說——」

「少裝蒜。妳是魔人吧？」

若她認真起來找話搪塞或許有辦法騙過去。可是繆蘭不想一直欺騙克魯西斯。

「平常鈍得要命，這種時候又敏銳得很。看樣子瞞不住了。反正鬼人他們早就發現了吧？」

「既然這樣妳還——！」

「就算是這樣好了，我還是得做。克魯西斯，我也喜歡你。雖然只把你當朋友就是了。可是，你敢阻止我——就取你性命。」

繆蘭說著便解除人化，恢復魔人姿態。

「——！」

被繆蘭用炯炯有神的目光逼視，克魯西斯為之卻步。

「妳的決心好強烈……打算豁出性命嗎？可是，為什麼？我知道了，是妳主子對妳下令吧？」

「我沒必要回答你。」

繆蘭雖然沒有回答，克魯西斯卻因此得出答案。

「這麼說來，魔王克雷曼大人將手下用完即丟出了名。妳該不會——」

「住口！再耍嘴皮子試試，當心我真的殺了你，克魯西斯！」

總是從容不迫的繆蘭失去冷靜，克魯西斯見狀恍然大悟。

「看樣子我猜得沒錯。妳不惜付出性命也要完成任務就代表——」

他的話還沒說完，一名男子就出聲打斷。

「——關於這件事，我想聽聽細節。」

有人靠完美的「隱形法」騙過兩名魔人，從樹蔭中走出——是尤姆。

他平常就很在意繆蘭，沒道理漏看繆蘭不自然的表現。

「尤姆，你……」

被最想隱瞞的對象得知真實身分，不知為何，繆蘭反倒覺得放心。

尤姆對這樣的繆蘭開口，接下來的話讓她大感意外。

「繆蘭，相信我。我會保護妳。」

「你是笨蛋嗎？看我的樣子也知道吧。我是高階魔人！你這個人類比我還弱，要怎麼保護我！」

繆蘭再也無法保持冷靜。

但尤姆無所謂，儘管場合不對，還是對繆蘭坦承心中那股熱情。

「人類？魔人？那種事根本不重要！我喜歡妳。喜歡妳的臉。喜歡妳的味道。喜歡妳的溫度。喜歡妳的生活方式、妳的高傲姿態。我喜歡妳的一切。這對我來說就是全部！」

「——你說什麼蠢話？這些全都是用來欺騙你的假象，是我精心設計的。」

「放心吧，繆蘭。我有自信，可以讓妳騙到死！」

「————！」

這傢伙，好傻……繆蘭打心底這麼認為。不過，他這句話說得理直氣壯，繆蘭除了錯愕還是錯愕。

「呵呵，我贏了。被我迷倒了吧？我發誓會信妳信到死。能信到最後一刻，假象也會變成真的！」

尤姆用最棒的笑容訴說。

繆蘭無言以對——

（笨蛋，你真是個大傻瓜。可是，這樣的你更讓我——）

「呵呵呵，好可悲的男人。我接近你只是想利用罷了。蠢得讓人發笑。有夠笨的。這場鬧劇該結束了！」

冷嘲熱諷一番，繆蘭開始詠唱魔法。已經沒時間猶豫了。所以，順著臉頰流下的淚水肯定是錯覺。

「笨蛋！妳當真——！」

「怎麼回事，克魯西斯？」

她用美麗的歌聲吟唱咒文——改寫世界的法則。

尤姆和克魯西斯已經無法阻止她了。要阻止魔法發動只能殺掉繆蘭。

繆蘭欣然接受。但這個魔法無論如何都要完成。

她一心祈禱並詠唱魔法，沒有中斷。

——全神貫注，為了守護心愛的男人。

●

魔國聯邦的混亂程度超乎克魯西斯想像。

——而事情在繆蘭完成魔法的前一刻，像是層層堆疊般發生。

同時收到好幾份報告，紅丸一臉煩躁。

幾天前傳來的那份最要緊，是派出所駐紮者回傳的。

「紅丸先生，好像有全副武裝的人類集團朝這邊過來。某些人向他們打聽來這幹嘛，結果對方回『下賤的東西沒必要知道！』，沒有正面回應。」

哥布達直接跟紅丸報備……

他趕緊派蒼影前往查探。發現這些人是超過百名的騎士團，紅丸認為不可輕忽。

蒼影跟部下蒼華等人進一步收集情報，得知這些騎士來自法爾姆斯王國。

不清楚法爾姆斯王國的目的為何，交涉起來很困難。事後，他要蒼影等人去探法爾姆斯王國的內情。

他認為這個問題很棘手，跑去跟利格魯德商量。

「還是跟利姆路大人報備好了？」

「可是，利姆路大人都拜託我們看家了，有事就煩他不好吧？」

「這麼說也對。他常常在夜裡回來，到時再回報或許更妥當些。」

兩人做此結論，時至今日。他們認為用不著慌張，因為利姆路可以隨時用元素魔法「據點移動」回國。

紅丸等人決定晚點再跟利姆路報備，開始處理其他雜項。

盡是些不熟悉的工作，每天都過得頭昏腦脹。

這時，蒼影一行回傳法爾姆斯王國的現況。聽說他們快馬加鞭整軍備戰。

這報告令紅丸眉頭一皺。

「利格魯德，聽起來好像不妙。」

「是啊。眼下不好從長計議，最好請利姆路大人火速歸國。」

兩人面面相覷。

他們認為，對付那群疑雲重重的騎士稍有不慎，可能挑起戰端。

紅丸打算聯絡利姆路，有件事碰巧在這時找上他。

獸王國猶拉瑟尼亞三獸士之一——「黃蛇角」阿爾比思用魔法通訊做緊急聯絡。

「獸王國猶拉瑟尼亞一星期後將與魔王蜜莉姆交戰。希望你們收容我國難民。」

繆蘭沒有及時發動魔法，魔法通訊才得以傳達。

——話雖如此，魔王克雷曼也要負部分責任。魔王蜜莉姆飛得太快，提早抵達獸王國。

不過，這些事與紅丸等人無關。

剛才那項資訊過於重要，現場氣氛瞬間不變。

「不是吧，喂！」

紅丸先是大感震驚，接著就召集魔國聯邦的幹部。

接獲召集令的有以下人員。

利格魯德、利格魯，還有連同莉莉娜等滾刀哥布林負責人。

凱金當諮詢對象。

朱菜是書記官。

利姆路的祕書紫苑。

白老跟蓋德也被叫來，來到會議室的成員超過十人。

順便補充一下，戈畢爾還不是幹部，所以沒被叫來。只跟他說發生緊急狀況，命他接獲指示前不要輕舉妄動。

凱金也向培斯塔傳話，一旦釐清狀況就跟矮人王蓋札做定期報備。

迅速轉達完畢，大夥兒開始進入戒嚴狀態。

——在他們忙得焦頭爛額時，偽裝成商人的可疑分子終於來到鎮上——

●

（太扯了，這座城鎮比法爾姆斯王國的都市更先進耶——！）

省吾驚訝地瞪大雙眼。

與百餘名騎士分道揚鑣，獨留負責駕馬車的車夫騎士與他們幾個「異界訪客」造訪本鎮。如今看到遠遠超乎想像的城鎮風貌，省吾張口結舌、完全被迷住了。

因為是魔物國度，他一開始不放在眼裡。然而這是怎麼回事呢，似乎因有配置汙水系統，這裡完全沒有惡臭。厲害的還不只這些，居民哪像魔物，怎麼看都像人類的他們昂首闊步。比起走在法爾姆斯大都裡的商人和居民，他們的衣服更加美麗、整潔。

一看就知道這裡的居民生活富裕。

鎮上處處是冒險者，商業往來帶動氣氛，讓城鎮欣欣向榮。

（可惡，開什麼玩笑！下三濫魔物憑什麼過得比我們爽！）

隨著震驚的感覺平息，省吾心裡湧現黑暗的怒火。

希星也一樣。

「欸，太奇怪了吧？為什麼這些傢伙可以爽成那樣，我們都沒過這麼好，看了很火大耶！」

「別生氣嘛，希星小姐。用不著跟他們一般見識。」

雖然恭彌出聲安慰，但他也覺得這城鎮進步到有點扯的地步。他瞇起眼睛，發出危險的光芒。

「我記得他們的老大是史萊姆吧？把那傢伙宰掉，我們就可以在這稱王啦！」

「不錯喔，省吾！我贊成——！」

「我也贊成，但擅自行動不大好。」

「沒問題啦。在那群騎士大叔進攻前，我們不是要引發騷動嗎？這樣正好嘛。」

「對啊。他們想要有確切事證，說魔物攻擊我們這些善良市民吧？所以啦，讓我用『狂言師』說些話，魔物以外的冒險者就會任我擺布嘍！」

超好贏的！希星這句話說得沒錯。那正是省吾他們來這的目的。

「真拿你們兩個沒辦法，拉贊大人確實下過這種命令。」

恭彌似乎也打心裡認為這是最簡單、最快速的方法，二話不說贊成希星的提案。

「嘖，叫那種死老頭加什麼大人啊！」

「就是。我巴不得那個臭老頭早點死掉。這樣我們就可以恢復自由身吧？」

「啊哈哈，我叫習慣了嘛。再說，哪天不小心對著他本人吐露真話不就糟了？」

恭彌邊苦笑邊解釋。他認為現在還不是顯露本性的時候，認為自己必須繼續扮演乖寶寶。

接下來，關於這次的命令——

省吾一面期待睽違已久的胡鬧機會，邊咀嚼這次接獲的命令。

「隨便找什麼藉口都行，總之挑起爭端就對了，用希星的力量讓冒險者成為我們這邊的人！我們再同步展開行動。」

這是來自拉贊的命令。

法爾姆斯王國的王牌「異界訪客」共三名。他們的強大戰力足以毀滅小國。可能有「異界訪客」跟魔物攜手，所以法爾姆斯開特例，允許他們三人一同前往。

此外，雷西姆大主教似乎也握有對策，待省吾他們完事，負責當車夫的騎士就會打信號，他再選適當時機展開作戰。

雖沒有告知詳細內容，但可以肯定省吾等人不會受害，情況將對他們有利。

省吾討厭拉贊，不過，他承認拉贊很有一套。若不是那樣，他們早就恢復自由身了。

「都好啦。那我們趕快開工吧。」

向上撫摸用特殊樹脂固定、形狀像雞冠的頭髮，省吾揚言動手。

希星率先出動。

「呀啊————！就是你，剛才偷摸我的屁股吧？難道你想襲擊我？」

希星開始演戲，狀況跟著來。

她隨便挑一個看起來很呆的衛兵，故意過去撞他。就是那個蠢得出奇的滾刀哥布林——哥布達的直屬部下哥布杰。

「偶、偶什麼都沒做啊？」

他模樣慌亂，害怕地左右張望，跟其他人求救。

「搞什麼，別裝傻啦。你幹嘛偷襲我，給我說清楚講明白。聽懂了吧？」

她朝哥布杰逼近、硬要他給個交代，接著刻意朝後方大力假摔。

「好痛——！欸，誰來幫個忙！快叫警衛——！」

「誤、誤會啊！偶什麼都沒做！還、還有偶就是衛兵……」

哥布杰淚眼汪汪，整個人六神無主。

事實上，哥布杰才是被害者，他真的什麼都沒幹。

然而周圍的人都對他報以嚴厲目光。那張呆臉替他扣分，大夥兒開始懷疑他。不僅如此，希星還若無其事地發動獨有技「狂言師」，對人們的意識動手腳。

「喂喂喂，那隻哥布林攻擊這個女人耶。」

「他不是這裡的衛兵嗎？一直在保護我們，怎麼可能幹這種事。我不信。」

「可是，他還推那女孩耶？」

「真的假的？聽說這裡的魔物很乖耶？」

「之前都沒發生問題，怎麼突然攻擊人？」

人們還半信半疑，但所有冒險者跟商人都不打算站在哥布杰這邊。大夥兒目前還狀況外，遲早會被希星的技能迷惑。

省吾和恭彌見狀相視而笑，向前踏出一步，打算給致命一擊。

「喂喂喂，這裡的人居然對客人動粗？」

「先把我們叫來再動手，你們真正想幹的是這種骯髒勾當？」

兩人激動地叫著，一面上前，護住裝害怕的希星。

抓眼前這個呆頭鵝衛兵開刀，安不實罪名。等上司出面才是重頭戲。

若他認錯道歉，這三人就能說服大家站在他們那邊，更容易把上級長官叫來。按捺不住氣到出手更好。就算事情沒朝這個方向發展，只要把場面鬧大，騎士團的先遣部隊等會兒抵達也能出面仲裁，讓情況一面倒。

在省吾他們幾個看來，更希望這隻蠢魔物出手。

可是，事情沒有這麼順利。

「怎麼了？」

一個看起來像上司的衛兵悠哉出面——哥布達採取的行動讓省吾跌破眼鏡。

「喔唷，又是哥布杰？你這傢伙真是的，怎麼一天到晚惹麻煩咧！」

說著，這名上司持續輕戳哥布杰的頭。

接著面向省吾等人——

「不好意思。我會好好教育他的。」

——雲淡風輕地帶過。

「哥布達大哥，可是，偶……」

「你沒做吧？不過，有做沒做都不是重點。被人懷疑就輸了。利姆路大人也說『被扣上色狼帽子很可怕』。」

哥布達用很可怕的表情補上這句。

聽到這句話，旁邊看熱鬧的群眾開始有人陸續認同。

「哥、哥布達大哥相信偶嗎？」

此時哥布達嘆了一口氣。

「這種事還需要問嗎？你又沒那個膽。」

他斬釘截鐵地斷言。

哥布杰一把抱住哥布達，哭得呼天搶地，嘴裡嚷嚷：「偶這一生跟定大哥哩！」

哥布達討厭他這樣，一方面又想安撫哥布杰，出手拍拍他的肩膀。

看他們兩個在那哥倆好，希星很不開心。

「給我暫停一下，現在是怎樣？你的意思是我說謊騙人？」

「咦，聽不出來嗎？」

哥布達驚訝地反問，讓希星怒到最高點。

「開什麼玩笑，爛貨！竟敢小看我，囂張個屁！你又沒看到，憑什麼信他？」

希星激動地喊叫。然而哥布達老神在在。

「很簡單啊。本來就該相信夥伴嘛。」

這句話回得理所當然。

「屁啦！這種鳥理由最好有人信！」

「那我就直說了，這個哥布杰只愛紫苑小姐。大家都知道。他怎麼可能摸妳這種黃毛丫頭呢。」

見希星氣得鬼叫，哥布達不慌不忙、心平氣和地應答。

一秒後，現場眾人開始哈哈大笑。

「等等，哥布達大哥，你太過分啦！」

臉紅通通的哥布杰急得跳腳，對哥布達大發牢騷。

「吵死了。大家都知道，現在裝也沒用啦！」

「你說大家……」

「就是所有人。放棄掙扎吧，哥布杰。」

哥布達聳聳肩，哥布杰則氣得飆罵：「還想說一輩子跟定你哩，果然還是算了！」

鬧劇進行到一半，希星的怒氣值終於爆表。

「狗屁不通，一群垃圾！別小看我！你們都給我『去死』！」

她激聲尖叫。

作戰計畫被拋到腦後，她只想殺了在場嘲笑自己的人。事後倖存者大概只剩省吾跟恭彌，但她無所謂，只顧著發飆。

至於省吾和恭彌，作戰計畫對他們來說也沒什麼大不了的。希星想鬧不礙事，兩人露出愉悅的笑容，打算就此大鬧一番。

這三個「異界訪客」在法爾姆斯王國的生活處處受到限制，精神面瀕臨極限。才會形成反作用力，促使他們做出現在這些行為。

四周將屍橫遍野——希星以為事情會變成這樣，但現實中沒有任何改變。

「怎麼……會……？」

「「——！」」

周圍的冒險者和商人繼續呵笑。

該出的狀況沒來，除了希星，省吾和恭彌也一頭霧水。

此時有人朝他們開口搭話，語氣聽起很溫和。

「原來如此……這能力會將聲音變成一種波長，藉此干涉腦波。是很可怕的能力，嚴禁在我國使用。」

柔中帶剛，蘊含堅定的拒絕之意。

是朱菜。

會議開始前，幾名哥布達的手下跑來向她報備。朱菜聽完有種不祥的預感，才帶著護衛紫苑趕來。

●

朱菜臉上掛著溫婉的微笑，目光牢牢地定在希星身上。

運用獨有技「解析者」徹底剖析希星的能力，還操縱妖氣與之同步，讓它轉成同質的波長，抵銷希星的力量。

祭出那駭人的慧眼。

「你們幾位不配來這個國家。請回吧。」

她的微笑溫和，但眼底透著冷意。朱菜將希星藏在攻擊裡的殺意摸得一清二楚，趕人在所難免。

「真的假的……太扯了……」

希星無力地癱坐。

她心知肚明。「等級」差太多了。

這個女人是狠角色。跟那些雜碎不同，是貨真價實的怪物。

不過，另外兩人沒發現。更正，他們發現了卻不當一回事。

希星輸了。然而這兩人的狂暴力量無法靠妖力消除。他們對自己的力量信心十足，認為機不可失，打算測試自身實力。

再說計畫已經開始運轉了，事到如今不可能喊停。

「哦——是嗎？敢用這種態度對我。好啊，既然妳跟我們翻臉，就讓妳瞧瞧我的實力！」

省吾差點被朱菜的美貌迷倒，這才想起打倒對方就能逼她為奴。

這樣的美女畢竟也是魔物，他要讓她當奴隸。

充斥慾望的意識全落到朱菜身上，省吾開始思索該怎麼料理她。要讓這傢伙吃點苦頭，逼她又哭又叫，自己則在一旁嘲笑，然後一直玩弄她，玩到她求饒為止。

省吾還在打些齷齪主意，一道異常沉靜的聲音就朝他打去。

「你這個下流胚子。齷齪的思想全寫在臉上啦！乖乖離開就饒你不死。要是你拒絕，那條小命別想留住！」

勻稱纖瘦的身材搭配套裝，一名冷豔美女擋在朱菜前方。

是紫苑。眼裡蘊含怒火，為了守護朱菜挺身而出。

「有趣！敢壞我好事，看我宰了妳！」

臉上浮現凶殘的笑容，省吾大聲咆哮。他完全不認為自己會輸，帶著強者特有的從容。

「是嗎？看樣子沒受到教訓就學不乖。好吧，我來當你的對手！」

就這樣，紫苑跟省吾正面交鋒。

恭彌對眼下狀況樂在其中。

少了煩人的監視者，不需扮演乖寶寶。而且省吾已經搶先開打，就他一人隱忍實在沒意思。

「嗯──既然事情變成這樣，我也隨心所欲好了？其實我一直很想測試這股力量呢。」

扭曲的笑容浮現，恭彌拔出那把劍。

自從來到這個世界後，他總是在等待時機到來。如今終於有機會驗收自身力量。

（咯咯咯，好期待，不知道有多少能耐！）

他看向朱菜，還有站在她前方的哥布達、哥布杰。

「這下糟了。哥布杰，你負責保護朱菜小姐。」

「收到！」

哥布達拔出小刀，壓低身段備戰。與他對峙的恭彌將劍舉至眼前。

恭彌的特長是劍道。

技能則是──獨有技「斬除者」──

這股力量特別著重斬擊。而他之所以能活用這招，都拜與生俱來的劍術才華和追加技「天眼」之賜。

「天眼」的概念好比玩遊戲時將畫面盡收眼底，是能掌握自身及周遭狀況的技能。屬於視覺強化，反應速度隨之提昇。重點是「思考加速」讓認知速度、判斷速度提昇三百倍。

憑藉這三種能力，不只侷限於法爾姆斯王國，恭彌甚至成為西方諸國最強的劍士之一。拉贊命他隱藏能力，但那道命令在這完全起不了作用。
有機會將能力發揮得淋漓盡致，恭彌熱血沸騰。
「哈————哈哈哈！有這身力量，連日向那個老太婆都不是我的對手！更何況是你這種雜碎！」
恭彌喊完便放聲大笑，朝哥布達揮刀砍去。

另一方面，會議室那邊也——
除去朱菜跟紫苑，會議就此展開。
「好，準備妥當，來呼喚利姆路大人吧！」
紅丸朝大夥兒宣布，並對利姆路發動「思念網」。可是，雙方聯絡不上。
「無、無法聯絡利姆路大人——！」
這話來自紅丸，會議室一片沉默。
緊接著，人們陷入恐慌。
這形容絕不誇張，會議室裡亂成一團。
就連平常老神在在的紅丸也不例外，臉色瞬間刷白。無法跟利姆路取得聯繫的事令他們惶恐至極，足以讓幹部們陣腳大亂。

這時——
繆蘭詠唱的大魔法完成。
所有的魔法效果消失殆盡，鎮上亂糟糟。

鎮上居民集體出動，領慌亂的客人避難。然而好景不長。

不，該說辦不到。

除了繆蘭的大魔法外，還有一個祕術發動。

這個祕術就是「四方印封魔結界」——大主教雷西姆的研究成果。

原理跟聖騎士團正式採用的「聖淨化結界」相同，經過改良，實力不足的神殿騎士團團員亦能多人協力發動。

鎮上的魔物趴伏在地，神情痛苦。

商人四處奔逃，一些冒險者試圖保護他們。

有些人大肆破壞、樂在其中，有些人出面對抗，想守護這座城鎮——

就在這天。

前所未有的災難找上魔國聯邦。

各種要因錯綜複雜地交織，讓情勢越發混亂——

第三章
絕望與希望

Regarding Reincarnated to Slime

確定結界解除，我鬼鬼祟祟地爬出去。

同時打心底鬆了一口氣。就在剛才，我知道「分身」已經消滅了。

「您沒事吧，頭目！」

蘭加趕緊從影子衝出。

跟我失去聯繫，想必他擔心不已。毛都因為緊張倒豎了。

為了讓蘭加放心、知道我沒事，我摸摸他。

話說這次真的好險。

一開始追加的防範手段見效，讓我保住一命，卻贏得相當驚險。

被困在「聖淨化結界」裡，情況對我很不利。在那種情況下，不清楚敵人是何方神聖、有多少能耐就埋頭作戰，簡直跟白痴沒兩樣。基於上述想法，我當機立斷製造「分身」，用本體「史萊姆」逃亡。

外貌為人的「分身」是集我所有魔素打造的「魔體」。我的動作會變比較遲鈍，不過要讓本體逃亡，這也是逼不得已的選擇。

反過來講，我居然能在那種情況下維持「魔體」，真想誇獎自己。「聖淨化結界」就是這麼棘手。

但我平安逃離，太好了。

多虧白老教的「隱形法」，我學得很認真。

若日向那傢伙出招時，順便把我「分身」的可能性考量進去，我就死定了……不過她似乎沒神通廣大到連分身術都防，總算撿回一命。

嗯，一般人都不會想到啦。

多虧分身術救了我，記取這次的教訓，我決定往後要更加小心謹慎。

啊，對，都忘了。剛才在戰鬥中，我的妖氣得以隱藏，現在搞不好外漏了。我自認最近藏得很完美，不過還是小心為妙。

想到這兒，我用「胃袋」製作新的面具。是「抗魔面具」的複製品，消除對我來說多餘的機能，只賦予「魔力抵抗」的強化版。這樣一來，多少能避免被日向感應到。想著想著，我一「變化」成人就把面具戴上。

話說回來——日向那傢伙強得亂七八糟。

強得詭異。

假如沒有「聖淨化結界」，用原始狀態全力作戰會有什麼結果？

十之八九是我輸。

腦子裡除了這些，我一面回顧解放「暴食者」之後的戰況——

…………

…………

……

「暴食者」覺醒後，具體而言其實是一種擬似人格。看到什麼吃什麼，只剩下破壞衝動。

因為這樣，刺在身上的細劍對它來說不痛不癢。無視表情流露些許吃驚的日向，「暴食者」改變自身形體。

利用「萬能變化」組成終極姿態。我至今「捕食」的魔物的所有特徵——它汲取其中長處，強化成專門用來作戰的型態。

吸收四周的草、土、空氣，製作實體外觀。

吃盡周遭一切物質。

在「聖淨化結界」裡，就連魔素形成「魔體」都受到阻礙。可是「暴食者」蠻橫霸道，吸取一般物質、藉此強化身體。

日向似乎憑直覺嗅出危機，毫不猶豫地放開細劍。

這一放救了她的命。

失控的「暴食者」不只拿劍當目標，還想連日向一起吞掉。

靠聲音、熱度及氣味，鎖定日向的位置。

日向的反應若再慢一點，或許早就被它的「捕食」啃個精光。

就在面露驚愕的日向面前，「暴食者」完成變身。

是擁有人類面貌的野獸。生著金色的眼眸、透著一絲藍的銀髮，留有曾經是我的痕跡。

它一臉凶惡，看起來跟惡魔沒兩樣。

「難以置信。」

日向出聲呢喃。

但後來驚訝的表情不復存在，變得跟研究人員一樣冷靜，仔細觀察對手。

發動能夠斬除精神的「七彩終焉刺擊」無法送敵人上西天，日向得知「暴食者」沒有精神——換句話說，沒有意志。

人與魔物的核心主幹、力量來源皆為靈魂。

靈魂是心，不過，光只有靈魂並不代表意志。

還需用來思考的演算裝置，即靈體「星幽體」。

此外，若只有星幽體，意志會擴散到大氣中消失。

用來保留記憶的記錄裝置「精神體」又是另一必要元素。

可是精神體跟暫存記憶體差不多，不是可靠的儲存媒介。

所以才需要物質體。

如果平時有鍛鍊精神，就算腦部受損，依然能恢復記憶。關於這點，看魔物族群中有精神生命體這類存在就一目了然。

不過，反之精神遭到破壞，就算大腦未受損，星幽體仍會嚴重受創。一旦深及靈魂，將無法再生。

連這個世界最強的四隻「龍種」或高階精靈都無法倖免——

打到這邊，日向似乎已經看出「暴食者」的真面目。嘴邊掛著嫣然的笑，一雙眼睛炯炯有神，好像在探尋對策。

失去拿來當武器的細劍，態度卻從容不迫。

接著——

「星幽束縛術！」

她從懷裡取出咒符，將其丟出。

目標不是物質體，這是用來制伏靈魂容器「星幽體」的技能。

只不過，「暴食者」並沒有住手。

看到這一幕，日向扯出輕蔑的笑容。

面對手腳形狀捉摸不定、朝她逼近的「暴食者」，日向不動如山。豈止不動，這人還悠哉地觀察。

每次都在千鈞一髮之際閃過「暴食者」收放自如的攻擊。

攻擊套路徹底被人看穿。

「——原來如此，果然是活死人。」

日向小聲說著。

「受不了，到最後一刻還是這麼麻煩。在找碴嗎？都成死人了，還要敵人出手料理……再說——得在這徹底消滅你才行，否則世界會陷入危機……」

她接著一擺頭，繼續抱怨下去。

同時擺出認真的表情，召喚多隻無屬性精靈。

精靈依令包圍「暴食者」。

他們的攻擊毫無意義，反倒被「暴食者」吃掉。

話雖如此，那只是犧牲精靈來拖延時間罷了。

能在「聖淨化結界」中發動的魔法，只有〈咒符術〉、〈氣鬥法〉、〈精靈魔法〉等不受魔素影響的技藝或魔法。

面對這種狀況，日向選擇擁有最強淨化能力的〈神聖魔法〉，用它打出致命一擊。堪稱日向的王牌，最強的攻擊手段之一。

她朝前方伸出雙手，締結複雜的手印，開始詠唱像是對神祈禱的咒文。前方空間隨之浮現複雜的幾何圖案。

用高速對世界進行干涉，展開層積型魔法陣。

失控大啖精靈的「暴食者」處在魔法陣中心。

淪為失去智慧與理性、不具冷靜思考能力的可憐獵物。

「我向神祈禱。願祢賜我聖靈之力。聆聽我的願望。萬物終告滅亡！『靈子壞滅（Disintegration）』！」

日向用美麗的聲音對神詠唱。

接著，她的願望實現。

有如神助。

攻擊特定範圍，豈止有形物，連靈魂都粉碎殆盡。

是究極的對人對物破壞魔法。

從日向雙手迸射的白光打進魔法陣。

是一道閃光。

從發動到射中標的，秒速三十萬公里。速度跟光速不相上下，無論是誰都難逃一死。

被魔法操縱的靈子散發神聖力量，小至目標的細胞、大至靈魂全都滅得一乾二淨。

那道光沒有波及周遭事物，將「暴食者」消滅，不剩半點痕跡。

…………………

…………

……

差不多這樣，以上就是戰鬥紀錄。

我當個局外人觀望戰況，只能說她真的好厲害。

要說這場戰鬥有何收穫，就是日向的武器，一把壞掉的細劍。其實我透過「胃袋」好好回收了。

但更重要的是弄到日向發動的魔法及技能情報。

「暴食者」雖然失控，但沒有透過我的靈魂操縱，而是由「大賢者」控制，徹底掌控情報互換的部分。

當然，它已經跟我的靈魂斷絕聯繫。放它自由行動。

所以說，日向用細劍攻擊──被「七彩終焉刺擊」的最後一擊刺中時，身為本體的我完全不受影響

……

一開始我就沒想過可以用失控的「暴食者」贏過對手。所以為了今後，我命它收集情報來擬定對策。

分析結果以這次的戰鬥回想形式呈現。

話說──「靈子壞滅」好可怕。

危險程度令人背脊發涼。要是第一次碰上那招就被打中，根本擋不了。會穿透我身上所有的「多重結界」，被人秒殺。

要說缺點在哪裡，就是發動需要一點時間。可是對比殺傷力，這些只是雞毛蒜皮的小問題，日向肯定能靈活運用。

這可不是開玩笑的。

都強成那樣了，還需要什麼結界……又強又謹慎，拜託別再來了。

事實上，光靠「分身」無法傷她分毫。

怪不得她沒穿鎧甲，自信滿滿地出馬……

日向有那麼強大的絕招，一被結界關住就想盡辦法逃離果然是正確的選擇。

「異界訪客」跟「召喚者」真的都像優樹說的這麼強嗎？如果是，必須假設敵人都具備獨有技，確實擬定對策才行。

自我感覺良好的我以為自己變成高手，與日向交手後，那份自信已經煙消雲散了。

大頭症消失反而是件喜事也說不定。

再說我走狗運，有幸目睹「靈子壞滅」。層積型魔法陣出現就沒戲唱了。

只能趁魔法發動前開溜，要不就是出招干擾她。

要是能「解析鑑定」那招就好了，但我沒這個餘力。

這世界可沒那麼好混。

一看到那招，「大賢者」的情報互換就跟著中斷，身為本體的我也頭暈目眩。

看完再閃是不可能的任務，層積型結界備有追蹤效果，無法解除結界肯定會正面被擊中……

不曉得蜜莉姆能不能承受？

下次問問看。

我順便跟蘭加告知結界內部發生的事，一面確認身體狀況。

沒問題，本體安好。「聖淨化結界」的影響也沒了。

是說日向那傢伙，在搞什麼鬼啊？

都不聽人解釋，自顧自找碴。

而且沒事接受挑釁的我也是，還以為會贏，結果慘敗收場……

不，我沒輸。俗話說三十六計走為上策，留得青山在不怕沒柴燒。

我一開始就努力展開逃亡大計，只要逃掉都算贏。

雖然贏得有點辛苦，但我要在這拍拍手，慶賀戰略層面贏得勝利。

而且實際上，我還收集到這麼多的情報。說贏家是我也不為過。

硬要分得公正一點，我可以讓步當雙方平手。

本人絕對沒有輸不起喔！

現在好像不適合開這種玩笑。

鎮上居民令人擔憂。

我決定走人，趕緊回國。

*

才想傳送回魔國聯邦，我就發現狀況不對。

想用元素魔法「據點移動」回自家臥房，魔法卻發動不了。

《宣告。無法鎖定傳送點。推測原因如下，被某種結界隔離，無法與外界接觸。》

糟糕。似乎真如日向所說，有人想毀掉魔國聯邦。得快點回國才行，不然我就要無家可歸了。

此時「大賢者」幫忙搜索可以傳送的點，找到我要戈畢爾看守的魔法陣，位於洞窟內。

「我們走！」

我跟蘭加知會一聲，下一秒立刻快馬加鞭傳回封印洞窟。

戈畢爾等人集結在封印洞窟的魔法陣前方。

他一看到我就露出放心的表情，朝我跑過來。

「噢噢！利姆路大人，您沒事吧！」

戈畢爾當代表說明現況。

「——後來他聯絡我們，說獸王國猶拉瑟尼亞跟魔王蜜莉姆大人時隔一週即將交戰，接著紅丸大人就斷訊了。我很擔心，有跟蒼華那傢伙取得聯繫，發現他們也沒辦法聯絡村裡幹部……」

「我已經跟蓋札王報告了，眼下不清楚詳細狀況，無法貿然行動……」

培斯塔也跟矮人王回報過，但他說得沒錯，這些資訊不足以請求援軍。他幫不上忙，一顆心似乎懸著。

據他們說約莫一小時前，城鎮那邊突然用通訊水晶聯絡。

當時還能正常對談，沒什麼問題，但接下來應該還會另行聯絡，卻沒收到。

不僅如此，「思念網」也不管用，大夥兒在商量對策時，我正好回來。

看樣子不祥的預感成真。肯定出大事了。是說無法跟鎮上居民取得聯繫，究竟是為什麼……

才想到這裡，蒼影便從我的影子竄出，蒼華等人則自戈畢爾的影子現身。

「利姆路大人，幸好您平安無事——」

蒼影說話時打從心底鬆了一口氣。

用「分身」告知我大事不妙，說到一半就無法聯繫我，他好像很擔心。

雖然在擔心我，他本人卻傷痕累累、疲憊不堪。

「喂喂喂，蒼影，我的事先別管，你自己不也受重傷嗎？」

培斯塔趕緊拿完全回復藥來，讓蒼影服下。

「請容屬下插嘴。蒼影大人試圖穿越張在魔國聯邦四周的結界，才因此受傷。」

「蒼華，妳閉嘴，我的事不重要。對了，利姆路大人，現況不是很樂觀——」

蒼影陳述的事令人大感震驚。

沒想到，法爾姆斯王國展開軍事行動，要對魔國聯邦進攻。

掌握這項情報後，蒼影連忙回國，想告知紅丸。卻被城鎮周圍的結界擋住，無法進到裡頭。本體只受重傷，但「分身」全數消滅。

只受重傷——這說法很有蒼影的味道。

一般人早就徹底出局了吧。

他先將受傷的事擺一邊，叫來蒼華等人，正要強行突破就發現我回國。

要說蒼影為何慌成這樣，都因為聯絡不上我的關係。我確實被日向攻擊，這幾十分鐘內似乎各種狀況層出不窮。

「抱歉，讓你擔心了。」

「不會，利姆路大人您沒事就好。」

儘管蒼影這麼說，我卻認為自己早點回國或許就不會遇到日向。都是任性惹的禍，要好好反省……

在那之前——

「話說，既然法爾姆斯王國採取行動，張這片結界的人是否跟他們有關？」

「恐怕有……」

「那鎮上居民不就危險了——！」

一想到這件事，我立刻急得像熱鍋上的螞蟻。

被日向絆住令人懊惱。

沒空在這瞎扯了。做出判斷後，我趕緊朝城鎮去。

「戈畢爾，你們繼續守護洞窟內部，保護培斯塔跟矮人藥師！有人入侵盡量活捉，不要殺他們。」

「是，遵命。」

「利姆路大人，是否要跟蓋札王聯繫？」

「哦，這個嘛——等我確認情況再說。現在回報只會害他瞎操心。」

「也對，小的明白。請您一定要平安歸來！」

我知道培斯塔擔心，但目前狀況尚未明朗，要說明也說不出個所以然。他已經捎第一手消息過去了，眼下只能請對方再等等。

「我先走了。」

「是！屬下隨後過去。」

我想用「影瞬」前往城鎮，這才想起技能已經進化成「空間移動」。

「等等，蒼影。一起走吧。蒼華你們也來！」

「是？」

沒有對那聲疑問應答，我施展「空間移動」，讓現行地點與結界邊緣相連。

眼前出現大小可以讓人通過的洞，對面就是目的地。

這技能超方便的。

「戈畢爾，接下來的事就交給你了！」

「是！等您聯繫！」

我嗯的一聲，朝戈畢爾和他的部下頷首。

接著往眼前的洞踏出一步——

我們順利來到城鎮外圍。

緊接在後，蒼影等人現身。

他本人一派冷靜，蒼華一行人卻顯得不知所措。

也是啦，不怪她們。若情況沒這麼危急，我打算慢慢講解說……

好了，來看看眼前的詭異結界。

連蒼影這等高手都無法突破，可見強度很高。

我朝結界伸出左手，吸收位在前方的結界，進行「解析鑑定」。

《答。受大魔法「魔法無效領域」影響，還測到魔素濃度減少的情形。原理同「聖淨化結界」，但質量不均，濃度出現偏差。淨化能力較弱，應該是劣化版。入內會受影響，可用「多重結界」抵抗。》

劣化版好像有辦法克服。

我很擔心裡頭的紅丸等人，想快點進去。

根據「大賢者」所說，發動大魔法的術師在裡面，這個結界則是從外部發動。術式的規模龐大，或許不只一到兩人，需多名術師維持。

「蒼影，我去對付發動大魔法的傢伙，你們去找張結界的人。但不准交戰。你們通通過去，調查對方有多少實力。」

「遵命。那麼，該如何聯繫您？」

「嗯。」

我點點頭，吐出「黏鋼絲」綁在蒼影的手腕上。

「如何？有這樣東西，我們就可以彼此聯繫吧？」

「原來如此，這樣一來——」

趕快來測一下，處在結界內外都能靠「黏鋼絲」構築「思念網」。

「好，去吧！有什麼狀況，我也會過去幫忙。要是有勝算就癱瘓他們，別取性命。」

「是！」

繼蒼影之後，蒼華等五名也悄聲無息地消失。

真的很像忍者。有那五人再加上蒼影，就算對手是高階魔人也不至於屈居下風才是……

目前還不能大意。不容許任何失誤發生，能防多少是多少。

想到這，我要「大賢者」繼續做「解析鑑定」。順利的話，搞不好能從內部解除結界也說不定……

總之先交給蒼影他們，我趕快進去才是真的。

＊

城鎮內部還留有一些魔素，但濃度稀薄。

若沒有魔法無效領域干擾，應該能施某種程度的魔法。

拜「多重結界」之賜，我完全沒受到影響。這結界似乎差「聖淨化結界」一大截，稍微可以放心點。

我在鎮上奔走，朝中央廣場前方的辦公處跑去。

中央幹道聚集一大堆人，氣氛相當沉重。

果然出狀況了。我的心越發不安。

發現我趕到，四周群眾讓出一條路叩拜。另外還有好幾個人朝我接近。

直衝而來的不是別人，正是利格魯德。利格魯、莉莉娜和滾刀哥布林長老跟在後面。

「利姆路大人，您總算回來了。見您平安無事真是太好了——」

利格魯德抱住我的腳下跪，說話的語氣萬分感動。

「我回來了。害你擔心，抱歉啦。」

「別這麼說！」

大概是卸下心頭重擔的關係，他才說到這兒就哭了出來。

大夥兒圍著我和利格魯德下跪。對我歸來一事不約而同感到心喜。

看樣子跟我斷絕聯繫令鎮民不安，不安的程度超乎想像。

相較之下，有人顯得冷靜些。

是凱金。

「——少爺，幸好您平安無事……」

他朝我搭話。

聲音聽起來憂心忡忡，裡頭混雜對某事強忍的心痛。

魔物多少能讀取一些情感波動，我發現凱金有事隱瞞。

矮人三兄弟葛洛姆一行也站在通往廣場的路上擋著，似乎想防止我朝那邊去。

「有些事想先跟您報備一下，需要跟您商量，請往這邊的應變中心走……」

剛才大哭一場好像有助於平復心情，利格魯德起身發話。

就像在說眼下不是哭的時候，他重新找回毅然的態度。聲音裡蘊含不由分說的強硬，顯示他已經做好覺悟，告誡自己要善盡職責。

他想帶我去的建築物跟廣場反方向。

看樣子利格魯德也不想讓我去廣場。

廣場發生什麼事了？有種不祥的預感。

「利格魯德、凱金，你們讓開。發生什麼事了？」

「沒、沒什麼。發生一點小問題罷了……」

「少裝蒜。快讓開。」

我在話裡施加「威壓」似乎讓他們放棄掙扎，葛洛姆等人也垂頭喪氣，慢吞吞地讓道。

這時，與廣場有段距離的地方傳出爆炸聲。

魔素變淡仍能感知那股妖氣，肯定是紅丸的。從剛才的巨響聽來，應該在跟某人作戰。

「在跟人作戰嗎？我們走！」

我快步趕往現場。

不知為何，跟在我後頭的利格魯德等人似乎鬆一口氣，但我沒發現……

去那一看果然不出所料，紅丸正在跟某人作戰。

不——說作戰太牽強，更接近單方面凌虐。

清一色穿著黑鎧的高等半獸人高階士兵列隊，圍住紅丸等人。由蓋德率兵，他不打算阻止紅丸，在一旁觀戰。

蓋德平常總是冷靜沉著，如今看來似乎跟紅丸一樣激動。

對手是——

獸人克魯西斯。

他是魔王卡利翁的部下，怎麼在跟紅丸對峙？在我納悶前，倒在克魯西斯背後的尤姆，以及抱著他的陌生美人映入眼簾。

按眼前狀況看來，克魯西斯想保護他們兩個，不過……

紅丸還沒拔刀。但他的妖氣相當張狂，顯然在按捺怒火。

「連你也要保護那個女人？抱歉，現在我們幾個沒空陪你玩。快點給我讓開。」

「嘿嘿，這可不行。現在的你們不夠冷靜，要我交人是不可能的！」

「哦，說我不夠冷靜？要是我不夠冷靜，早就把你們燒死了。聽話，老實點——」

「抱歉啦，不管發生什麼事，我都會保護這個女人！」

喊完這句話，克魯西斯開始動作。

他化作一陣疾風，朝至今仍未拔刀的紅丸跑去。剎那間「獸化」，變身成灰色人狼。進逼紅丸的速度遠勝與尤姆對戰那時，雙手各一的短刀朝紅丸砍去。

然而——

「不是要你老實交人嗎！」

短刀本該刺中對手，但刀碰到護住紅丸的妖氣卻瞬間蒸發。吃驚的克魯西斯定格，反應慢半拍的他被紅丸抓住。

接著紅丸單憑左手舉起克魯西斯，讓他撞擊地面。

一記悶音響起，地面出現裂痕。與此同時，克魯西斯的頭也噴出鮮血。

好久沒看紅丸使那身蠻力，跟克魯西斯的「層次」完全不同。用不著拿出真本事，根本沒什麼好比的。

然而克魯西斯依然故我地起身，不打算放棄……

「唔，可是，我還……」

「嘖，給我安分點。繼續抵抗下去，我只能取你性命了！」

擺出別無選擇的表情，紅丸打算再次提起克魯西斯。

「快住手，紅丸！」

事情發展到這兒，我總算出聲制止。

＊

紅丸發現我立刻放手，朝地面跪去。

那身張牙舞爪的妖氣全數斂去，剛才那一觸即發的模樣頓時沖淡不少。

在一旁觀望的蓋德及部下也跟著下跪，為我的歸來感到高興。

但回應他們之前，要先治療尤姆跟克魯西斯。

「紅丸，現在是什麼情形？」

「是，其實——」

我邊餵尤姆跟克魯西斯喝回復藥，邊追問狀況。

他說有些人假扮商人攻擊這座城鎮。那些人的力量出乎意料地強，城鎮才亂成一團。

「當下不能使用魔法，我們的戰力因此降低。因為這樣，鎮上的人也——」

「紅丸大人！」

紅丸原本有話要說，利格魯德趕緊出聲打斷他。接著兩人互看一眼，紅丸一臉尷尬地頷首。

「這件事晚點再說……總而言之，當時我們變弱都跟這女人施的魔法有關……」

話說到這裡，紅丸的說明告一段落。

蓋德也大力頷首，說他想找出施結界圍困城鎮的術師，逼他們吐實。

這時尤姆跑來搗亂，不得已只好跟他作戰……但尤姆的夥伴好像跟此事無關，尤姆沒跟他們說明原委，把他們軟禁在旅店裡。

看樣子情況出乎意料棘手。
碰巧就在這時，身體康復的尤姆朝我下跪。
「利姆路少爺，對不起！我並沒有背叛你的意思，完全沒有。我只是想救繆蘭而已！」
似乎看破了什麼般一臉豁達，默默地旁聽一連串互動的陌生美女——繆蘭聽到尤姆的話有了反應。
「尤姆，適可而止吧。別管我。你沒必要蹚渾水。」
她說話的表情有點悲傷。看起來憂鬱又充滿決心，像在保護某個重要的東西，不想失去。
「利姆路大人，我也想拜託您。這種事不是我這個客人該插嘴的，我心知肚明。可是……您能否聽我一言？」
克魯西斯來到尤姆身邊，跟著下跪懇求。紅丸他們依舊一臉苦澀，不過，看我回來似乎讓他們恢復冷靜。
連平常冷靜沉著的蓋德都情緒激動，事情肯定很嚴重……沒聽來龍去脈不好做判斷。
先來聽雙方的說詞吧。
才剛打定主意——
「不，不該這麼做，尤姆、克魯西斯。我沒資格讓你們保護。因為我的關係，這座城鎮不知蒙受多少損失……這場悲劇的始作俑者是我——」
繆蘭靜靜地開口道。
利格魯德為這句話擺出苦瓜臉，紅丸則垂下眼簾，凱金尷尬地閉上雙眼。
悲劇……？這麼說來，大家好像從剛才開始就有事瞞著我……
「喂，妳說悲劇是什麼意思？」

我的疑問讓在場眾人沉默，繆蘭起身劃破寂靜。

蓋德做出警戒動作，我則出手制止他。

「——請跟我來。」

繆蘭說著，毅然決然地踏出步伐。樣子充滿決心，打算承擔自己犯下的一切罪孽……看起來有種莫名的美感。

她往某個方向去，是剛才大家一直不讓我去的地方——位在城鎮中央的廣場。

然後，在那裡——

我看到一些景象。

許許多多的魔物鎮民倒在地上。

有男有女，甚至有小孩子。

我靠過去看。

這些橫躺的魔物全都——

他們全死了。

——怎麼會發生這種事！

我當下有種腿軟的感覺。

怎麼了，究竟出什麼事了？

不行，腦袋一片混亂。
倒地的魔物約百名左右。
咦……？大家……都死了……？
不會吧——！

我慌了，此時滾刀哥布林長老的聲音竄入耳裡。
「我們遵照利姆路大人的吩咐，放商人入內，悉心招待，萬萬沒想到有人利用這點扮裝混進來——」
「蠢、蠢材！你這樣講，好像責任都在利姆路大人身上啊！」
利格魯德激動地打斷他，但為時已晚。
那些話一字一句聽得清清楚楚，打在我的心坎上，彷彿在責備我。
「萬、萬分抱歉。我沒有那個意——」
道歉的話語離我遠去，無法傳進我心中。

——是嗎？我的命令……我的話是害死大家的原因……

我明明是魔物。
——會那麼做，全因我原本是人。
只是想跟人類和平共處。
——可是，現實是殘酷的。

那我該怎麼做才對——？

——怎麼做？思考這件事也是我的工作。

不負責任的心之聲嚴厲譴責我。

但我不能被牽著鼻子走。原因出在我身上，我該擔起責任。

強烈的悔意、無止境的怒火自心底湧現。

腦子不聽使喚。明明沒有必要，我卻有種呼吸變得急促的感覺。

甚至陷入一種錯覺，覺得不該有的心臟激烈狂跳。

我無法接受事實。差點無法維持人樣，就此癱倒化開。

可是，不能這樣。

必須掌握情況，避免更多的錯誤發生。

「——這是怎麼一回事……發生什麼事了？」

我的聲音離自己好遠。

聽起來好冰冷，像從遠方傳來的其他人的聲音。

心中的情感冷若冰霜。

面對搖搖欲墜的我，繆蘭的聲音傳入耳裡。

「要是我沒發動大魔法，或許就不會出這種事了。」

她這麼說。

這個女人是……元凶？

所以紅丸他們才會氣成那樣……
——既然如此，我要替他們報仇——！
《警告。光靠大魔法「魔法無效領域」無法削弱魔物。論原因，個體名「蒼影」前往調查的對象關係更大。》
腦裡有道聲音響起，來自不受情感左右，總是冷靜以對的夥伴。
不，可是——對，我要冷靜。
再說這個叫繆蘭的女人打算激怒我，要我出手殺她。才不會連累尤姆跟克魯西斯。
冷靜觀察就能看出端倪……
氣得殺掉繆蘭不能解決問題，只是在洩恨罷了。
多虧「大賢者」，我才不至於錯判。
為了讓心情冷靜下來，我決定換個地方，針對狀況了解一下。

*

轉移陣地時，我問他們是否有出現其他傷亡人士。
「犧牲者都聚集在這裡了。另外還有一些人受傷，朱菜大人正在替他們治療。」
我還在納悶怎麼沒看到朱菜等人的身影，原來是這樣。他們好像在治療遇襲受傷的民眾。回復藥只存放在洞窟裡，才要靠朱菜的治癒魔法吧。

「那我先來發回復藥吧。」

「不，不用。應該用不著。這麼說有點不太好，但攻擊者相當厲害……很少有人只到受傷程度……」

這麼聽來，代表人們幾乎一擊斃命，才沒什麼傷患嗎……

怒火重新點燃。

不行，我要保持冷靜。

「這樣……啊。那好，我先聽聽來龍去脈。」

聽利格魯德說完，我決定先聽取事情原委。

…………

……

……

進到會議室之後，心情多少有些平復，我開始聽取報告。

雖然受到打擊、變得失魂落魄，腦子還是正常運轉，逐步釐清頭緒。

首先是一開始有三人出手。

哥布杰被他們盯上，遭三人糾纏。八成是那張蠢臉看起來好欺負，才被突襲者盯上。我看對方三兩下就能辯贏哥布杰。

哥布杰沒幹壞事，被那種麻煩人物盯上只能說運氣不好。

中計的哥布杰差點被人抹黑，但哥布達腦筋動得快，替他消災解厄。然而後續才是問題所在，突襲者顯露本性，雙方人馬開戰。

這幾人異常強大，還跟趕來支援的白老打成平手。

光聽就知道他們不是泛泛之輩。

「——要是力量沒減弱，白老才不會輸給他們。」

紅丸懊惱地說著。

受傷的人就是白老和哥布達。

聽到這邊，我總算會意過來。因為他們有一定實力，可以抵抗敵軍，兩人才逃離死劫，就只有受傷而已。

聽他們敗北多少有點不甘心，不過，人還活著就好。

我已經派蒼影處理削弱力量的結界了。大概很快就能收到調查報告，到時再以理想狀態取勝吧。

利格魯德繼續說明：

「在那之後，百名法爾姆斯王國正規騎士團成員來到我國。突襲者向那幫人求援，法爾姆斯騎士借用人類法理與神的名義，接受他們的請求。完全不聽我們解釋，我行我素……」

據他所說——

「我等聽聞魔物建國特來調查，竟撞見這等亂象！遵從人類律法，我等將助你們幾位無辜百姓一臂之力！」

對方用這句話當信號，百名騎士拔劍，跟突襲者一個鼻孔出氣。

接著不僅對群聚於四周的魔物士兵出手，還攻擊旁觀者的一般居民。

其中還包括孩童，可見那幫人只把我們當魔物對待——
因為我的命令，他們不敢出手對付人類，只有挨打的份……趕赴現場的紅丸跟蓋德等人來不及應付。
「要是讓他們在入國前解除武裝就好了……」
紅丸說得很不甘心。
然而我沒下令，這些人不可能貿然行動。我認為有事靠「思念網」聯絡就行了，壞就壞在這裡。
一切的原因都出自我。
法爾姆斯王國騎士之一離去時丟下一句話。
就是——
「這座城鎮被魔物汙染了！我等遵從人類法律，身為信奉魯米納斯神的神之子民，絕不承認魔物國！因此，將透過正當手續與西方聖教會協商，想辦法處置這個國家！時間是一星期後。指揮官乃享富盛名的英豪——艾德馬利斯王本人。若你們願意降伏歸順，那就好。將以神之名保障你們的生命，保你們存續。別做無謂的抵抗，快點投降吧。否則將以神之名誅滅你們！」
他是這麼說的。
聽說他丟下這句話就走了，可見對方真的沒把我們放在眼裡。
再說根據蒼影回報，對方已經有出兵的意思，正整裝待發，號稱來調查城鎮狀況的說詞根本是幌子。
或許他們真的是來調查沒錯，但毀滅我們的結論早就定案了。
「這是幌子吧。」
「是，如您所說……」

利格魯德同意我的看法。

此外，我還想起日向說的「你的城鎮很礙事。才會被人毀掉」。

打一開始，法爾姆斯王國跟西方聖教會就會聯手策劃。

與其說他們在利用其中任何一方，不如說他們利害關係應該一致。

我向大家陳述這些資訊。

包含跟日向作戰的事，以及當時的談話內容。

「——聖騎士的領導者嗎……？」

「少爺，你居然有辦法活著回來……」

紅丸跟利格魯德等人好像對聖騎士這個字眼感到陌生，但凱金、矮人三兄弟對其耳熟能詳。聽完這番話最吃驚的人莫過於他們。

矮人王國一直以來都貫徹立場，歡迎魔物前往，據說跟西方聖教會因此交惡。還不到敵對關係，可是雙方都把彼此當空氣。

不過，他們依然會收集情報，對西方聖教會有某種程度的了解，從國家立場看來是理所當然的事。

「說真的，就算武裝大國德瓦崗全面出兵，對付西方聖教會還是有難度。但矮人王國形同天然要塞，出入都嚴加盤查，特別針對防守下工夫，西方聖教會也不敢把我們當『神之大敵』看。總之我們兩派都歷史悠久，過去曾經起過不少衝突。」

凱金向我解釋。

西方聖教會之所以把我們當眼中釘，全出自容不得魔物的教義吧。那麼，法爾姆斯王國的動機又是什麼？

「利姆路大人，關於這點……」

有人小心翼翼地插嘴，是從頭到尾悶不吭聲聽我們對談的摩邁爾。

我也想聽取第三方意見，所以找來幾個布爾蒙王國的代表人。

我們只想釐清事實真相，談話內容被他們聽到也無妨。

而這麼做似乎起到正面效果，來這裡的人都不認為我們形跡可疑。

另有其他人來我國作客，我們領他們至迎賓館，提供保護。外國訪客沒出現傷亡算不幸中的大幸。

平常沒機會到這麼豪華的客館，為了緩解他們的不安情緒，利格魯德特意做此安排。以前還是哥布林就用心得緊，出乎意料地細心，如今真的變成可靠的男人了。

摩邁爾是外國代表人之一，跟布爾蒙王國的商人代表人、冒險者代表人一同與會。

「噢噢，摩邁爾老弟。有什麼想法儘管說。」

為了讓他方便說話，我用輕鬆的語氣做球。

摩邁爾平常老是一副盛氣凌人的模樣，但眼下這種情況總不能搬那套。

因為紅丸、利格魯德、蓋德——我國幹部皆殺氣騰騰，現場氣氛一觸即發。

我的精神狀態也瀕臨極限，失去平日的從容。雖然自認這樣下去不好，心情還是沒來由緊繃。

八成知道氣氛不對，摩邁爾也很安分。

「別顧慮我，情況特殊，我知道您很心痛。」

反倒是他顧慮我們的心情。對那份心意感激之餘，我催促摩邁爾發表看法。

「那麼，容我直說。目前狀況是這樣的，途經魔國聯邦的新貿易路線誕生，流通上開始出現重大變革。現在只有布爾蒙王國和鄰近國家知道……等消息擴散出去，西方諸國很快就會得知此事。換句話說

——」

「換句話說？」

「是。趁消息還沒外傳先攻下這個國家——要是有人做此打算也不足為奇。」

照他的說明聽來，聰明人肯定不會漏看這條貿易路線的重要性。光加個關稅就能造就可觀收益。此外，法爾姆斯王國不愧是西方諸國的門戶，都靠這種收益權充實國庫。

一旦這塊土地出現新的貿易路線，法爾姆斯王國將成為最大的受害者。他們絕對容不下魔國，這才是法爾姆斯王國的真實心聲。

畢竟他們無法有效遏阻他人進入我國。

其實法爾姆斯王國大可整頓國內環境，讓交通更加便捷，這樣不就得了，但這麼做需要龐大的預算。從無到有整頓交通幹道，費時又花錢。考量這些因素，他們無計可施。

無法應付新來的驟變，國勢必定凋零。一個泱泱大國豈會坦然接受。

這是當然的。

我並非只要自己好就好，不打算跟其他國家好好相處。而是想盡力達到共存共榮的目標，大家都有好處拿。

可是，我只是一個門外漢。

無法徹底掌握世界脈動，不小心踏到絕不能踩的老虎尾巴。

「不，話不能這麼說。」

某個不認識的商人開口道：

「法爾姆斯王國的國王很貪婪，那可是出了名的。」

他如此斷言。

商人指稱，就算彼此的利益沒有衝突，這個國家出產的利益依然會讓王迷失心智，進而對魔國出手。

「說得對。我們雖然沒什麼見識，還是覺得那種做法有古怪。」

「對。居然沒通過評議會認可就擅自出兵……」

「布爾蒙王國接下來會採取什麼行動，我們這些冒險者不清楚。可是，法爾姆斯王國這次的做法讓人難以苟同。手腳動得太明顯，還對婦孺出手。」

「冒險者們都很中意這裡。他們說要攻打這個國家，若你們要還擊，我們可以幫忙喔！」

「不過，聖教會都把你們列為神之大敵了……這下事情難辦。」

以商人最初那句話為開端，摩邁爾以外的商人和冒險者紛紛開口，闡述自己的意見。

多數人都站在我們這邊，讓我很開心。

可見這些人的心與我們同在。

也就是說，不同於斷言我們是魔物的法爾姆斯騎士，這些人把我們當夥伴，願意接納我們。

其中甚至不乏打算替我軍助陣、願和法爾姆斯王國交手的人，真令人吃驚。

我對這類發言表示感激，同時鄭重拒絕他們的提議。

理由很簡單，我不想連累這些人。

還有……

「各位的心意令人開心，但這個問題要由我們自家人解決。只想請各位幫個忙，盡快將這個消息帶回各位的母國。」

「那我趕快叫人準備馬車。」

「這樣可能不妥……」

「怎麼說？」

我開始說明自身想法。

或許是我杞人憂天，但事情可能朝這個方向發展，演變成最壞的情況。

法爾姆斯王國和西方聖教會肯定想對西方諸國的居民洗腦，說魔國聯邦很邪惡。到時待在我國的人出聲擁護我們，會壞那幫人的好事……

既然收買布爾蒙王國子民的計策失敗，他們對法爾姆斯王國來說就等同礙事的傢伙吧？

這些人回國會把法爾姆斯王國的惡行惡狀說出去，害他們被評議會追究也說不定。

那麼，該用什麼方法阻止？

法爾姆斯王國是不會先打交涉牌，而是靠軍事實力撐腰，單方面予取予求的國家。

小國家布爾蒙王國在這裡不到百名的平民性命，對他們來說根本微不足道……

對方很可能會將這些人趕盡殺絕，藉此封口，再推到我們頭上。

順便一箭雙鵰，替我們貼凶神惡煞的標籤。還遂了聖教會的願，可謂一石二鳥。

所以說，我希望大家活著回去。再替我們抱不平、伸張正義。

我希望他們親自分享親身體驗。

「原來如此。在他們眼裡，我們連鼻屎都不如……」

「還想殺光我們，將滅國之罪一併推給這個國家是嗎……」

「聽起來可能性很高。」

「再加上對手是魔物……啊，抱歉。」

陳述想法後，大夥兒紛紛表示贊同。到最後結論出爐，人們認為我說得有理。

「可是照情況看來，我們很難護送各位回國。雖然想派護衛，居民卻被困在國境裡……」

利格魯德道出最讓人擔心的事。

當然，我在這方面也有想法。

「別擔心。請大家先回旅館，打點行囊。我一定會讓大家平安回到布爾蒙近郊。」

我開口告知眾人，要他們趕緊準備。

布爾蒙王國的國民似乎很疑惑，但他們沒有多說什麼，聽從我的建議回迎賓館。

＊

好了，來做個情緒轉換。

利格魯德跟紅丸向我透露過程，一路推展到攻擊行動發生。

來自布爾蒙王國的客人則站在自身立場闡述現況。

我分別跟各派人馬打聽。

繆蘭一直安分地聽取討論內容，接下來要聽她解釋。

「好，妳怎麼會跑來找我國麻煩，給我詳細說明一下。」

要求一脫口，繆蘭就用沉靜的語氣娓娓道來：

「我是魔王克雷曼的部下——『五指』之一。克雷曼別名『操偶傀儡師』，部屬都是任他隨意操縱的傀儡。我也是其中之一。任務是暗中查探這座城鎮，我利用尤姆潛入這裡——」

她將事情原委一五一十告知。

看起來不像在說謊，沒有半點虛假成分，態度凜然。

聽說克雷曼這個魔王很會壓榨部下。

克雷曼的「五指」之一——無名指繆蘭，那是她的別稱。以前曾經是克雷曼的智囊，地位頗高，如今沒利用價值，地位一落千丈。

據說辦完這次任務就能重獲自由……

蜜莉姆把克雷曼評得很難聽，說他心機重，喜歡暗算別人，這下我總算明白了。

在蜜莉姆看來，克雷曼搞什麼鬼都無所謂……對克雷曼底下的魔人來說，卻成了生死攸關的大問題。

魔人任克雷曼擺布的原因五花八門。可是，絕大部分都是脅迫就範，不然就是被魔法控制。

繆蘭的畢生目標就是完成研究，窺探魔法真理。克雷曼以永恆的生命、不老的年輕肉體當餌，讓繆蘭與他做交易。

結果她失去自由。

後來就一直為克雷曼賣命。

「我知道自己很蠢。可是克雷曼用祕術『支配的心臟』奪走我的心臟。生殺大權握在他手裡，除了聽話別無選擇——」

繆蘭說話時一臉懊惱。

她只是執行上頭交辦的命令罷了。

事實上，剛才跟克魯西斯對談得知魔王蜜莉姆向獸王國猶拉瑟尼亞宣戰，繆蘭似乎認為克雷曼想防止我過去助陣。

然而若目的在此，只要施防礙魔法通訊的魔法就行了，沒必要發動規模如此龐大、藏都藏不住的大魔法——她直到現在才發現。

這次克雷曼下令順便告知會還她自由，但繆蘭知道此次作戰的成功率極低。可是魔王威脅她，膽敢不從就對尤姆等人不利，繆蘭只好相信這是最後一道命令，乖乖辦事。

說來她沒有苟活的意思。八成想了結性命，才不會給尤姆等人添麻煩。

克雷曼最後似乎還丟下一句話——

『愈來愈有趣了。大戰即將開打！天外飛來的插曲讓事情急轉直下，不得了啊——』

就是這句。

繆蘭好像會錯意，以為他在講魔王蜜莉姆對魔王卡利翁的戰事。

不過，他指的其實是魔國聯邦對法爾姆斯王國。

這也是他的目的之一——

克雷曼打算跟法爾姆斯王國同步行動，斷絕魔國聯邦的對外通聯手段。

的確，處在這種情況下，戰爭難以避免。

事到如今，繆蘭的大魔法變得很棘手。

跟妨礙魔法不同，它是設置型。目的是封鎖資訊，要是被人三兩下解除就沒意義了。如今殺了繆蘭也無法解除這個魔法。

一旦發動就需等待一段時間，魔法才會消除。期間將近一星期，想跟他國求援，魔法通訊派不上用場。

就算我們要向矮人王國、布爾蒙王國傳遞現況，沒魔法可用得花不少時間。要迎擊早已採取行動的法爾姆斯王國軍，根本沒有足夠的時間準備，太過倉促。

我們完全區居下風……

算了，先不管這個。

幸好我能鑽過結界到外面去，回洞窟就有通訊水晶可用。這下克雷曼的計畫百密一疏。

不過，我不打算拖矮人王國和布爾蒙王國下水。可以的話，我只想拜託他們當證人，證明我們是清白的。

不——說得更貼切點，要是沒有西方聖教會干擾，我只需請兩國做做樣子、假裝派兵就行了，這樣應該就能牽制法爾姆斯王國。可是，有西方聖教會替法爾姆斯王國撐腰，我不能貿然拖這兩國下水。

戰爭通常構築在利益得失上，同時也是氣勢的角力。若法爾姆斯王國不為威脅屈服，繼續採取軍事行動，矮人王國、布爾蒙王國、西方聖教會都會被捲進來，很可能爆發無法挽回的大規模戰爭。

假如聖教會向全世界昭告，說我們是神的敵人，搞不好會引發世界大戰。

這樣正好稱克雷曼的意。他肯定會利用戰爭的混亂局面，背地裡幹些壞勾當。

魔王蜜莉姆和魔王卡利翁的戰事也不例外，如今的我無法過去阻止他們。

要是我們這邊沒遭逢驟變……不，這些都是克雷曼精心策劃的。

讓我陣腳大亂，營造混亂局面……

既然這樣，現在只好相信蜜莉姆了，要把本國擺在第一順位。

如今，第一次有這種感覺——針對蜜莉姆和繆蘭的話綜合考量後，我認定魔王克雷曼是危險的敵人。

實際上，我的想法似乎沒錯。

繆蘭繼續向我透露，據說喀爾謬德也是克雷曼的傀儡之一。

跟蜜莉姆的說詞有出入，事情似乎全都在克雷曼的掌控之中。也就是說，當初出面協助的眾魔王都被克雷曼騙了。

不著痕跡布棋，善用各種情報。目前還不知道克雷曼有多少實力，但他似乎很擅長暗中掌控大局，是麻煩人物。

像這次的事——魔王蜜莉姆跟魔王卡利翁的對戰，繆蘭懷疑是克雷曼所為，不過……仔細想想，這方面依然證據不足。

的確，蜜莉姆那麼單純，可能一下子就受騙上當……

無論是用花言巧語誤導對手這點，或是絕不讓人看出他在想什麼、城府極深這點，又或是為人狡猾、打破約定面不改色這點——都在在證明克雷曼是無法信任的魔王。

由此推斷，雖然可能性極低……但洞窟內的通訊水晶還能用或許是克雷曼刻意放行——「大賢者」是這麼說的。

——看出我自以為勝過他的詭計，心喜之餘向各國討援軍——

既然無法斷言可能性為零，我就要多加留意。

如此這般，繆蘭陳述完畢。

整起事件的來龍去脈為何，我總算有概念了。

繆蘭也沒機會要回心臟，怎麼看都是用完即丟的死棋。

話雖如此，能否原諒她又是另一回事……

「少爺，您生氣是應該的。可是，懇請您原諒繆蘭！」
「我也拜託您。她只是無法忤逆魔王克雷曼罷了！」
尤姆跟克魯西斯拚命為繆蘭辯護。這樣變成我在當壞人，該怎麼辦？
「要不要原諒妳，等一切結束再做定奪。總之妳先在房間裡乖乖待著。別想動歪腦筋逃跑。」
「我知道了——」
「少爺……」
「抱歉，尤姆。我現在也理不清頭緒。要是你擔心，大可去部下待的旅店等候。」
就這樣，我決定事後再處置繆蘭，命人軟禁她，地點是尤姆等人暫居的旅店。
還吩咐利格魯德，要他派人看守。事到如今她應該不會背叛我們才對，但不怕一萬只怕萬一。
假使她在這種情況下做出可疑舉動，我可能不會放過繆蘭，這也是原因之一。八成察覺我的用心，尤姆他們老實從命，離開現場朝旅店去。

＊

聽完冗長的過程匯報，我來到外面。
一出來就看到布爾蒙王國的客人準備妥當，似乎一直在等我出來。
「利姆路大人，我們已經準備好了，接下來該怎麼辦？」
鎮上有多的貨車跟馬車，我們盡量提供，結果他們打點行囊的速度出乎意料地快。
我點頭回應，帶領大家朝城鎮外圍去。

人數將近百名，在我身後整整齊齊地跟著。

「利姆路大人，我很想派些護衛……但大夥兒無法通過這個結界……」

紅丸語帶歉意地說著，不過，這不成問題。

「別擔心。現在不是保留實力的時候，雖然會消耗大量魔素，但我想應該可行。」

回完這句話，我留下紅丸等人，獨自一人穿過結界來到外面。

「那我們立刻出發，快馬加鞭回國。」

摩邁爾代表大家出聲，我則伸手制止他。

「摩邁爾老弟，還有各位。等一下看到的事要替我保密喔！」

「咦？您這次又想幹嘛……？」

摩邁爾知道我不按理出牌，問話時心生警戒。

這傢伙好失禮。

「摩邁爾老弟……你的膽子愈來愈大嘍……」

「哈哈哈，都是託利姆路大人的福啊。」

「你這傢伙還真敢講。」

我倆互相調笑，拍拍彼此的肩膀。

「——希望您平安無事。」

「放心吧。我這人不打沒勝算的仗。」

用這句話安撫摩邁爾後，我大幅施展「空間移動」。

客人們全都目瞪口呆。至於結界另一邊的紅丸和蓋德也不遑多讓，驚訝的模樣已經不是錯愕兩個字能比擬。

「到布爾蒙王國近郊已經是極限了。時間不多，快走吧。」

被我一催，人們從震驚中恢復，邊前進邊向我點頭致意。

大家的罩子都放很亮，沒人在這種時候質疑我，真是幫了大忙。這個世界有魔法存在，些許的奇異現象對人們來說或許見怪不怪吧。

接著客人們紛紛向我道別，就此離去。

還跟我保證，說他們一定會向國家回報，盡速調撥救兵。

可是，天曉得？這已經是戰爭了。

再說對手是西方聖教會，他們的國家也不敢輕舉妄動吧。

如果我請他們派兵支援，基於協定，該國勢必得出兵相助……但我沒這個打算，國家方面應該會按兵不動。

我並不期待他們幫忙。沒差，也沒那個必要。

這是我國的問題，要對法爾姆斯王國以牙還牙。

讓我親自出馬。

畢竟沒親手還以顏色——遭到殺害的人會死不瞑目……

＊

釐清狀況之後，我目送客人離去。

花的時間比預料中還多，事後我決定過去支援朱菜等人。

利格魯德跟我說另有要事待辦等等，但我認為剩下的事不需親力親為，交給他們處理就行。

我前往用來當醫院的建築物。

黑兵衛跟朱菜都在那裡。

床上躺了兩個人，朱菜負責照顧他們，黑兵衛當幫手。

「情況怎樣？」

「啊，利姆路大人！」

「利姆路大人，俺不知該說什麼才好……」

朱菜一臉疲憊，黑兵衛也比平常慌亂。

我要他們兩人放輕鬆，過去關心傷患的傷勢。

躺在床上的人是白老和哥布達。

身上帶著又深又大的刀傷，有鮮血滲出。

「喂，看起來很嚴重啊！快用回復藥——」

我趕緊拿回復藥塗抹，可是傷口絲毫沒有痊癒的跡象。

「對不住。之前已經試過了。試了沒用，才拜託朱菜大人協助治療……」

利格魯德向我低頭賠罪。

身為盟主的我有義務決定今後方針，還必須安撫來自其他國家的客人等。所以，利格魯德才不希望我操多餘的心。

「咳，利姆路大人，害您擔心了。老夫沒事。這些傷恐怕源自那個突襲者的技能。經過一定時間就會失效，傷也會癒合吧。哥布達是我一手鍛鍊的弟子。不會在這種地方死掉的。」

都身受重傷了，白老依然擠出笑容。

不愧是白老。

雖然很想哭，但我忍住了，跟著扯出笑容。

當人家主子的怎能輕易流淚。

「哈哈，你很有精神嘛。傷口借看一下。我搞不好能治療喔。」

說完，我開始確認白老的傷勢。

「利姆路大人，這個傷是『空間屬性』的攻擊。要讓體力恢復，維持現狀，等一定時間經過自然癒合……」

朱菜已經用「解析者」查明原因了。我的診斷結果也一樣，朱菜說的治療方法沒錯。

不過，我或許能操控「空間屬性」。畢竟我已經解析過高階精靈……

《答。已確認為「空間屬性」的影響。要用「暴食者」「捕食」此影響嗎？　YES／NO》

不出所料，「大賢者」回應我的期待。

我選YES，朝白老的傷口塗抹回復藥。

「噢、噢噢！利姆路大人果然厲害——」

先不管驚訝的白老，我比照辦理治療哥布達。

「——真厲害。」

朱菜開心地微笑，但她的表情帶著一抹憂傷。

嗯？我有點納悶。

這麼說來……

這時，康復的哥布達整個人彈起。

「哥布杰！沒事吧？」

他開口道出這麼一句話。

「別提，哥布達！」

利格魯德趕緊出聲制止他，哥布達這才回歸現實。

「啊，我、我得救了嗎？」

他說這話順便眨眨眼。

看哥布達這樣，我決定針對一直懸在心頭的事提問。

都沒看到本以為是跟朱菜待在一起的，那個吵死人的傢伙——

「對了，紫苑去哪兒了？一直沒看到人——」

這話一脫口，不只利格魯德，連朱菜、紅丸、白老都跟著反應。

在場眾人同時定格。

怎麼了……為什麼有這種反應？

喂喂喂，該不會……

「那個白痴該不會單槍匹馬找人報仇吧？」

「咦！難道哥布杰也去了？他確實夠蠢，也不管自己實力不夠，先衝再說……？」

聽我這麼說，哥布達頻頻點頭接話。

「不、不是，那個……其實……」

嗯？好像怪怪的。

大家都不敢看我。

「不然她去哪裡了？」

無人回應。

不經意看去，朱菜眼眶泛淚地別開臉龐。

有種不祥的預感。

再看另一邊，哥布達也很不安。

負面想像掠過腦海。

不可能，不會的——我在心裡說服自己，開口問道：

「好。我不會生氣，快告訴我，那傢伙跑哪兒去了——」

紫苑肯定在某個地方，我追問她的所在位置。

「好吧……她在這裡，請跟我來。」

有人代表大家回應，是紅丸。

我點頭表示首肯，大夥兒跟著他邁開步伐……

＊

廣場中央。

地上有許多人躺著，她就在正中央。

蓋著白布，盡量低調，不引人注目。

不想讓我察覺，盡量弄得不起眼。

哈哈，我居然都沒發現……這不好笑。

快睜開眼睛——

真不敢相信。

睜開眼睛啊——

我不願相信。

為什麼？怎麼會發生這種事情……

在我身旁，哥布達大叫「哥布杰——！」並嚎啕大哭。

我對此漠不關心。從遠方傳來的說明聲音，明明沒聽進去，聲音卻傳入耳裡。

紫苑想保護被突襲者盯上的孩子——

魔素濃度太低導致身體衰弱——

對方將動彈不得的紫苑——

哥布杰想保護朱菜大人——

但他體力不支——

突襲者笑著將他——

話都是說給我聽的，我卻不想聽。

字字句句都令我心痛。

紫苑，快睜開眼睛……

想哭卻哭不出來。

我的心都快碎了，這具身體卻認為沒必要流淚。

是嗎——我果然是魔物。

這樣一想，不知為何我立刻就接受了。

「抱歉。暫時讓我……獨處一會兒……」

整座廣場因這句話變得鴉雀無聲。

感覺周遭眾人逐漸離我遠去。

朱菜哭著抱住我，就那麼一次，接著和大家一同離開。

哥布達也被白老摟著肩膀，從這裡離去。

抱歉，哥布達。你也想和哥布杰道別吧……

嗯。

現在的我渴望獨處。

心頭亂成一團。

都快發狂了，腦子卻異常冷靜。

悲傷、悔恨、怒氣排山倒海而來。

這些情感在我體內推擠，鬥得天昏地暗，想找到出口。

——怎麼會變成這樣？

《答。無法計算。無法理解。無法回答。》

——該怎麼做才對？

《答。無法計算。無法理解。無法回答。》

——跟人類交流錯了嗎？

《答。無法計算。無法理解。無法回答。》

——回答我……我錯了嗎？

《答。無法計算。無法理解。無法回答。》

對。有些問題，藉助偉大的「大賢者」之力仍然無解。

——竟給我開這種玩笑。

如果這裡不是我們的城鎮……

我會氣到失控，愛怎麼鬧就怎麼鬧吧。

——別開玩笑了。

竟然奪走對我來說很重要的人……

仔細想想，這還是我第一次面對親友的死。

不曾受人剝奪，無法對這類受害者的悲傷心情感同身受。

如今我總算有所體悟，伴隨劇烈的痛楚，疼痛難當。

「痛覺無效」算什麼。一點用都沒有。

洶湧的情感自體內湧現。

似乎招架不住，新的面具出現裂痕。

那紋路就像悲傷的淚水。

代替無法哭泣的我，面具刻出這條紋路，宛如淚痕……

夜晚悄悄降臨。

我抬頭仰望月亮。

該怎麼做？

沒有答案。

腦子很清楚，卻沒有半點想法。

我仰望明月，持續自問自答。

這樣下去也不可能會有答案。

即使如此——我仍像個傻瓜，任其無止境循環。

——就連月光映出微弱的光芒照耀著我也沒發現……

＊

三天過去。

紫苑沒有醒來。

真會賴床。拜託妳適可而止。

……………

不，我心裡明白。

我知道，她再也不會醒來。

卻不想承認。

她老是做些蠢事，弄難吃的料理。

還有哥布杰。

我跟這傢伙不熟。頂多之前去矮人王國時，半路上跟他說過幾句話。可是，他對哥布達來說是很重要的部屬、夥伴。

於這裡長眠的魔物也不例外，每個人都有親朋好友。

不，不對。躺在這裡的才不是沒有感情的魔物。都是我的重要夥伴，跟家人一樣。

我還想跟大家一起過快快樂樂的生活……

可是，這個願望再也沒機會實現。

——因為人死不能復生——

我們做了什麼？

只因我們是魔物，就不把我們當人看，罔顧我們的情感，擅自討伐了事……？

——既然這樣，想必他們已經有心理準備，知道自己會遭報應吧？

我心中吹起來自負面情感的風暴。

這時——

《宣告。四周的複合結界和大魔法「魔法無效領域」「解析鑑定」完成。複合結界難以解除，大魔法可以化解。要化解嗎？　YES／NO》

不，先不用化解。

看樣子，要「大賢者」對結界進行「解析鑑定」的任務已完成。同時我發現一件事，從剛才開始一直有人透過「黏鋼絲」發動「思念網」。

這三天來，聯繫不曾斷過。是我不好，害蒼影擔心。

『——抱歉，我沒發現。』

『——！您沒事吧，這樣我就放心了。』

從蒼影的話可以聽出他鬆了一口氣，我這才發現繼續失意下去會害大家擔心。

現在不是唉聲嘆氣的時候。

時間有限，我還有該做的事尚未完成。

先跟蒼影打聽情況。

城鎮四面都有人擺陣，配置相當於中隊規模的騎士。這些部隊負責保護魔法裝置，製造害大家弱化的結界。

只可惜以蒼影等人的戰力要癱瘓一角都有困難。他們還發現傳送用的魔法陣，戰事拖太久對方可能會叫友軍支援。

『知道了。你們別勉強自己。去跟戈畢爾會合，好好休息。』

『可是——』
『這是命令。去休息。』
『——遵命。』
不給他討論的空間，我強行命令蒼影等人，要他們回去歇息。我可不想在這種節骨眼上勉強他們，連蒼影一行人都失去。

好了，來看看結界。
只解除大魔法沒意義。我更想處理弱化結界……
不愧是複合結界，性質比想像中更加棘手。
總之，現在先不管結界的事。
另一項檢測不知有何結論？

《答。檢測結果——無。沒搜尋到可以徹底「復活死者」的魔法。》

——這樣啊。
不，那倒也是。
那麼好用的魔法，怎麼可能三兩下就找到。
這是當然的。
不過，或許真有這種魔法也說不定。

就算明知沒用、被旁人認為我在垂死掙扎，我還是無法罷手。

紫苑沒有醒來。

哥布杰和其他人也一樣。

他們不是在睡覺，當然起不來……

但我還是讓身上的技能總動員，探尋合適手段。

除了紫苑，我還用魔力保護在這長眠的眾多肉體。

以免他們腐敗。

不讓他們還原成魔素消失。

再怎麼找也於事無補。可是，我想賭那微乎其微的可能性。

然而結果依舊無解。

去學園弄到的魔法書沒有復活魔法。

——是嗎？也對。

不能老是在這裡哀嘆。

只能一面祈禱他們有天會醒來，讓他們在我之中長眠。

我下定決心，打算將大家吸收。

這時「魔力感知」讀到幾個人的氣息，他們正朝這裡接近。

＊

朝我靠近的人——他們是卡巴爾三人組。

沒我的命令還敢靠近，除了國外人士不做他想。

看樣子他們三個搭乘我給的馬車，不分晝夜驅車趕來。

「——少爺，抱歉。我們來晚了。」

「利姆路少爺，這個，那個，該怎麼說才好……」

再給我一點時間，我馬上會振作起來。本想這麼說，愛蓮的話卻讓我把那幾個字吞回去。

「利姆路先生，有件事……雖然可能性很低——不對，該說可能性是零……但死而復生的傳說，確實有幾個——」

現在可不是失魂落魄的時候。

那句話讓我的心和思緒重新連接。

「可以告訴我細節嗎，愛蓮？」

我轉過頭，目不轉睛地注視她。

既然有可能實現，我就願意賭賭看。

愛蓮點點頭，開始道出細節。

…………………

……………

……

故事跟一個少女和寵物龍有關——

少女的龍因為某事遭到殺害，既是唯一的朋友又是寵物，牠的死訊令少女悲傷不已，盛怒之下滅掉出手屠龍的國家。

連同住在那裡的十幾萬國民。

之後，少女進化成魔王。奇蹟就在這時發生。

跟少女有深厚羈絆的龍已死，卻因她的進化隨之改變，完成進化。

然而，奇蹟只到這邊。

靈魂在死去瞬間煙消雲散的龍，重生成混沌之龍，變成沒有意志的邪惡存在。

龍成為對少女百依百順，毀滅其他事物卻不手軟的邪惡之龍。

因憤怒覺醒，少女變成魔王，心痛之餘只能親手封印既是寵物又是朋友的混沌之龍。

故事隨著少女封印龍而劃下句點。

愛蓮說的——雖然是鄉野傳奇，聽起來卻很具體。

其他還有因吸血鬼而產生的「吸血復活術」、死靈術師讓死者變使魔的魔法——死靈魔法「死靈復甦」等。「大賢者」也有搜到這些，卻不是我要的。因為每種都會讓人性情大變，跟生前判若兩人。

有一種神聖魔法叫神的奇蹟「亡者復活」……但其中有各式各樣的限制，絕不是什麼萬靈丹。

「吸血復活術」是種族特有能力，被我排除在外，其他都是禁忌魔法，只存於口耳相傳的「禁咒」。

可是，那不重要。

問題在於——「進化」。

的確，魔物會莫名其妙進化。光取個名就出大事。

或許可行？

只要我當上魔王……

——好比少女的朋友（寵物），進化後死而復生——

可是，變成沒有意志的魔物毫無意義。要「解析鑑定」靈魂是否殘留，連「大賢者」都辦不到……

不……等等？

現在——有個結界包覆城鎮，魔物無法通過。

搞不好……這種狀態下，靈魂不會擴散，可能還留在結界內？

《答。個體名「紫苑」及其他魔物的靈魂留存機率為——百分之三點一四。》

圓周率喔！咦，不對。

乍聽之下好像很低，正好相反。其實應該算高。

該這麼想才對，讓死者復活的機率高達百分之三以上。

再說，那個好強的紫苑和笨蛋哥布杰才不會為這點小事死掉。不可能。

一定在等我伸出援手，靠氣魄留在人世。

總算看到希望。接下來只剩實行。

看我能不能當上魔王，但——

《答。目前已滿足進化成「魔王種」的條件。要進化成「真魔王」的必要條件如下，需萬名以上的人類當祭品。》

只要祭品就好？簡直輕而易舉。

魔王？要當就當啊。比想像中還要簡單。

聽說朝我國進軍的軍隊剛好超過一萬……

沒什麼大不了的，不夠再補就好。

要是紫苑他們能因此復活，根本沒什麼好猶豫。

這時我突然回神。

「愛蓮，多謝妳告訴我。可是，這樣好嗎？妳這麼做，就好像要我——當上魔王？」

隨著這句話出口，我看向愛蓮。

愛蓮低垂著頭，默默無語。但那只有短短一瞬間，接著她下定決心抬起頭。

「我來自魔導王朝薩里昂。說真的，一直很憧憬自由自在的冒險者。可是，已經無所謂了。我也想救紫苑。不能原諒法爾姆斯王國和西方聖教會。魔物都是壞蛋——我討厭這種想法。會教你這些方法也有心理準備，知道覆水難收。可是，我就是覺得這樣下去不行……」

愛蓮用充滿決心的雙眼看我，道出這段話。

此外，她還說三人組繼續當冒險者會給自由公會添麻煩，想入籍我國。

可以的話希望搬過來住……

愛蓮的本名叫愛倫，是魔導王朝薩里昂的貴族。

曾於王都的學園就讀，想當冒險者便離開母國。

聽她坦言，卡巴爾無言地點頭，基多則閉眼仰天。

「沒辦法。既然小姐都這麼說了，我這個護衛沒意見啦。」

「大姊頭——不對，愛蓮小姐。妳都想好了吧？」

兩人也鐵了心，紛紛看向愛蓮。

感覺他們兩個也不是普通的冒險者。

經詢問得知，卡巴爾和基多是愛蓮的護衛，跟她一同離開國家。

他們三人的共患難情誼遠勝雙方既有關係。畢竟這兩人面對眼下局面，依然選擇相信愛蓮，毫不猶豫地給出答案。

三人組當之無愧，彼此的關係令人稱羨。

「我想，利姆路先生當上魔王，我走漏風聲的事肯定露餡。情報部門已經知道我跟你們有所牽扯，肯定會穿幫。還會用強硬手段把我抓回母國吧。所以說。在我被人抓回去之前，我想在這盡力幫忙。然後，看最後會出現什麼結果——」

自由自在的日子所剩無幾，我想待在這裡——愛蓮這麼說。

三人組用認真的眼神看我。

要是我准他們移居，除了其他國家，本國可能還會跟魔導王朝薩里昂交惡。

魔導王朝薩里昂的反應會對我國帶來多少影響不得而知，但我無法坐視不管，眼睜睜看著愛蓮被人抓走。

是說她不一定會受害，如今只剩屬地認可的問題……

或許還有變數，先靜觀情變吧。

──這件事容後再議。

「總之，這件事晚點再說。我不想增加更多敵人……」

「是喔？可是，關於紫苑是否得救，我可以看到最後吧？」

「可以。這是愛蓮妳提供的資訊，妳可以看到最後。不過，要是我當上魔王性格大變，對你們幾個出手──不能算在我頭上喔，可以嗎？」

「唔──……雖然不希望這樣，但那也是沒辦法的事。我相信利姆路先生！」

「喂喂喂！把我們拖下水喔。真是的，拿妳沒轍耶。」

「沒辦法，大哥。愛蓮小姐每次都這樣……」

兩人唉聲嘆氣，但他們並沒有反對。

嘴巴上牢騷一堆，他們還是對愛蓮忠心耿耿。

託他們的福，我知道接下來該做什麼。

能救紫苑跟哥布杰他們！

要救人必須當上魔王，那就當吧。

再過四天，敵軍的主要部隊會攻過來。

我已經掌握他們的動向。

接下來要付諸實行。

＊

既然決定了，事情就好辦。

首要之務是防止紫苑等人的靈魂擴散。我靠「解析鑑定」學會大魔法，將它改版並包覆城鎮，讓城鎮受的影響更大。不確定繆蘭的魔法還能維持多久，我怕它突然消失，害紫苑等人的魂魄散掉。

消耗的魔素量相當驚人，但對現在的我來說一點都不吃力。跟截至昨日為止的悲壯心情相比，反而是甜蜜的負擔。

自認沒用仍「解析鑑定」結界是正確選擇。成果環環相扣，讓紫苑等人有機會復活。

因為我發動大魔法的關係，紅丸等人匆忙趕來。

「利姆路大人，您這是——？」

「紅丸，叫大家集合！我們要開會，討論今後動向！」

「——！遵命！」

他們快步跑開。

號令一出，大夥兒立刻加快腳步行動。

「害你們擔心了，愛蓮、卡巴爾、基多。已經沒事了。」

「利姆路先生——」

出現裂痕的面具被我收到懷裡，不忘朝愛蓮綻放笑容。

看我恢復精神，愛蓮等人也鬆了一口氣。陸續開口，說要幫我們的忙。

「有什麼忙是我們幫得上的話，儘管開口！」

「嘿嘿，少爺很照顧我們，這次換我們上場助陣。」

「沒錯！」

這些話讓我很開心。雖然他們主動說要幫忙，但我不想拉三人組加入戰局。不過，我希望他們在會議上針對剛才的事重新說明一遍。

這樣不只是我，大家都會團結起來，同心協力行動。

「那不好意思，請你們一同參與會議。我去辦點事。」

留下這句話，我離開現場。

跟卡巴爾三人組告別後，我直奔尤姆等人待的旅店。

直接開門入內。

「利姆路少爺！」

吃驚的尤姆過來迎接我。

「尤姆，我已經想好要怎麼處罰繆蘭了。她在哪裡？」

「在樓上的房間休息……」

聽到處罰二字，尤姆看起來很不安。

抱歉，我不能透露內容。

現在還不能說——

一踏入房間，我就對繆蘭宣告。

「繆蘭，妳必須死。」

「少爺！」

尤姆發出慌亂的呼喊，被我無視。

繆蘭則驚訝地瞪大雙眼，接著無奈地點點頭。

看來她早就有所覺悟。

「利姆路大人，這——」

克魯西斯想打斷我，但我不許他這麼做。

「抱歉了，少爺，我要保護繆蘭！」

尤姆擋在我身前。

明知實力懸殊，尤姆依然不放棄抵抗。

這傢伙不賴。我心想。

我用「黏鋼絲」綁住他們兩個。

「求你放過她，少爺————！」

尤姆高聲吶喊。

繆蘭對抗拒的尤姆微笑以對，送上一個吻。

「我喜歡你，尤姆。你是我有生以來首次愛上的人。假如人生能重新來過，這次一定要跟你攜手共度餘生……再見，下次小心，別被壞女人騙了——」

她說完又對尤姆綻放微笑，接著就閉上雙眼。

有氣魄。是難得一見的好女人。

說真的，做這種事，我心裡也有罪惡感……
我毫不猶豫，不假思索地行動，用手刀貫穿繆蘭的胸口。
她的頭無力垂下。
尤姆和克魯西斯聲嘶力竭地吼叫。
接著——帶著錯愕的表情，繆蘭不知所措地睜眼。
「——那個，我一點都不痛苦，也沒有死去的感覺……」
這還用說。
我口頭上是說要她死，卻沒有殺她的意思。
死而復生，這種故事常聽說。我個人很想讓紫苑他們活過來，就先在這裡多加一個案例好了。
「這個嘛，嗯。妳差不多死三秒吧？」
「……咦？」
「——啥？」
「這話什麼意思？」

《宣告。個體名「繆蘭」的「擬似心臟」已開始正常運作。》

很好，一切順利。
接獲「大賢者」回報，我的手刀自繆蘭胸口抽出。
「好了，既然手術成功，就來說明一下。你們兩個別擺那麼凶的表情，去找張椅子坐，放鬆一下。」

「先等一下，少爺！剛才那是怎樣？」

「喂喂喂，求個令人信服的說詞應該不為過吧？」

尤姆跟克魯西斯剛才還哭哭啼啼，這會兒又吵吵鬧鬧。

相較之下，繆蘭就很冷靜。

「吵死人了！慌成那副德性，小心被繆蘭笑啊！」

這話一出，兩人總算安靜下來。

待他們恢復冷靜，我開始進行解說。

「事實上，繆蘭的假心臟被克雷曼拿來當竊聽器。不用魔素，改用電波和磁場，轉成暗號傳輸。」

我進一步解說。

拿心臟跳動、生物波長當掩護，發送轉成暗號的電訊。透過地面傳導，傳至克雷曼手中。

之所以要繆蘭做詳細匯報，是想當障眼法，讓人無法察覺真實用途。說他不信任部屬的傳聞果然不假，很像魔王克雷曼會幹的狡猾勾當。

不過，那也是他厲害的地方。對每個手下都動過手腳，這就代表他的腦子可以瞬間解讀大量暗號化情報。

「操偶傀儡師」果然名不虛傳。魔王克雷曼的無形操偶線來自這種情報收集能力。

我是湊巧發現的。

——不，或許不是偶然。這是紫苑在幫我的證據吧。

為了防止他們的靈魂散失，我決定發動大魔法，就是在那時發現的。跟結界起反應的可疑波長被「大賢者」揪出。解讀暗號化情報對「大賢者」來說小菜一碟。

所以我反過來利用竊聽機制，擬定計畫欺騙克雷曼，讓他以為繆蘭已死。

「──就是這樣，整到你們啦！」

「整什麼啦！」

「喂喂喂！這種事可沒那麼簡單吧？那是魔王克雷曼的能力機密，沒有人知道不是嗎！」

都跟他們說明了，這兩人還嫌剛才沒吵夠。真麻煩。

「哎呀，這種小事別計較嘛。對了，繆蘭，如妳所願，重生的心情如何？」

「──咦？」

這時繆蘭總算發現身上的詛咒已經解開。

「繆蘭，妳是自由身了。我很想這麼說，但在那之前有件事想請妳幫忙。」

她還沒從困惑中恢復，但面向我端正姿勢。

「有什麼要求儘管說。要我宣誓效忠，我也會照辦。」

「不，那就免了。事實上，紫苑他們也有機會復生。繆蘭，就跟妳剛才死後重生一樣。所以，我希望妳幫忙辦這件事。」

「咦？」

「要讓死者復活嗎？」

「怎麼做？讓死者復活，就連我們這些高階魔人也辦不到啊！」

三人一臉吃驚地問著。

「只是有機會復活。但我一定要成功。」

我開口答道。

對，只是有機會復活罷了。可是，我不許失敗。

我要盡一切努力，盡量提昇成功率。為了實現這點，繆蘭一定要幫忙才行。

確定她會幫忙後，我問她今後有何打算……

「這個嘛，我好不容易重回自由身，人類的一生很短暫，被人綁住也不錯。」

這是她的回答。

尤姆面紅耳赤，繆蘭疑似受他感染，跟著雙頰泛紅。

克魯西斯好可憐。徹底被人給甩了。

「打起精神吧！」

「別笑著安慰人好嗎！還有，反正尤姆是人類，壽命最長頂多一百年左右。之後換我接手！」

「鬼扯什麼！居然有這種齷齪思想，噁爛狼！」

「少囉嗦！不甘心就活久一點啊！」

「你這隻臭狼！在那亂講，耍這種花招，你的主子魔王卡利翁最好會准啦！」

「好笑！卡利翁大人心胸寬大，要我增廣見聞。我只效忠他，但人沒被獸王國綁住好嗎！」

「天底下哪有這種好事！」

「吵死了！」

「——我剛才好像不夠冷靜呢。那句話不算數……」

「這、這怎麼行，繆蘭！」

情況挺混亂的，但我因此找回些許笑容。

若現在不是戰時，我會祝福他們——可是，眼下還不是時候。

我重整心緒，切入另一個主題。

「對了，尤姆。我也想拜託你一件事……」

「儘管說！不管少爺要拜託什麼事，我都答應！」

太好了，我就知道他會這麼說。

基於這點考量，我才出手拯救繆蘭。

我以前的心機明明沒重成這樣。

沒辦法，因為計畫只許成功不許失敗。

所以說──

「我要你當王。」

這句話脫口，說得雲淡風輕。

啊？尤姆一臉問號地看我。

我則道出自身想法。

簡單講──我要把這次的進攻者全殺了。

該條件不可或缺，無法讓步。

事情走到這個地步，下一個問題就是法爾姆斯王國。

要把國民全殺了？若拿這句話問我，我會說沒道理殺他們。

雖然假如當魔王用的祭品不夠，我會二話不說痛下殺手──

先殺軍隊看看情況再說。

對了，按蒼影的報告看來，軍隊總人數好像超過一萬。

說老實話，我很慶幸。敵兵眾多卻覺得慶幸，講起來滿奇怪的。

對手是軍隊也沒差，既然前提是殺光他們，我就不需手下留情。湊足這點條件，對現在的我來說易如反掌。

我不是很想對平民百姓開刀，職業軍人來一大票求之不得。

那毀掉軍隊、當上魔王，之後該怎麼辦？

問題就出在這裡。

有人進攻只好大開殺戒，但可以的話，我希望殺到某種程度就停戰。

不過，法爾姆斯王國的現任高層必須全數抹殺。

——要讓他們負起責任。

可是這樣一來，國家的中央政府就沒了。到時被蒙在鼓裡的國民會很困擾吧。

「懂了吧？這時換你出馬。」

如何？我看向尤姆。

尤姆的任務是肅清腐敗高層。

跟著出兵的傢伙由我格殺，我想請他料理留在國內的垃圾。

同時統領國民，以新王之姿崛起。

之後再跟我國締結邦交。

「說得那麼簡單。居然要我當王——？」

「很簡單吧？我都當王了，你也一起當嘛。」

是說我雖然是當王，卻是個魔王。

「尤姆。利姆路——大人認為你有那個能耐。我也一定會支持你，過個波瀾萬丈的人生吧？」

這話好像在說——我討厭無趣的男人。繆蘭用話推他一把。

「也算我一份，尤姆。」

「你只想等我死後接手吧？」

「哈哈，說這什麼話。怕的話，活久一點不就得了？」

「嘖，好啦。我照辦就是！」

尤姆下定決心，朝我點頭示意。

我跟這傢伙應該會處得不錯。

兩人互相握手。

等一切結束，再開會討論細項吧。

要先當上魔王才行。

為了讓紫苑等人復活。

逝去的生命無法重來。

但紫苑他們還未逝去。

可能性還在。

我是無神論者。不信神。

——可是，現在的我願意祈禱。

致一切奇蹟的主宰者。

這種行為在以前的我看來根本不屑一顧，會笑說做也沒用。

確實沒用。

不過，祈禱會讓人萌生信心。

紫苑他們一定不會有事的。

——反射了月光的微弱光芒映照在我身上。那道光譜出淡淡的光暈，感覺很慈祥，彷彿在肯定我的祈願——

ROUGH SKETCH

第四章

魔王誕生

Regarding Reincarnated to Slime

要不了多久，有人向我報備，說幹部都到齊了，我跟著往會議室去。

帶著尤姆等人進入會議室。

一進到裡頭，只見留在鎮上的幹部齊聚，都用嚴肅的神情看我。

「害你們擔心了。接下來要開會討論，讓紫苑和哥布杰等人復活！」

我的宣言讓場內一陣騷動。

眾人為我恢復精神感到欣喜，不僅如此，他們萌生希望，知道現在有任務待辦，大夥兒的眼眸都燃起鬥志。

無人出聲質疑，為紫苑和哥布杰等人的復活計畫貢獻心力。

「在我表達個人意見之前，我想知道大家對法爾姆斯王國和人類有何看法。」

此話一出，成員開始踴躍發言。

戈畢爾跟蒼影一行待在洞窟裡待命，這次沒有參加會談。

其實我特別跟蒼影透過「黏鋼絲」相連，他應該能掌握這邊的狀況才對。

將大家的意見做個整理，多數看法如下——「用卑鄙手段偷襲的人類不可原諒」。

說得對。這話沒錯。

但某些人認為「人類也有善良的。不能一概而論」。

出現這種意見令人開心。不能因憤怒、憎恨模糊初衷。

大抵分成這兩類。

聽從我的命令才導致這次事件發生，更讓魔物們——認真思考與人類共存的課題。他們是親愛的夥伴。

等同家人的重要存在。

我不曾真心愛過一個人，對愛高談闊論或許說不過去。

等大家平靜下來，我才開口。

「各位，聽我說。」

這句話讓大夥兒的目光聚在我身上。

承受大家的視線，我開始講述。

「我是原本為人類的『轉生者』。」

底下一陣譁然，但無人插嘴。

朱菜、蘭加、紫苑應該都知情吧？我無意隱瞞，可能有順口說過。

多數人都面露吃驚，看樣子他們知情卻沒對外張揚。

「我跟『異界訪客』來自同一個世界，都是那邊的人。我在那個世界死去，投胎到這裡，還變成史萊姆。剛開始很孤單、很寂寞，這樣的我有幸結識一群夥伴，就是你們。進化後，你們長得像人，也許是受我的願望影響——」

我說到這兒不忘觀察大家，大家都專注聽我說話。看起來沒什麼問題想問，所以我繼續補充。

「我之所以定下規矩『不能攻擊人類』，原因就出在這裡。說我喜歡人類也是一樣的道理，因為我原本是人。沒想到這條規矩害你們受傷，我並不樂見……我是一隻魔物，卻保有人心。所以想跟人類交流，還在人類城鎮久待。要是我救完孩子們早點回來，事情就不會……」

說到這兒，我不禁語塞。

總覺得說什麼都像藉口。

「不，不是這樣的。」

有人持反對意見，是朱菜。

她用美麗的眸子直視我，委婉地闡述自身看法。

「我們也過於天真，認為利姆路大人無論何時都會保護大家。結果釀成這次的悲劇。」

紅丸認同朱菜的看法，接著開口道：

「妹妹居然先講了，我這個做哥哥的實在丟臉。利姆路大人，這次事件也讓我痛定思痛。無法用『思念網』聯繫利姆路大人，當下就覺得平常那種無所不能的感覺全沒了，恐懼在心中蔓延。我們——不，我的疏忽導致這起悲劇發生，現在我總算明白了——」

「等等，紅丸大人。真要說起來，身為警備隊領導人的我失職，才會把事情鬧大！」

利格魯出聲打斷紅丸。不只利格魯，每個人都認為自己該為這起事件負責。大家都把責任攬到身上，誰也不讓誰。

我趕緊制止他們。

「大家先緩緩。行有餘力就掉以輕心的人是我。再說我原本是人類，將自己的想法擺在第一位。到頭來——不慎失足，把事情搞成這樣。都是我的錯。對不起……」

聽到這句話，大夥兒默默無語。

人們接受我的說詞。

一會兒後，白老用認真的神情發話。

「利姆路大人將自己的想法擺在第一位，何錯之有。正如紅丸大人和朱菜大人所說，大夥兒掉以輕心導致這起事件發生。再者，我們太弱也是原因之一。利姆路大人將這個國家交給我們看管，我們卻任那種小人為所欲為，是我們怠忽職守。對吧，各位？」

白老的話讓現場一度緊張。相隔不到一秒，大夥兒全都點頭同意。

呃，真沒想到大家的反應是這樣。

我本來想最糟的情況下，或許會有人罵我「背叛者！」，害我提心吊膽……我自曝「以前是人類」的關鍵時刻，大家卻和顏悅色略過。

該說在意的人好像只有我一個。

「呃，畢竟——前世是人類的傢伙當頂頭上司，你們不覺得很討厭嗎？」

我不禁道出心中的疑惑。

「咦？利姆路大人就是利姆路大人啊？」

「我的主君就是利姆路大人，前世如何不重要。」

「就算您這麼問，我們也難以回答……」

「對啊。我只明明白白知道利姆路大人是我們的主子。」

回應諸如此類，看樣子我白操心了。

接著，利格魯德做出總結。

「利姆路大人，大家都有共識。對這種事耿耿於懷的沒半個，您可以更隨心所欲些。我們將對您唯命是從！」

他斬釘截鐵地宣示。

我點點頭，心裡想著——

果然沒錯，這裡就是我的家。

好高興。

人類與魔物的藩籬不算什麼，只要心靈相通就能克服。大夥兒的反應讓我對此深信不疑。

凱金眼眶泛淚，邊點頭邊觀望這一切，此時他直指問題核心。

「那我有個問題想請教，今後要怎麼跟人類相處？」

全場安靜下來，視線都落到我身上。

嗯，問題就出在這裡。

我的部下先擺一邊，對凱金等矮人、尤姆、卡巴爾一行來說，這是最重要的問題。要是我說今後將與人類為敵，對他們而言無疑是新的威脅。

——是說我沒這個打算啦。所以，我要藉這個機會清楚表態。

「首先，下結論之前，我想說說自己的看法。我的前世有『性善說』、『性惡說』這兩種概念。性善說認為人性本善，但在成長過程中可能會學壞。性惡說恰巧相反，說人性本惡，只想到自己，但能透過學習培養善念。也就是說，人可以變善良，也可以變壞。人類容易選輕鬆的路走，要是不小心走偏，就會變壞。省去跟我方交涉的麻煩，選擇訴諸武力的法爾姆斯王國就是一個例子……」

此外，就算單獨個體善良，集結成國家規模仍有萌生惡意的可能。

「——可是，不能因此斷定所有人都是壞蛋。能夠讓『為了能輕鬆而去努力』這種矛盾並存的才是人類啊。實際上，我也一樣。朝正確的方向努力，人就會變得更好。所以說，學習環境很重要。我想創造這樣的環境。教育人類，讓這些人跟我們成為好朋友，破除人與魔物的藩籬。這樣一來，他們就會成為能互相體諒、互相幫忙的好鄰居吧？我相信這麼做是可行的——」

以上就是我對人類的看法。我並不是想與人類為敵，原則上，我想跟他們和平共處。

不過——

「講歸講，這只是未來願景。無條件相信人類導致舊事重演，那就本末倒置了。所以我的結論是，現階段跟人類合作言之過早。要先讓他們見識我國的厲害，讓人類認可。構築一定的地位，成為人類無法輕忽的勢力。照這樣下去，人類會繼續小看我們，把我們當成便於利用的壓榨對象。我們只跟矮人王國或布爾蒙王國這種善意國家交流過，忘記國家組織還有邪惡的一面。即使單一個體很善良，一旦組成國家就會生出殘酷的利牙。當國家是弱者之集合體時，為了保護善良的人民，從某個角度來說也是不得已的選擇。但正因為這樣，我們必須對這些人展現實力。等我當上魔王，他們就知道用武力交涉不是有利選項。此外，我還能牽制其他魔王，充當人類國家的盾。敵對不如共生來得有利，能激發這種想法就算大功告成——」

我一口氣說完，觀察大家的反應。

連散漫的哥布達都沒聽到睡著，專心聽我說話。

看樣子，大家都有把我的話聽進去，這下我就放心了。

「——既然西方聖教會斷定我們是邪惡分子，我們就跟他們宣戰。不一定要訴諸武力，可以動用一切手段，包含言論和經濟面。誰跟我們敵對，我們就發動制裁。對我們伸出援手，我們要給予祝福。以其人之道還治其人之身。然後再慢慢花一段時間，按部就班構築友好關係，以此為目標。以上是我的想法。」

話說到這兒，長篇大論告一段落。

率先對這番說詞做出回應的人是凱金。

「這也是天真的理想。要當魔王的人不該講這種話，真是的。可是，我不討厭——」

他發出嘆息，對我陳述感想。

對此，朱菜微微地笑著，一面做出回應。

「這樣很好啊，只是理想又有何妨。我認為利姆路大人一定能辦到，創造出這種理想的世界。」

她表態支持。

「不需要想得太複雜。我們已經決定追隨您了，就只有相信利姆路大人您一個選項。」

從某方面來說根本拒絕動腦，蓋德秉著耿直的忠誠宣示。

「要是利姆路大人當上魔王，記得替我安個職位喔！」

紅丸笑說。

『我是利姆路大人忠實的影子。不需一一確認，將依令行事。』

果然有在聽嗎——蒼影也跟著插話。

『頭目，我是您忠實的牙。誰敢阻擾我們，我就咬死那些敵人。』

蘭加也不落人後，自我的影子放話。

利格魯德、利格魯、哥布達、白老，還有聚集在此的諸多成員，大夥兒紛紛表態。

都跟我站在同一陣線上。

就連尤姆都跟進。

「受不了。你要我們也創立嶄新的國度，替大家換換腦袋吧？少爺在想什麼，不說也知道。真的很會使喚人吶。」

他邊搔頭邊說。

「你很了解嘛，尤姆老弟。」

「嘖，隨你說。」

尤姆一副心不甘情不願的樣子，但他嘴邊帶著笑意。而尤姆右邊有繆蘭在，左邊是克魯西斯。背後是仰慕尤姆的夥伴們。包括副手卡基爾、軍師隆麥爾。

這些人類也各自發話，對我表示贊同。

「欸嘿嘿，利姆路先生。今後也要繼續當好朋友喔！」

愛蓮笑著說出這麼一句話，大家都跟著點點頭。

我將這些話銘記在心。

都把無聊的理想硬塞出去了，這次可不能拿它當藉口。

我活得很任性。既然這樣，就該為自己的行為負責。

「謝謝你們。今後還請大家繼續配合我的任性！」

對我的話大表贊同，人們爽快應允——大夥兒不約而同應聲。

＊

好了，重振精神之後——

接下來針對這次的軍事侵略行動召開作戰會議。

「問一下，各位知道敵軍的詳細情形嗎？」

聽蒼影說人數超過一萬，但詳情還不清楚。一方面也想對與會者進行說明，紅丸開始講解。

「是。根據蒼影的調查——」

這次的侵略者是法爾姆斯王國與西方聖教會聯軍。

雖然是聯軍，但西方聖教會派出二線戰力，神殿騎士團三千名，好像只派駐守法爾姆斯王國的部隊出戰。

主要部隊是法爾姆斯王國騎士團一萬人，傭兵團六千，還有人數達千的魔法師。

總數高達兩萬，軍力龐大。

人數比我國總戰力還多……

少了號稱最強的聖騎士團，這點戰力在我看來不成問題。

人數超乎預期，然而這只代表祭品人數上修罷了。畢竟我不打算對敵兵手下留情……

問題出在幾名「異界訪客」也會參戰。

「要怎麼分配？」

蓋德幹勁十足地提問。

「依我看，就讓我的部隊跟他們正面交鋒好了。」

紅丸也躍躍欲試。他好像偷偷另組了滾刀哥布林戰士團。

由白老指導，身手值得期待。

利格魯和哥布達也準備領狼鬼兵部隊大顯身手。

因這次事件義憤填膺的可不只我一個。

雖然是這樣──

「抱歉。這次的聯合軍讓我收拾。不，該說希望能交給我收拾。」

「──您有何打算？」

紅丸當代表提問。

我對此簡單說明。

「我當魔王需要祭品，好像一萬人就夠了。大概要獲取人類的靈魂才能進化成『真魔王』吧。幸好來侵略我們的笨蛋有兩萬人，人數上綽綽有餘。再來只要展現我的力量就夠了。這是我成為魔王的必要儀式，必須由我獨力消滅侵略者。」

其實好像不用一個人搞定啦。

據「大賢者」所說，幫手跟我靈魂相繫就沒問題。或者我用意識干涉幫手，也算達標。

只不過，條件很嚴苛，單純殺一萬人好像還不算達成條件……

但這次這些問題全都無關。

此時我突然有個念頭，魔王克雷曼的目的該不會是挑起戰爭，收集一萬個人類靈魂吧。襲擊村莊能收的數量有限，他可能想利用戰爭一口氣收集完畢，進化成「真魔王」。

因為不清楚正確的進化條件，所以乍看之下有如隨意散播不幸。我認為他或許是在擺弄那些魔王，利用他們達到自己進化的目的。

若我料得沒錯，他只是無法獨力挑起戰爭的雜碎的話，那他就只是不值得下手的小角色。

總有一天會自然被淘汰掉……但我已經把魔王克雷曼當敵人看了。把法爾姆斯王國的問題收拾完，接下來就要處理他。

我獨自出馬的理由只有一個——為了全面解放自心底湧現的激昂怒火。

不擇手段殺敵——這樣的我，不希望被其他人看到。要是拘泥這點小事而遭人討伐，表示我的程度只到那兒。

此外……總覺得我果然該為這次事件負責。

讓自己不再天真。

我知道這樣很任性，但那是不可抹滅的動機。

就算日向跟那些敵兵一起攻過來，我還是打算一個人殺他們全部。

我已經看過日向的技能了。再用同一招對付我行不通。因為「大賢者」會教我完美的因應對策。

《…………》

「大賢者」似乎也有話要說，但這想法肯定沒錯。知識會讓我大幅進步，占有優勢。

要用初次遇到會無法迴避的招式，就非取對手性命不可。因為倖存者會走漏風聲，有擬定對策的空間。

不管對手是誰，我都不會輸，絕不能輸。

大概發現我心意已決，紅丸心不甘情不願地接受。

「是。這次就請利姆路大人全權處理——」

他點應聲，我跟著頷首回應。

話雖如此，我並不打算讓紅丸等人乾等。

「──我有事想拜託你們。目前城鎮四面有製造結界的魔法裝置。中隊規模的騎士在保護它。他們好像滿強的，希望你們在我行動時同步攻陷這些部隊。」

「哦？」

「原來如此，我們也有出場機會啊。」

「請您務必將這項任務交予本人利格魯！」

「我這次真的生氣了！」

不等我說完，大夥兒開始自告奮勇參戰。

我出手制止他們，繼續把話說下去：

「別急，我心中已經有人選了。因為我想讓穿過城鎮結界的人數盡量壓低。首先，東邊交給紅丸。西邊是白老、利格魯、哥布達還有蓋德。南邊讓戈畢爾和他的部下處理。北邊交給蒼影小隊。然後蘭加待在我的影子裡，當備援戰力待機。敵兵好像有傳送魔法陣，得趁援軍抵達前打倒他們！還有，要是他們呼叫援軍，你們馬上叫蘭加幫忙。覺得戰鬥力不足也可以叫他。蒼影，你有聽到嗎？」

『沒問題。您願意賜我等機會，感激不盡。戈畢爾也幹勁十足，應該不會輕易落敗才是。』

「依你看，我們有勝算嗎？」

『只對付一個角落的部隊，小事一樁。』

好，我點頭稱是。

蒼影，外加蒼華小隊五名。雖然只有六個人，但他們特別擅長暗殺行動，比三流部隊強上許多。重點是這幾人移動速度飛快，遇到突發狀況還能擾亂敵人。

戈畢爾他們也進化成龍人族，力量大幅增強。如今每個人都有B⁺，還做過團體戰特訓。百名龍人發動空襲，對付老練的騎士肯定不落人後。他們還握有回復藥，只要攻擊不足以致命，續航力便不成問題。

北方與南方打點妥當。

東方也有紅丸撐場。

「紅丸，我對你有信心，但你要獨自一人對付人數近百的騎士。要是戰況不佳——」

「利姆路大人，用不著擔心。敵人一定會——」

「這次不需要手下留情。」

「哼，那我必勝無疑。」

紅丸這邊沒有疑慮。他實力僅次於我，還配備適合打集團戰的技能。

東邊也沒問題。

問題出在西邊。

「白老、利格魯、哥布達、蓋德——」

「利姆路大人，交給我們吧。都第二次了，老夫可不會失手。對了——利姆路大人擔心……那些傢伙很可能出現，對吧？」

他說對了。

西方有條幹道，是通往布爾蒙王國最快的捷徑。假如敵人要因應可能出現的商人逃脫潮，想派人攻擊西面，肯定會安插之前攻擊我國城鎮的傢伙。

「有勝算嗎？突襲者很可能是『異界訪客』喔！」

「呵呵呵，沒問題。當初一時不察才輸給他們，但老夫已經看穿他的刀路了。」

「利姆路大人，我們也不是以前的弱者了。不需要靠白老大人保護，有能力跟敵人對戰。」

「對啊！我要替哥布杰報仇！」

「雖然只有四個人，請您相信我們。利姆路大人賜我豬人王之力，我要盡情發揮！」

白老自然不在話下。

雖然不及紅丸，但厲害的蓋德也在。

利格魯是警備部門的負責人，實力不亞於利格魯德。

我有點擔心哥布達，但這個笨蛋應該也不會太亂來才對。

「好，那破壞魔法裝置的任務就交給你們了。去解除這個礙事的結界，讓弱化效果消失！」

「「「遵命！」」」

就這樣，我拜託大家解除結界，憑一己之力對付進攻的軍隊。

還有一個絕不能遺漏的重要事項。

「對了，朱菜——」

「是。」

「正如剛才所說，我要紅丸他們負責解除弱化效果。可是這個結界或許可以替紫苑等人保留魂魄。

妳明白我的意思吧？」

「是，利姆路大人。您要我們幫忙準備替代用的結界吧？」

「沒錯。可以嗎？」

「當然可以。這個工作務必讓我去辦！」

眼下我已經發動特殊的大魔法。還放出大量的魔素，填滿整個空間用來維持結界，補充裡頭的魔素。

我要朱菜幫忙準備新的結界當補強。

當然，這方面也需要其他鎮民幫忙。

都是為了盡可能提昇紫苑等人的生存機率……

物理跟魔法都有相同的定律，高濃度會去填補低濃度。

換句話說，只要讓空間充滿魔素，就能防止包覆靈魂的魔素擴散。

少了那層魔素當屏障，靈魂就會穿過結界散失。靈魂是相當純淨的能量，不受任何事物限制。

魔物的星幽體由魔素構成，防止這些魔素擴散，應該能關住靈魂。以上是「大賢者」的見解，我決定照辦。

此外，人類可以在結界間輕鬆進出，全因他們體內的魔素量稀少。跟大受魔素影響的魔物有著天壤之別。

「關於這項任務，請您務必讓我幫忙。」

繆蘭向我提議。

大魔法和結界是繆蘭擅長的範疇。她自告奮勇真是幫了大忙。

「朱菜——」

「是，利姆路大人。請多指教，繆蘭。」

「包在我身上。我一定會傾盡全力。」

朱菜和繆蘭將攜手合作，負責維持我施的大魔法，進行補強。

這下我就放心了，可以好好戰鬥。

「利格魯德！帶領其他人，幫忙保護朱菜她們！」

「是！」

「俺、俺也要保護朱菜大人！」

「少爺，還有我們！」

「沒問題。本大爺克魯西斯辦事您放心！」

「我們三人組也會保護朱菜她們！」

「包在我身上，利姆路先生。」

「沒錯，利姆路少爺！」

黑兵衛、尤姆、克魯西斯。

還有利格魯德和卡巴爾三人組撐場，城鎮的守備工作亦安排妥當。

「好！對方打算四天後決一死戰，但期限對我們來說一點也不重要。從現在開始，我們將殲滅敵軍！」

對我的號令一呼百應，大夥兒展開行動。

為了讓紫苑和哥布杰等人復活，全國人民上下一條心，開始向前進。

●

東側——魔法裝置設置點。

紅丸邁開步伐走著。

威風凜凜，堂而皇之。

有人發現他，是一名神殿騎士。

「前方有人接近！各位，就戰鬥位置！」

奉大主教雷西姆之命，神殿騎士團中隊施展削弱魔物的「四方印封魔結界」。

個體達B+等級的騎士有百來個。

於東西南北各自展開結界，執行交派的任務。

身懷比一般騎士更適合對付魔物的戰鬥技巧，都是訓練有素的熟手。

不愧是西方聖教會的人馬，沒有絲毫懈怠。因此，對周遭時時保持警戒，能即時發現敵人的蹤跡。

只不過──

「抱歉啦，讓你們當我的出氣筒。」

無人對這句傲慢發言出聲反駁。因為他們都被人秒殺了。

比切紙還輕鬆愉快，一把受黑焰纏繞的太刀將騎士們一刀兩斷，連鎧甲也不能倖免。

宛如於黑焰中盛開的紅蓮之花，騎士團的鮮血染紅大地。

其中有人苟延殘喘，嘴裡恨恨地說著：

「居、居然有這種……怪物……沒聽說啊──」

留下這句怨嘆，騎士團隊長遭永不止歇的漆黑火焰吞噬，被燒個精光。

紅丸就像在跳舞一樣，動起來行雲流水，將敵人全滅花不到三十秒。

他隨手一揮，將魔法裝置砍成兩半，嘴裡發出輕喃。

「任務結束。好了，來看看是否有哪個草包陷入苦戰吧？」

應該沒有吧──紅丸心想，開始觀望其他方向的戰況。

南邊——魔法裝置設置點。

戈畢爾鬥志高昂。

「嘎哈哈哈！總算輪到我表現啦。照理說，回復藥商品化應該備受好評，本人早就當上幹部了才對……竟敢壞我好事，這些傢伙太超過了。我說得沒錯吧？」

「戈畢爾大人說得對極了！」

「嗯。原本期待我等的努力開花結果，讓戈畢爾大人與有榮焉，居然被人打岔——」

「就是嘛，沒錯吧。不過！只要能在這場戰爭中證明我們也是利姆路大人的得力助手，當上幹部將指日可待！各位，好好發揮實力，讓他們見識龍人的厲害！」

「「「唔喔喔喔————！」」」

士氣高昂。

在這些底層的部下看來，他們有些想法。

不需嘮叨當幹部這點小事，他們早就知道戈畢爾很大器。所以當初戈畢爾被人流放時，他們才二話不說跟進。

還有，戈畢爾雖然老說些小鼻子小眼睛的話，其實是希望功成名就，讓其他人無法小看他們，部下們都心知肚明。

「——刻意拿這種事情說嘴，蒼華小姐他們才不把他當一回事吧。」

「噓！小心被他聽到！」

「可是話又說回來，這就是我們家老大的優點啊！」

「沒錯。說得對。」

部下們開始窸窸窣窣地講起悄悄話。

這時戈畢爾出聲喝斥。

「你們幾個，還在那閒聊！給我拿出幹勁來！老是這副德性，我才會這麼辛苦啦！」

「我們很認真啊，老大！」

大夥兒全笑了出來。

「那好，大家上吧！」

他們保持平常心，鬥志高昂。

一行人離開洞窟飛向天際，劃破雲層高飛，朝南方前進。

接著，配合其他方位的開戰時機展開行動。

守護南邊的神殿騎士團成員因空襲亂成一團。各屬性的噴霧攻擊自空中灑下，滅掉三成的騎士。

「重新整隊！換對空防禦陣形，準備抵擋魔法攻擊！」

遵從上級騎士喊出的口令，神殿騎士趕緊採取行動。但他們動作太慢，戈畢爾等人已經發動第二波攻擊。

「可惡！這些傢伙不是蜥蜴人族吧？火力這麼強，還長翅膀在空中飛，蜥蜴人可沒這能耐啊！」

「別慌！他們是龍人！雖然是稀有種，我們還是有機會戰勝！」

「龍人？真不敢相信。居然出動大軍……」

在敵軍釋放第三波攻擊之前，神殿騎士團恢復冷靜，終於掌握現況。然而有一半的騎士已經倒下，剩下的人全都受傷。

「可惡！去跟本部聯繫，請求支援。」

一名騎士準備奉隊長的命令向本部通風報信，戈畢爾則落在他面前。

「哼！」

他揮出長槍，刺穿騎士的心臟，送人上西天。

「混帳，看招！」

騎士隊長當場大叫，拿刀劍招呼戈畢爾。

「嘎哈哈！隊長大人請多指教。我的『名字』叫戈畢爾，你不記沒關係。帶著它下地獄吧！」

「可惡，是命名魔物！也好，當對手夠格！」

戈畢爾的對手是中隊最強騎士，同時是英明的指揮官，其餘的騎士因而群龍無首。

龍人戰士團趁虛而入。敵我的個體實力不相上下，但他們有飛空優勢，戈畢爾的部下占盡上風。除此之外，傷患可以立即用高階回復藥治療，重回戰場。

「該死！不管我們怎麼殺，這些傢伙都死不了！」

「別害怕！神在保佑我們——咕呃。」

突襲行動殺掉一些人，再加上魔物有條不紊地聯手攻擊，令騎士們大感震驚。此外，敵人被砍會用藥治療並重回戰場，讓他們心生恐懼，連篤信神明的騎士都開始陷入恐慌。

一片混亂中，騎士們仰賴的隊長被戈畢爾殺掉。

「嘎哈哈哈！我贏啦！」

當下勝負底定。

失去指揮官，騎士們束手無策，淪為戈畢爾等人的手下敗將。

北方——魔法裝置設置點。

蒼影等人善用「影瞬」，悄悄靠近敵方陣營。

咚沙！一聲，一記悶音響起。

那是頭顱掉落地面的聲響。蒼影砍斷指揮官的頭。

戰鬥隨之展開。

「怎、怎麼會！是從哪——唔！」

「咕啊！」

「唔、唔哇——！」

無形的暗殺者出招，北方陣地頓時陷入一片恐慌。

「——蒼影大人。這些傢伙比想像中還弱。不好意思。」

蒼華向蒼影致歉。

她跪在蒼影面前，一顆頭低垂。

「——妳不需要道歉，這沒有意義。最終決定權在我手上。再說——」

將那些話隨意帶過，蒼影開始盤算。

蒼華說得沒錯，這些人很弱。只是這點程度的對手，光靠蒼影等人，同時破壞四個方向的魔法裝置易如反掌。

將敵人全數殲滅就難了，但任務執行完畢走人相對簡單。

此外，問題不在他們所在的北邊。

「我還期待他們往這兒來，利姆路大人料得沒錯，是西邊。」

「是！您說得是——」

「異界訪客」肯定往西邊去了。

蒼影認為，靠自家小隊同時朝四面發動攻擊，一旦蒼華等人碰上「異界訪客」，作戰很可能以失敗告終。

向利姆路報備時，蒼影連同失敗的可能性一併考量進去。所以蒼華的道歉正如蒼影所示，不具任何意義。

「——不過，還不確定是誰的運氣到頭呢。」

蒼影喃喃自語，嘴邊浮現笑容。

他想起出戰前看到的白老是什麼樣子。

看起來殺氣騰騰，令蒼影慶幸擋在他面前的不是自己——

話說那些襲擊城鎮的「異界訪客」，對他們來說狩獵魔物就像一場遊戲。只不過，這次他們恐怕惹錯人了。

因為他們惹到劍鬼白老……

「任務好像結束了。」

蒼華用冷酷的嗓音告知任務結束。

北方——神殿騎士團生存者零人。

蒼影等人沒有受傷。

不出所料，他們大獲全勝。

●

西方——魔法裝置設置點。
就設在可以將街道盡收眼底的山丘上。
守護該地的神殿騎士團騎士與其他陣地不同，看起來從容不迫。
因為這裡是最安全的，也是最多人馬的地方。
兵力總數兩百多名。
集中高出其他陣地兩倍以上的戰力，這當然是有理由的。
「喂，還沒有人逃出來嗎？」
「啊，省吾先生！今天也沒發現敵人的蹤跡！」
被「異界訪客」田口省吾點名，回話的騎士神情緊張。
「嘖，逃跑是要花幾天準備啦？還是說，商人跟護衛冒險者打算與那座城鎮同生共死？」
省吾煩躁地咒罵。
「哈哈哈，別急嘛。其他陣地也沒回傳消息，要逃回去只有這條路可走。所以說，他們肯定會經過這邊。」
「哼，最好是這樣。」
恭彌出聲安撫他，省吾則答得老大不爽。

都已經第三天了，沒半個逃亡者真的很怪。

話說省吾的目標，就放在逃離魔物城鎮的商人和冒險者身上。恭彌只想依令封鎖這條路，但省吾不同。

通過這條路的人可以全數格殺——宮廷魔法師長拉贊對他下了這道命令。

利姆路料得沒錯，法爾姆斯王國決定格殺會礙他們好事的布爾蒙王國成員。

省吾不是殺人狂，不過，他還是欣然接下這個任務。

來到這個世界後，省吾發現一件事。

就是技能的進化。

關於省吾的獨有技「狂暴者」，曾經因為練習時力量沒拿捏好，不小心把騎士給殺了。之後，雖然只有一點點，但他覺得技能威力似乎有變強的跡象。

繼續用這股力量打倒敵人，搞不好能進一步增強威力。目前他依舊無法抵抗拉贊的「咒語」，但提昇威力之後或許能辦到——省吾做如此打算。

打倒魔物並沒有讓力量顯著增加。失望之餘，省吾有機會殺害即將逃跑的布爾蒙王國成員，讓他喜出望外。

然而省吾引頸企盼的對象過三天仍沒有出沒跡象。他性情暴躁，已經快忍無可忍了。

至於恭彌，他安慰易怒的省吾，一方面又強忍殺人的渴望。

上次發動突襲時，恭彌嘗到砍人的快感。

特別是那個在他看來堪稱一流劍客的初老鬼人。

（啊啊，他錯愕的表情讓人難以忘懷。斬斷對自己身手很有信心的傢伙自信的感覺真棒。）

想起當時狀況，恭彌用舌頭舔舐唇瓣。

理由和省吾大相逕庭，恭彌也在等逃亡者現身。

接著，一名傳令兵跑向這邊，報告聲傳入兩人耳中。

「前方有敵人接近！人數——四名！」

此話一出，西方陣地也開始籠罩在緊張的氛圍裡。

騎士們立刻詠唱強化身體的魔法，做好迎擊準備。迅速整隊，好讓他們三對一，或者用更多人打一個。

剛才有點鬆懈，但這裡的人都是西方聖教會對付魔物的專家。

大夥兒不慌不忙，按既定的行動模式對應。

就這樣，西方陣地也成為戰場。

朝他們逼近的四名成員分別是白老、利格魯、哥布達、蓋德。

「接下來，讓我們大鬧一場吧！」

哥布達俐落地拔出小刀，左手緊握刀鞘。

要代步的星狼大幅跳躍，拿背當踏板大動作一跳。直接在空中滾一圈，拿刀鞘鎖定目標，朝地位最崇高、正在下令的騎士頭部擊發鞘型電磁砲。

速度遠在音速之上，直徑兩公分的鐵塊直擊騎士頭顱。

嘶砰！輕快的聲音作響，那人——騎士隊長後方的騎士們全染上血紅。

騎士隊長則咚沙一聲，當場倒臥在地。

「好耶！打中嘍！」

在哥布達喝采的同時，反應過來的騎士發出慘叫和怒吼。

「神的敵人！竟敢使妖術！」

「別呆在那兒，快散開！小心被狙擊！」

騎士們慌忙四散，對哥布達來說這樣正好。

「幹得好，哥布達。接下來要擾亂他們，別被他們抓住。」

「了解！」

「手腳還是那麼靈巧，哥布達。你原本就很擅長狙擊呢。」

利格魯開口誇哥布達。

「嘿嘿，對吧！」

「少得意忘形，笨蛋。」

利格魯誇他可是百年難得一件的罕事，讓哥布達飄飄然。但對方立刻給他下馬威，害他變成洩了氣的皮球。

「別大意！我們兩個聯手出擊，替白老大人和蓋德大人減輕負擔！」

「知道了！」

兩人騎著星狼，用巧妙手法打亂騎士的團體陣形。而蓋德就等這一刻。

等合作無間的他們騎星狼跳起，他馬上用右腳踏踩地表。

這陣衝擊沿著地面傳出，好像地震一樣，讓騎士的落腳處左搖右擺。

烈震腳——灌注妖氣朝地面施放能量，威力和範圍大幅提昇。是蓋德學會的技藝之一。

「唔喔！」

「嘖！」

震動只有短短一瞬間，但這樣就夠了。

利格魯和哥布達著地時，幾名騎士已經重心不穩地趴倒在地。他們出現戰鬥時絕對不能顯露的破綻，下場就是被星狼咬斷喉嚨。

「咻～真厲害……」

「太強了。沒做過默契訓練，蓋德大人的時機卻抓得恰恰好——」

利格魯和哥布達你看我我看你，面露苦笑。

之後三人繼續展現令人瞠目結舌的默契，將騎士玩弄於鼓掌間。面對為數眾多的敵人，僅三人還是應付得游刃有餘。

不過，一名黑髮青年擋住他們的去路。

「呀哈哈哈——！真棒，滿厲害的嘛！有趣，我來當你們的對手！」

「噢、噢噢！省吾大人！」

「拜託您了，快阻止那隻怪物！」

周遭的死亡氣息讓省吾陶醉其中，一臉凶惡樣。接著，他發現身上的力量前所未有地高漲。

（對，這樣就對了！我想的果然沒錯，有人死掉，我的力量會跟著變強！）

他興高采烈，情緒高昂。

帶著棒到極點的心情，邁步朝哥布達跑去。

「來了啊。可是，你的對手不是我。」

哥布達罕見地用怒氣騰騰的眸子瞪視省吾。

踹死保護朱菜的哥布杰的，聽說就是朝他衝過來的省吾。當初聽聞死訊的憤怒重回心口，讓哥布達怒不可遏，但他還是冷靜地察覺自己與省吾實力懸殊。

按原定計畫走，省吾將交給蓋德料理。

「放心吧，哥布達先生。我會制裁那傢伙的。」

蓋德做出宣示，字句鏗鏘有力，聽起來很可靠。

「嘿嘿，叫我哥布達就好，蓋德先生！」

「嗯，了解。哥布達啊，接下來的事包在我身上！」

「拜託你了，蓋德先生。別看哥布杰那樣，其實他是個好傢伙……」

向利格魯領首表示贊同，蓋德與省吾開始正面交鋒——

●

硝煙四起，有人不顧周圍騷動，正互相對峙。

是白老跟恭彌。

「哦，你沒死啊，老爺爺。好不容易保住一命，應該夾著尾巴逃跑才對。以老爺爺你的身手看來，一個人逃很簡單吧。」

「呵呵呵。別看老夫這樣，老夫這人就是好勝心強。再說了，都還沒拿出真本事，看年輕人自以為是很不是滋味呢。」

「──是喔，那不是在說我吧？」

「聽起來有這種感覺啊？那就對不住了。沒想到你不只個性差，連腦子都不像樣呢──」

「哈哈，只被砍一刀不夠明白是吧？還是你已經傻了？」

就在那瞬間，鏗──！的一聲，現場揚起清脆的聲響。恭彌以迅雷不及掩耳的速度出劍，白老則用暗藏的刀擋下。

恭彌雲淡風輕地話家常，邊講邊拿劍問候白老。白老早就看出端倪，理所當然地拔刀。

「你這小子真是沉不住氣。但我倆半斤八兩，老夫也氣到忍無可忍了。」

剎那間，一股寒氣令恭彌背脊發涼，向後退了一步。

他被白老的殺氣震到卻不願承認，整個人氣急敗壞。

「好笑。之前才對我的劍束手無策。少在那囂張，臭老頭！」

恭彌細細的雙眸大睜，想砍人的慾望令那雙眼變得混濁。

「讓我無從應對的不是劍，而是那股力量。按利姆路大人所說，那股力量似乎是『空間屬性』。怪不得連老夫都束手無策──不過，知道訣竅在哪兒就能應付嘍。」

「有趣。那就堂堂正正用劍和我分個高下。」

恭彌邊說邊將劍舉至前方。但能看見他目露凶光，嘴邊浮現邪笑。

「好吧。就讓你看看劍法的真髓。」

白老應聲，將刀尖壓低。撞見這一幕，恭彌笑意漸深。

「好，我要上了！」

恭彌將劍從正眼架勢往上段高高舉起，當場往下劈去。白老不在攻擊範圍內，這樣打不到他。可是，恭彌另有目的。

劍身脫離刀柄射出。化成肉眼看不見的無數碎片，片片具致命威力的碎片朝白老撲去。

恭彌的劍來自獨有技「斬除者」，是擬造刀劍。不同於實體刀劍的用法，讓他騙過敵人的眼睛，將敵人玩弄於鼓掌間。這就是他想到的戰鬥方式。

「啊哈哈！笨蛋又上當了！」

恭彌捧腹大笑。不過，有道冷到骨子裡的聲音回應他。

「哼。你專用那種無聊的騙術制敵是嗎？看樣子老夫高估你了。」

白老興致全失，嘴裡碎念道。

「不會吧！」

一聲叫嚷後，恭彌慌張地環顧四周。接著，他看到白老站在原先的位置上，毫髮無傷。

「老頭，你動什麼手腳——！」

「嗯，這樣啊。你果然看不見。可見連二流都搆不上邊。」

「——你說什麼！」

「老夫說你連二流都搆不上邊。一旦看清你的劍路，就跟雕蟲小技沒兩樣。」

「別小看我，臭老頭！」

恭彌瞪大雙眼，怒意讓他失去冷靜。

因為這樣，他才沒發現。看到了理應斬斷世間萬物的「斬除者」刀身被白老架開也不疑有他。

此外——白老額頭上出現「第三隻眼」，恭彌也完全沒有察覺。

他放出無與倫比的妖氣。魔素量一下子就超越魔物界的A級界限。

「好了，老夫剛才答應要讓你見識劍法的精髓。要睜大眼看仔細！」

「閉嘴，不過是個雜碎跩什麼跩！」

恭彌並沒有找回冷靜，生出新的刀砍向白老。

反之白老無動於衷。

他默不作聲，讓體內的激昂怒火化為力量。

恭彌朝他逼近，出刀攻擊。

可是白老依舊不慌不忙。他冷靜以對，睜大開眼的「第三隻眼」——追加技「天空眼」，在千鈞一髮之際閃過恭彌的無形刀刃。

「大言不慚卻無從反擊呢。再怎麼掙扎也沒用。這把無形刀劍會砍死你！」

恭彌高聲狂笑，嘴裡嚷嚷道。

「時機正好。那隻『天眼』也該追上老夫的速度了吧。」

「啊？你說什——」

他不懂白老話裡的含意。只是這句話讓人萌生不祥的預感，恭彌向後退了一步。

不過，現在才退太遲了。

——刀光閃現。

白老的劍技——朧流水斬在恭彌的「天眼」中清晰可見……這時，恭彌總算發現事情有異。身體無法動彈——不，不是無法動彈，而是他只能動得很慢。

刀勾出流暢的弧度逼近。照理「天眼」已經看見，要避開並不難。可是，那把刀卻緩緩靠近，碰到恭彌的脖子——讓他的腦袋和身體分家。

「——咦？」

頭顱滾落。

白老回刀刺穿恭彌的心臟，接住他即將落地的頭。

前後花不到一秒，一切宣告結束。

『——結束了。你可以善用放緩千倍的時間，好好反省——』

這是恭彌死前聽到的最後一句話——白老用「思念網」傳的。

他隨時都能取恭彌性命。當初在城鎮交手也不例外，若白老想殺自然不會屈居下風。

而他遵從利姆路的命令放敵人生路，只想將對方趕跑，才會吞下敗果。

如今，白老總算洗刷汙名。

算準恭彌的「天眼」在何時看得最清楚，展現自身劍技，當他的餞別禮。

讓敵人見識雙方「實力」落差有多大。

——至於恭彌本人。

腦部缺氧致死的過程僅數秒。意識進入模糊狀態更不用花那麼久的時間。

「思考加速」硬是讓恭彌的知覺速度延展千倍。

這是白老刻意誘發的，但恭彌不知情。

他只能……

徘徊於幾近永恆的痛苦迴圈中，直至死去——

喜歡耍小手段求生的「異界訪客」橘恭彌就此命喪黃泉。

●

他傷不了聳立在眼前的武者（蓋德）。自從來到異世界，從沒碰過這種情況。任誰都會狼狽地趴在他面前，求他放過自己，應該這樣才對……

省吾很焦躁。

「開什麼玩笑，混帳！」

他馬力全開發動獨有技「狂暴者」，朝蓋德踢去，卻被蓋德的厚重鱗盾擋下。

不說也知道這特質級裝備出自葛洛姆之手，拿暴風大妖渦的鱗片加工製成。

「太卑鄙了！是男人就赤手空拳對戰！」

聽省吾無理取鬧，蓋德頭一偏。

「莫名其妙。現在在打仗喔！卑鄙也沒關係，手段用盡才叫尊重敵人。」

「最好是，我沒有半樣武器，就你全副武裝不覺得丟臉嗎！」

這番話更讓蓋德覺得不可思議，令他困惑。

省吾總是愛幹嘛就幹嘛，以為當屁孩耍任性長大也管用，我行我素。因為省吾老是這樣，所以看蓋德不順自己的意就鬧脾氣，滿肚子火。

可是蓋德不吃這套，省吾的發言過於超乎常理，除了傻眼還是傻眼。

「開玩笑的啦，抱歉抱歉。只是想說你能不能丟掉礙事的盾牌，才問問看。既然都熱身完畢了，差不多該拿出真本事啦。」

蓋德是標準的武者思維，思考速度跟不上任意妄為的省吾。

不過，這裡是戰場。就算對手不好應付，也不能放棄作戰。

「……真本事嗎？好，那我也盡全力——」

「喝啊————！」

似乎將蓋德的話當耳邊風，省吾朝丹田運氣，爆出一聲戰吼。

他以猛虎之勢蹬地，迅速衝來，再朝蓋德釋出飛踢。

「喝——嘿啊——！」

狠踢伴隨酷似怒吼的威鳴炸裂，將蓋德的盾踢出一條縫。

「再來！看招——！」

踢完盾利用反彈力道著地，順勢補一記後踢。

這一腳徹底踢碎蓋德的盾。

是獨有技「狂暴者」的特殊效果——「武器破壞」。

基本上，一兩下攻擊難以破壞特質級武具。所以省吾就用無腦的蠢方法，持續攻擊同一個地方。

乍看之下是單細胞動物，戰鬥方面卻頗具天分。

此外，對擅長赤手空拳戰鬥的省吾來說，有這技能簡直是如虎添翼。

「你看看你！盾牌爆掉，接下來就沒東西可擋啦！」

省吾大叫，看起來得意洋洋。

不過，蓋德完全沒有慌亂的跡象。

「原來如此……故意讓我以為你頭腦簡單，沉不住氣，目的就是這個嗎？」

他感到佩服之餘輕鬆應對。

從「胃袋」拿出新的盾牌，將它架好。

「啊？這算什麼！好陰險！」

「陰險在哪兒？剛才已經說了，現在在打仗。不擇手段是戰場禮儀。所以，不管你做出多麼卑鄙的事，我都不會怪你。」

從頭到尾始終如一，態度理直氣壯，蓋德秉持自身信念與省吾對峙，擋在他面前。

為了制裁身為哥布杰仇人的省吾。

「卑鄙？你說我卑鄙？別小看我，你這隻豬！」

「——我不是豬，算了，不跟你計較。」

「少囉嗦！」

面對持盾的蓋德，省吾稍微吐了一口氣。轉換心情後，他認定蓋德是強敵，開始靜下心觀察。

拿盾的蓋德毫無破綻。

不過，省吾打算用強攻的方式癱瘓蓋德。

擺出空手道特有的三戰型基本姿態，深吸一口氣，接著「喝————！」的一聲，一口氣吐出。同時繃緊全身的肌肉，集中力瞬間提昇。

這是基礎也是精髓，名叫「息吹」的呼吸法。

反覆三次後，於吐氣同時吸收魔素，轉為自身血肉。

省吾的肉體飽經鍛鍊，還有「狂暴者」的「金剛不壞」加身，硬度超越鋼鐵。讓自身肉體變成單純用來作戰的武器。

「讓你久等了。我要拿出真本事奉陪，要讓我有點樂子啊？」

「這還用說。放馬過來！」

嘶——！地吐出短促氣息，省吾朝蓋德進攻。省吾的肉體強度大幅上升，持續保護肉體的腦內限制隨之解除。那股力量遠勝先前，動作也變得更加迅速。

「喝啊———！」

他瞬間逼近對手，打出正拳。腳部大拇指回傳力道流經丹田，龐大的能量聚於一點，朝拳頭灌注。

龍捲刺拳——「狂暴者」的「武器破壞」效果和「金剛不壞」相輔相成，造就驚人威力。

當這拳擊碎蓋德的盾牌，省吾認定勝利女神將對他微笑。

（嘿，我認真起來就是這麼厲害——嗯，怎麼回事？）

他感受到異樣感，而事情就發生在下一刻。四肢遭痛楚侵襲，眨眼間轉為劇烈疼痛，讓省吾大受折磨。

「唔喔，怎麼會這樣？畜生！」

一些黃色妖氣糾纏他，是混沌吞食。

蓋德轉守為攻。

「你的肉體強度很不賴。光靠這次短時間的戰鬥觀察，我已經有十足的體認了。可是，好像不擅長抵抗『腐蝕』。」

「你、你說腐蝕？混帳！快拿掉這東西，拿掉！」

痛楚過於劇烈，省吾在地上打滾掙扎。

蓋德不帶半點憐憫地俯視他，拿起剁肉菜刀。
「這就讓你解脫。」
「咿！等、等等！先等一下！」
蓋德緩緩靠近，看在省吾眼裡簡直是可怕的惡鬼羅剎。
出手打人總是一副老大姿態，當情勢逆轉、自己淪為被害人時，省吾卻顯得脆弱。從沒吃過類似苦頭的人就是這麼難堪，他開始向後退，似乎很想逃跑。
可是，這麼做只會增加無謂的痛苦。因為他無法解除纏在身上的混沌吞食。黃色妖氣逐漸侵蝕省吾，讓他的手腳潰爛……
即使如此，省吾還是拚命想跟蓋德拉開距離——
「蓋德啊，還沒完嗎？」
「原來是白老先生，看來你那邊已經打完了。我現在也要給他最後一擊。」
省吾看到應該在對付恭彌的白老走至蓋德身邊。除此之外，他也看到目前戰場上的騎士節節敗退的景象。
「可惡，恭彌在幹嘛啊？」
省吾朝白老大叫，結果對方回說「那傢伙已經死了」，答得理所當然。接著，他隨意丟出一顆球狀物給省吾看。
貨真價實的證據擺在眼前。因為那來自剛才提到的人物，是恭彌的頭顱。
「唔、唔哇啊啊啊啊啊啊——！」
連手腳的疼痛都無法去在意，省吾逃之夭夭。他恐懼不已，深怕自己接下來會步上恭彌的後塵。

（可惡！混帳，我幹嘛受這種罪？）

劇痛與恐懼來襲，腦內一片混亂。

（可惡啊，這樣下去死定了——）

腦筋飛快運轉，拚命思索可以用來打破僵局的對策。此時代表希望的靈光劃過腦海。

眼前出現一座營帳，他想起裡頭還有另一名「異界訪客」。

巴著那點希望，省吾全力奔馳。

＊

打開營帳的門入內，只見希星正在裡頭納涼。

「結束了？你們兩個這次好慢——」

「少囉嗦————！希星，對不起了……」

嘴邊掛著這句話，省吾朝希星奔去。

接著——

「——為了我，妳必須死！」

「啊？說什麼鬼話，你白痴喔！想找我打架——」

希星以為省吾在說笑。這個謬誤害她縮減壽命。

嘰！

「等，真的，我不能呼吸——」

希星毫無戒心，省吾用力勒住她的脖子。

喀嘰。

即使頸骨被力道過猛的省吾折斷，希星仍大力掙扎。不過，掙扎力道終究還是減弱了……

在希星的腦海裡，日本的生活片段逐一播送。

有她愛的男朋友。

要好的友人。

包容她任性行為的雙親。

她只是很想回到故鄉罷了。

拉贊說過，只要三人乖乖聽話，就會找時間開發送他們回去的魔法。

這個世界對希星而言並非真實世界。

為了回去，做什麼都是對的——否則她必須承認自己曾經犯下哪些罪行。

她犯了殺人罪。

希星的精神不夠成熟，無法面對這一切。

一時感情用事殺人——希星不想承擔這個罪。

這樣的希星大限將至。

眼前景色一片空白。

她再也不痛苦了。

眼前只剩一些熟悉的臉孔……

「……媽媽——」

這就是——不願面對自己的短處，認為千錯萬錯都是別人的錯——「異界訪客」水谷希星的死期。

白老和蓋德追過來。
兩人目睹省吾殺害夥伴希星。
「——真是沒血沒淚。已經墮落到這種地步了嗎？」
「看來不需要手下留情了。這傢伙不配當武者。」
這時，異變發生。

《確認完畢。成功獲得……獨有技「生存者」。》

回應省吾渴望求生的心願，拿希星的靈魂交換，新的力量誕生。
侵蝕身體的黃色妖氣煙消雲散，肉體急速恢復。
這是「超速再生」——獨有技「生存者」的能力。
「——『世界之聲』……原來這傢伙的目的是那個。」
「殺害同伴，這是利姆路大人制定的最高重罪。你做出這麼邪惡的事，連沒有靈魂的魔物都不如。」
「閉嘴，一群臭蟲！能打贏就好啦！小事一樁啦。反正我有新的力量！」
省吾大聲嚷嚷，解放那股力量。
有專門用來攻擊的獨有技「狂暴者」——
專精防禦的獨有技「生存者」。

省吾現在有種自己無人能敵的錯覺。

強大的力量。並且具有「超速再生」、「各種屬性無效」。只要沒陷入即死狀態就能無限再生，這股力量堪稱無敵。

沒錯——

就算被白老的拔刀術砍頭，也能在瞬間復原。

事實上，被蓋德的怪力折斷雙手亦能立即修復，還變得更加強韌。

「如何啊，臭魔物！這就是——這正是我真正的力量！」

省吾會跩到最高點也情有可原，畢竟兩股力量是絕配。

可是，省吾不知道。

人生在世，一山還有一山高。

「不必。白老先生，勞煩您去幫利格魯他們。」

「要幫忙嗎？」

「依老夫看這也免了。」

白老後退一步，讓路給蓋德。

蓋德向前進，擺出作戰姿態。

「啊？你們打算單獨對付我？現在的我可以同時對付兩個，綽綽有餘啦！」

「你好像對格鬥技很有自信。那我也赤手空拳打吧。」

「少在那耍帥。是想用來當戰敗的藉口吧！」

省吾認定對方肯定會輸，一鼓作氣出招。

像在測試新的力量，臉上洋溢自信——不過，省吾的從容維持不了多久。

頂多變得更難死些，不過是身體經過些許強化，依然不是蓋德的對手。

「唔噗！」

蓋德用怪力掰斷省吾的手，拳頭打進他的肚子。

「原來如此。再生能力確實比我強。既然這樣，就看你能撐到什麼地步。」

說完，蓋德讓混沌吞食包覆雙手，開始痛毆省吾。

一打再打，對那具身體猛打，打到省吾來不及修復。

省吾因「生存者」獲得「痛覺無效」技能。因此，無論身體受多少重傷，他都不會吃痛、不覺得痛苦。

話雖如此——

蓋德依舊面不改色地出拳。不用任何武器，只靠拳頭。

混沌吞食的特性是什麼都吃。除卻省吾的肉體，還能重創精神。

獨有技「生存者」可以讓生命體徹底重生。可是，沒辦法再造精神。

再加上省吾的精神很脆弱，蓋德接連出拳，沒完沒了，把他打到心如死灰只是遲早的事。

「住手，快住手！拜託住手！」

前後還不到十分鐘，對省吾來說卻像漫無邊際的長程拷問。嘴裡溢出自私的話語，只希望對手能放過自己。

蓋德感到錯愕，白老也是。

省吾的氣燄在這瞬間消弭。

＊

「好像差不多了。」

「是。接下來只剩無痛殺害——」

「咿！等、等一下，拜託你放過我！剛才是開玩笑的！我沒有那個意思，只是有點得意忘形……救命……」

省吾六神無主，超乎常理的現實讓他又懼又怕。

在這個世界裡，光「異界訪客」身分就能讓人倍受禮遇。省吾因此變得更加張狂，人格扭曲到無可救藥的地步。

此外，有一個最重要的關鍵點。

那就是法爾姆斯王國召喚出的受召者，全都是跟他一樣的自私之人。

其理由正是……

「唔嗯，才想來看看情況……活下來的只剩省吾是嗎？哎呀，我也真是的，居然錯估魔物的力量。」

帶著這句話，一名老者出現在省吾面前。

披著用豪華魔法絲線編織而成的長袍，手持蘊含強大魔力的法杖，他就是法爾姆斯王國地位最高的魔法師——宮廷魔法師長拉贊。

他揮手讓蓋德前方出現元素魔法「魔法障壁」，抵擋蓋德的攻擊。這個魔法通常用來圍住自己周遭，拉贊則應用來牽制敵人。

「唔！拉、拉贊先生，你來救我了——！」

省吾發現拉贊來了，趕緊抓住他的背求救。

「嗯。」

拉贊只朝省吾看一眼，接著目光重新轉向蓋德和白老。

「原來如此，怪不得省吾他們贏不了。真教人不敢相信，等級有A，還是災厄級。繼續打下去對我方不利。先撤退吧。」

丟下這句話，趁魔法障壁還未失效，他開始詠唱高級傳送魔法。

有別於需要魔法陣當基點的元素魔法「據點移動」，該魔法可以針對特定標的進行跳躍，只有少數功力在魔導師之上的人會施這種祕術。拉贊能施這種魔法，實力之高可見一斑。

蓋德打算追過去，白老出聲制止他。

「別輕舉妄動，蓋德。那傢伙不簡單。」

「——什麼！」

蓋德聽白老的勸停下腳步，前方的空間在那時炸開。

設定為隔一定時間才會爆炸，那是拉贊設魔法障壁時同時放置的陷阱魔法。

「咯咯咯！眼睛真利，居然看出這個陷阱。你才是我們該小心的對象呢。這場戰爭對我們來說或許不樂觀呢——」

拉贊簡直像是要說自己因蓋德的魔素量心生警戒，直到這個時候才發現白老很危險——他刻意做如此演出。

「狡猾的傢伙。明明一開始就對老夫有戒心……」

「沒那種事，鬼人。單看強度，自然會注意那邊的半獸人王。好了，時間到。還想多聊兩句，但我的魔法好像施完了，先走一步。要是你還活著，或許有機會在戰場上相見……」

「沒這回事。我們的主子已經朝你要去的戰場去了。你們幹得太過火了。那位大人激不得，你們害他大發雷霆。老夫深感同情，因為你們會死得很痛苦。」

「咯咯咯！這威脅方式真無趣。我就當你在給忠告，先記下。那麼，再見啦！」

留下這句話，拉贊帶著省吾離開。

現場回歸寂靜，只聞營帳外的交戰聲。

「這樣好嗎？讓那個叫拉贊的魔法師逃走……？」

「不妥，但雙方交手，老夫跟你或許會送命，甚至可能會害死大夥兒。因為那傢伙藏了另一個魔法，一旦喪命就會即時啟動。」

「居然有這種事……那個魔法真有這麼強？」

「恐怕是『元素魔法』的究極技核擊魔法。利格魯和哥布達都在這裡，不能把他們牽扯進來……」

他下了危險的賭注——白老沉重地說著。關於魔素的流向、力量大小等等，「天空眼」讀取的資訊比「魔力感知」更詳盡。

根據讀取的情報顯示，白老推測拉贊在自身心臟部位聚集高密度魔力。做到這種地步的魔法恐怕是「禁咒」級，相當危險。

「原來如此……」

「利姆路大人不會有事，但我們要擬定對策才行。必須通知大家，讓他們知道這號危險人物。」

「好。我也去跟部下說一聲。」

蓋德明白老的意思，點頭道。

接著兩人為了支援其他人而離開營帳，西邊的戰事沒三兩下就結束了。

●

拉贊帶著省吾，回去找位於大本營的弗肯。

短時間內連續使用好幾個魔法讓他疲憊不堪，近年來不曾這麼累過，但他知道自己還不能休息。另有待辦事項等著。

「抱、抱歉。多虧你救我，拉贊先生。」

「別跟我客氣，省吾。你是我底下重要的人馬，是法爾姆斯王國珍貴的戰力。」

「說、說得對。這次輸了，但下次會贏回來。我一定會贏給你看！」

「是啊。」

拉贊用溫和的語氣應和省吾，眼裡卻透著冷酷的光芒。然而省吾渾然不覺。

「我看看，你身體的傷已經好得差不多了，我替你施安眠魔法吧。先去除疲勞再說。」

「好，就這麼辦。」

省吾不疑有他，接受拉贊的提議。面對這樣的省吾，拉贊毫不猶豫地施法。

幻覺魔法「精神破壞」——是會粉碎施法對象的精神體及星幽體的魔法。

蓋德的攻擊讓省吾深受精神創傷，對這樣的魔法毫無招架之力。基本上，省吾毫無抵抗地相信拉贊，橫豎都是死路一條……

此乃心之死。

任性妄為的「異界訪客」田口省吾最後落得這般下場。

就在心死的省吾面前，拉贊準備施最後的大魔法。

「拉贊大人，好像比原定時間還早？」

「沒辦法，弗肯。這傢伙對魔物心生畏懼，已經不堪使用了。現在處理正是時候。」

「呵呵呵，話說真是隻可憐蟲。他好像認定自己是最強的？」

「似乎是這樣沒錯。至於恭彌，他還自認憑那點程度的身手可以贏聖騎士團長坂口日向呢。」

「咯哈哈哈哈！笑死人。連我都不是那個魔女的對手，一個乳臭未乾的小鬼怎麼可能打贏她。」

弗肯哈哈大笑。這也難怪，弗肯同為「異界訪客」，幾十年前被年輕的拉贊召喚過來。他的靈魂沒有刻入用來控制的「咒語」，單純以拉贊的友人身分協助他。

就連這樣的弗肯都認為日向強得不像話，不需交手就知道自己贏不了她，兩人的實力有著天壤之別。

此時拉贊對弗肯開口道：

「不過，可惜了。恭彌有不錯的獨有技『斬除者』，還來不及送你就沒了。」

「無妨。等別的吧。」

弗肯的技能是獨有技「統率者」。

可以解構部下的力量，納為己用。不僅如此，在肉眼可及的範圍內，他能選擇死去部下的技能，獲得那些能力。

獲取數有上限，無法全數習得，對弗肯來說是唯一的不便之處。

「也對。雖說性格愈剛強的人愈容易催生強大技能，只可惜動不動就要任性實乃美中不足。不完全召喚比較容易實行，但召喚出強者的機率相對較低，這也是沒辦法的事。不過，他們只是拿來吸收力量的犧牲品罷了，個性不重要。」

「正是。都把他當我國最強大的戰力捧在掌心呵護了，也沒什麼好抱怨的吧。」

說完，拉贊和弗肯相視而笑。

——這就是理由。法爾姆斯王國的受召者通常較強硬——自我中心的人占絕大多數的理由。

拉贊帶著笑意進行後續工作。

「話說回來，真是意想不到的成果。省吾這傢伙，居然在緊要關頭立大功。不曉得發生了什麼事，但他好像獲得新的獨有技。接下來——」

他的行動來到最後階段。將省吾的腦歸零，寫入自身記憶，再移入靈魂就大功告成。

「沒問題嗎？應該不會失敗吧？」

「放心吧。這不是第一次了。說起我的師父蓋多拉大人，甚至發動能讓靈魂變貌的真髓祕術轉生。相較之下，附體轉生術猶如兒戲。」

拉贊想附到省吾的肉體上，才將省吾的星幽體徹底破壞。接著破壞他的腦，讓「生存者」徹底再製。腦部沒辦法靠靈魂恢復記憶，空空如也，拉贊將自己的記憶注入……完成之後，他的靈魂還要附到省吾身上。

並發動大祕術「附體轉生」——將師父大魔法師蓋多拉創造的神祕奧義「輪迴轉生」簡化，為他獨創的魔法。

宮廷魔法師長拉贊。

他換過數具強韌肉體，長年為法爾姆斯王國賣命。

拉贊他——獲得省吾的肉體後，同時具備不屈不撓的精神與強健體魄，蛻變為法爾姆斯王國史上最強的魔人。

「噢噢，久違的年輕肉體真不錯。」

「呵呵呵，老態龍鍾的語氣配那張臉真奇怪。」

「別這麼說嘛。接下來，先去跟王報備，順便用新的肉體打聲招呼。」

說完這句話，拉贊披上剛才脫掉的長袍。手握法杖，神清氣爽地跨步前進。

他看起來充滿自信，獲得新的肉體和力量，整個人充滿霸氣。

就連弗肯見狀都覺得此人不得了，認為既是夥伴又是朋友的拉贊很可靠。

失去三名為國作戰的「異界訪客」固然損失慘重，但如今拉贊獲得堪稱特A級之上的力量，那些問題便無關緊要。

之前曾撞見的敵方魔物——白老和蓋德——如今的拉贊同時對付他們兩個，有把握輕鬆獲勝。搞不好還能打倒號稱S級的魔王？拉贊心想。

但他突然想到一件事。

某句話言猶在耳——離去時白老留下的忠告……

（有個傢伙激不得嗎？他們的主子應該死在那個魔女手裡了……難道，他還活著……？）

腦裡閃過這個疑問，拉贊因此停下腳步。

「怎麼了？」

「不，沒有。沒什麼。」

受弗肯催促，拉贊沒有拖延，再度邁開步伐。

（——是我多心了吧。敵軍有出乎意料的強者在，才讓我過於憂心。無妨，要是他真的從那個魔女手中逃脫，屆時由我親手收拾便可。）

想著想著，拉贊不以為然地笑了。

如此這般，他踩著強而有力的步伐，朝王待的營帳去。

●

法爾姆斯王國軍的惡夢降臨——

——第三天，正午時分。

眾多士兵在我眼下行軍。

可是對現在的我來說，他們只是用來促成進化的祭品。

就是這些人把紫苑他們……

一般而言都該事先警告，或告知哪天發動攻擊。

但這次例外。

已經確定對方自顧自宣戰，再說他們都敢出兵了，應該視死如歸才對。

還有，這不是戰爭。

我預計將這些傢伙吞噬殆盡。

不打算留活口，也不打算正面迎敵。

這些人（垃圾）糟蹋我的領地——都給我去死吧，能助我進化應該感到光榮才對。

我在空中靜止。

變成人身戴上面具，伸出翅膀飛翔。

在無意識狀態下也能用「重力操作」徹底控制身體，我放眼眺望下方景色，確認當前狀況。

此時紅丸用「思念網」聯絡我、向我報備，說他們順利破壞搭建結界的魔法裝置。白老跟我說有個魔法師很棘手，可是那不重要。我會把他們一起收拾乾淨。

我要大家回城鎮去，當心其他部隊靠近。

接下來換我出場。

雖然花了一點時間，但我已經對下方的軍隊做過「解析鑑定」，掌握人數和具體戰力。

同時針對新型魔法術式做了計算。

一切都準備就緒。

——那麼，開始行動吧。

我展開規模龐大的魔法陣，將法爾姆斯王國的大軍全數覆蓋。這是繆蘭教的大魔法「魔法無效領域」。

定位用的資訊相當完整，直徑五十公里的大圓在地面上出現。覆蓋範圍高出地表三公尺多，完整遮蓋、阻絕天空和大地。

這下敵軍再也不能使用任何魔法。

用這個魔法單純只是為了防止他們逃跑。我不打算放過任何一個人，藉此封印魔法傳送術。

此外，現在正是發動的好時機。

最適合用來殺這群人的大規模對人殺傷魔法。

名字就叫——

「受死吧！讓你們見識神的怒火——『神怒（Megiddo）』！」

光之亂舞從天而降，在地表上來回反射，讓騎士來不及反應，貫穿他們的身體。

揭開序幕的警鐘並未敲響，一場殺伐靜靜地展開。

＊

行軍時，通常會有專屬的魔法師團隊展開防禦結界。

屬於軍團魔法，可以防範各種屬性的魔法。

就算雙方戰力懸殊，從遠方打來的〈核擊魔法〉依然能顛覆戰局。

對不特定範圍的魔法保持警戒，那可是這個世界的兵家常識。

當然，法爾姆斯王國的軍隊也不敢馬虎，防御結界布得相當仔細，小心防範各式各樣的魔法。

他們要朝魔物王國進軍，已知該處有A級以上的魔物，蠢到家的笨蛋才不知警惕。

然而這裡有我的新型魔法撐場，那麼做不具任何意義。

論這個世界的結界原理，都把重點擺在防堵魔素上。跟用來抵抗純粹的物理法則是兩碼子事。之前靠解析結界得知此事。

仔細想想，其實很簡單。

結界可以完美抑制高達好幾千度的火焰熱度，應該是對某種東西進行干涉才能引發此種現象。

這個世界的〈元素魔法〉藉魔素操作干涉物理法則，進而發動。

以此類推，要防止魔法發動，只需展開結界阻絕魔素進入。

結界必須以更強大的魔力貫穿結界，否則魔素無法進入，無法對內部進行物理干涉。也就是說，沒辦法順利施展魔法。

暴風大妖渦的「魔力妨礙」等技能即應用該原理。

〈精靈魔法〉則透過精靈干涉改寫物理法則，威力較小。

專門用來對付精靈的結界自然也不可或缺，對〈精靈魔法〉進行干涉。

這方面單純是精靈間互相較勁，要阻擋對手的魔法並非難事。只要能防止對方偷襲，接下來用實力決勝負就行了。

魔法這種東西一旦釐清原理、參考原理做進一步操作，就能癱瘓。因此，備妥各種防禦手段是基本功。

最少要同時運行兩種以上的結界，理由就出在這兒。

有鑑於此，我換個角度想，用魔法製作純粹的物理能量。

解析跟暴風大妖渦一戰獲得的經驗及「魔力操作」，我大致掌握魔法發動的原理。還體驗日向帶來的「靈子壞滅」，從中獲得靈感，藉此訂定最終樣貌。最後讓「大賢者」開發，創造能有效突破現有防禦魔法的魔法。

就在剛才，最後的調校完成，被我用在實戰上。

＊

我身邊浮了一千幾百多顆的水球。

上空還有十幾顆凸透鏡狀的水球展開，比那些水球更大。

這些水球將陽光集成細細的光束，經布在下方的鏡面水球反射，導至任意地點。再由接近地表的凸透鏡狀水球集結，朝標的物照射。

集成細如鉛筆的一點——溫度高達數千。這股熱量用來取人性命綽綽有餘。

水球是由我召喚的水之精靈變化而成。

該魔法由這些水球吸收太陽光的能量，將它們反射出去，另行集結。

這就是我的新型魔法術式——物理魔法「神怒」。

第一輪的亂光齊發讓騎士死得毫無招架之力，人數破千。

眼下的行軍腳步大亂，「神怒」造成恐慌。

可想而知，這還沒完。

我算出最合適的安排，讓它們自動調整位置，放出第二波攻擊。

又殺了一千多名士兵，全都來不及抵抗。

該魔法的可怕之處就出在這裡——能量消耗不多。最終射擊點的凸透鏡可能因光束熱度蒸發，但要立即填補不成問題。

這就是水精靈的作用，從大氣中蒐集水分子，不需要耗上太多能量。

重現凸透鏡花不到三十秒，可以連續照射。畢竟只需填補清水，調整位置。

且必要的魔素量很少，夠召喚水精靈，繼續維持就行了。

該魔法的能量主要來自自然界能量象徵——太陽。

缺點是白天才能用，但現在剛好正午時分。

所有的問題都克服了，接下來就剩收拾眼下這些垃圾。

光速砲靜靜地飛射，不讓騎士有反應的機會，將他們燒穿，大開殺戒。

我在上空靠「魔力感知」完美定位，從死角確實射穿要害。結界僅阻礙魔素操作，視覺不受影響也算一大好處。

無論是著劣質皮鎧的傭兵，抑或高級金屬鎧加身的騎士——我一視同仁，殺人不分貴賤。

有時只針對手、腳、胴體開砲，讓他們發出痛苦的慘叫聲，擾亂戰場。這樣一來，景況會變得更加淒慘，恐懼隨之蔓延。

不過，我不打特別華麗的馬車和營帳。

不確定王在哪裡，不小心殺了就不能逼他懺悔啦。

我這人沒那麼佛心。

誰把我惹毛，我一定找他報仇……

單方面開戰後，短短五分鐘過去，跑來攻打我國的軍隊就被削掉三分之二。

我打算殺破一萬人，奪取他們的靈魂。

時間點正好——

我緩緩拍動翅膀，往地面降落。

讓那些愚蠢之人品嘗更多的絕望。

●

大魔法「魔法無效領域」一發動，拉贊就為大得亂七八糟的規模感到驚訝。不過，他立刻把這樣東西歸類成多餘之物，沒有想太多。

跟魔法部隊當攻擊主力的矮人王國不同，法爾姆斯王國的魔法部隊旨在防禦。其次著重強化和輔助。用來強化身體的體內魔法不受魔法妨礙影響，無法發動攻擊魔法不構成任何問題。

此外，各類防禦用軍團魔法早已發動，要消除魔法效果必須使用解咒魔法。魔法無效領域只用於癱瘓另行施展的魔法，不能用來消除事前發動的魔法。

保險起見，拉贊查看魔法效果是否失效，確保一切順利。

「嗯，看樣子沒問題。也就是說，敵人對近身戰很有自信？」

「那就讓我出馬吧。只要提昇一搓騎士的士氣——」

正當弗肯要對拉贊的發言做出回應時——

一條閃光劃過。

拉贊一時間反應不過來，不知道眼前的情況該做何解釋。

不，不只他一個，在場眾人全都狀況外。

咚沙一聲，伴隨一記沉悶的聲響，負責站崗的騎士倒下。眉宇間開了一個圓形小孔……

「——！發生什麼事了？」

驚訝的拉贊開口喚道。

「大家穩住！快保護國王陛下！」

弗肯立刻下令，騎士們按捺心中的慌亂，依令行事。可是，這麼做一點意義也沒有。

最初那道閃光只是用來試射的，緊接在後是一陣令人眼花撩亂的光砲。

眨眼間，騎士們紛紛倒地。

沒機會治療。這是因為他們都被打中要害，當場死亡。

「唔嘎——！手，我的手——！」

「救命、救命啊——」

「唔哇啊啊啊啊啊，在哪裡，光從哪來的——？」

運氣不好踏進射線攻擊範圍的人遭受波及，又哭又叫，看戰友被殺而陷入恐慌的騎士們慌得嚷嚷，周圍清一色是這些聲音。

戰場瞬間淪為煉獄。

前不久還鬥志高昂，一副勝算操之在我的模樣……

法爾姆斯傭兵游擊團的團長苦悶地咂嘴。

他們都是些身經百戰的老練傭兵，卻被天外飛來的光貫穿胸口，當下撒手人寰。

至於年紀尚輕的新進成員，全都嚇得陣腳大亂，抱頭鼠竄。

事情就發生在剎那之間。

刺眼的光線胡亂飛射，被射中的人立刻沒了性命。

再怎麼抵抗也沒用。

先是靜了一會兒，接著第二波攻擊開始。

堪稱副手的副團長在眼前倒下，團長這才察覺那是來自敵人的攻擊。

同時打從心底後悔，怨他們不該參加這次的遠征。

（畜牲！這是什麼鬼東西——！）

面對遠遠超乎自身理解能力的現象，他根本想不出對策……

然而團長運氣不錯。

在第三波無情的光束攻擊中，還來不及吃痛就被殺了。

法爾姆斯傭兵游擊團團長身為Ａ級勇士，遠近馳名，丟掉小命時，人還在狀況外。

西方聖教會的除魔專家神殿騎士團，面臨突發狀況仍舊恪守基本原則。

「全員整隊！各隊採密集防禦陣形，發動多重對魔障壁！要讓敵人明白神聖力量當前，任何攻擊都無效！」

他們立刻動作，按訓練內容行動，不理會倒地的同伴。熟練程度堪稱一絕。

但——

騎士們自信滿滿地架設結界，接著就被打穿頭部，當下沒了生命跡象。

像在嘲笑他們的結界虛軟無力。

聚在一起無疑是自殺行為。好幾個人聚在射線的軌道上，導致數名騎士同時被殺害。

無論對神的信仰多麼虔誠，在「神怒」之下都淪為空談。

第五波攻擊結束時，神殿騎士團已經滅得差不多了。

弱者和強者都因恐懼顫抖。

大夥兒無計可施。

由法爾姆斯貴族子弟組成的法爾姆斯貴族聯合騎士團早就潰不成軍，陸續奔逃出走……搞到最後還上演自己人打自己人的醜陋戲碼。

然而拜他們的醜陋舉動之賜，這些傢伙活最久。

那究竟該說是幸或不幸呢？這個問題的答案肯定眾說紛紜……

拉贊的子弟兵——法爾姆斯魔法士聯團的魔法師也陸續死亡，為自身的無力所苦。

處於無法使用魔法的情況，對手則片面施放魔法攻擊。那真的是魔法嗎——他們心裡的疑惑，只能帶著無解的不甘……

直到死亡的那一刻依舊是學徒。

當第七波亂光射盡，已有半數人死亡。

一片混亂中，拉贊與弗肯只愣了一會兒，馬上決定跟王會合。

現場亂成一團。

人們都努力保自己的命。

在這種情況下，拉贊等人認為要先趕至王身邊，保護他的人身安全才是上策。

再說他們不清楚光是怎麼來的。將知覺速度提昇到極限，仍無法查明光發生的原因。

一看到閃光就有人倒下。

光射完才發現——這些是餘光，直至察覺要不了多久時間。

也就是說，光的速度超乎想像地快。

面對如此危及的狀況，拉贊仍能做出假設。認為貫穿幾名騎士已是光砲的極限。

他發現這些光依循某種法則。

要是有道牆——只要能阻擋這些光就行了。大不了拿人當肉牆用，應該能保住國王的命。

拉贊決定孤注一擲，賭他能承受這些光。

「王呢，艾德馬利斯王沒事吧？」

邊跑邊叫，拉贊和弗肯趕緊朝王的營帳去。

●

艾德馬利斯王拚命壓抑自我，以防令人窒息的恐懼迸出心頭。

只想端住王該有的架子。

拚命用混亂的腦袋思考。

不管從哪個角度看，這次的遠征都失敗了。

他想活著逃出這裡，眼下情況卻不允許。

怎麼會這樣！心裡萌生大叫的衝動，但現在不是時候。

「雷西姆，怎麼辦，如何是好？」

「保、保持冷靜，我們要冷靜！」

在豪華的營帳裡，王與大主教抱成一團發抖。

近侍外出查探狀況，就在上一秒遭到殺害，瞬間喪命。

目送先遣部隊後，他們一直在等原定稍後抵達的其他騎士。

看到英姿煥發的部隊，王相信這次的遠征必定勝利，換來至高無上的榮耀……

不料短短幾分鐘過去，情況就大翻盤。

眩目的美麗光芒在戰場上交織亂舞。

只是這樣射過一遍，場上就屍橫遍野。

那景象過於背離現實，艾德馬利斯王根本不知道發生了什麼事。

只能待在營帳裡發抖。

雷西姆大主教也是。

根本沒有保護王的意思，只是認為這裡是最安全的地方，才沒有拔腿逃亡。

這份推測無憑無據，卻不小心猜對。

因為殘酷的光芒並沒有打到這座營帳。

「陛下，您沒事吧！」

「騎士團長弗肯，前來拜會！」

「噢噢，弗肯！來得正好。省吾也是。快，我們快逃吧。先回國重整旗鼓！」

「說得對。現在發生的事讓人一頭霧水。最好盡快走人，否則我們也會遭殃啊！」

見兩名法爾姆斯王國最強的高手出現，艾德馬利斯王找回些許從容。

他跑向弗肯，語帶懇求地續道。

「來吧，快點行動！拉贊在哪兒？快用那傢伙的傳送魔法離開這裡——」

此時第九波亂光降臨。

「咿——！」

艾德馬利斯王抱著頭蹲下，大主教雷西姆當場腿軟。

「您別慌，陛下。我在這兒呢。」

「——省吾？不對，你是……拉贊嗎？」

「正是微臣，陛下。」

「噢噢、噢噢噢！拉贊，太好了，來得正好。來，我、我們快回去吧！」

「請您稍安勿躁。雖然有很多事想跟您報備，但那容後再議。臣只講重點就好，目前這一帶沒辦法發動魔法。要想辦法召集騎士團，拿他們當肉盾撤退。」

「你說什麼！」

「可、可行嗎？騎士的人數已經……」

「請您放心，雷西姆大主教。我會用獨有技『統率者』強制召集倖存者。就讓那些人當肉盾，護住艾德馬利斯陛下和雷西姆閣下。」

「噢噢、噢噢噢。弗、弗肯真有一套！」

「多謝！弗肯大人果然很可靠！」

「那麼，我去跟部下說明現況，各位準備撤退！」

「好，知道了！」

「明白了！祝弗肯大人武運昌隆！」

弗肯點頭回應，跨步衝向營帳外。

艾德馬利斯王放心地看著這一幕，朝變成省吾的拉贊提問。

「對了，拉贊，該怎麼準備？」

拉贊回了聲「是」，邊點頭邊朝王、雷西姆遞出鞋子。

這是最高級的魔法道具飛天鞋。能提昇使用者的移動速度，減輕疲勞。穿習慣還能健步如飛，是夢幻逸品，但還沒穿慣的王沒辦法做到這種程度。不過，撤退時必須讓王跑起來，穿魔法鞋多少能提昇一點效率。

在魔法無效領域裡，已經生效的魔法不會失效。依性質看來，魔法道具不受影響，拉贊已經確認過了。

「那麼，陛下。等下一波亂光攻擊結束後，我們要一鼓作氣衝出去。雷西姆閣下也沒問題吧？」

「嗯。知道了。」

「明白了，拉贊大人！」

再帶些隨身必需品，準備工作到此結束。

第十波——最後的光之亂舞將戰場照得美不勝收。

「趁現在！」

聽從拉贊的指示，三人一口氣衝出。

營帳外，弗肯寬闊的背脊背對這邊，昂然而立。

一看到他，艾德馬利斯王立刻朝可靠的騎士團長發問。

「情況如何？」

他是實力超越A級的「異界訪客」，身經百戰，是法爾姆斯王國引以為豪的勇士。

無人不知無人不曉的王國頭號實力派戰將，是艾德馬利斯王倚重的心腹之一。

然而，弗肯沒有回答艾德馬利斯王的問題。

「弗肯，怎麼了？答話啊，弗肯！」

恐懼與混亂襲上心頭。

接著王發出怒吼，拍打騎士團長的肩。

下一秒——那具健壯的肉體向一旁傾斜、倒下。

仔細看會發現頭顱側面出現一個孔，從右邊貫至左側。可能是高溫燒灼的關係，血沒有流太多……

「咿、咿咿咿咿咿咿喔喔喔喔喔喔！」

艾德馬利斯王害怕地哀號，整個人腿軟，連滾帶爬逃回營帳。

珍品飛天鞋穿在爬行者身上無用武之地。

王的派頭蕩然無存。

腿間流出溫熱的液體，艾德馬利斯王哭得一把鼻涕一把眼淚，心裡只想著——

我會沒命的，繼續在這待下去肯定沒命。

他陷入恐慌，真的很想逃，但腿軟根本起不了身。

不過，沒人看見王的蠢樣。

受弗肯召集的騎士無一倖免，因第十次亂光掃射滅團。

倖存者理智全失，光保自己的命就拚盡全力。

現場已經沒有紀律可言。

該騎士團號稱在西方諸國中兵力最強，如今甚至連一無是處的烏合之眾都不如。

大家總算知道無力招架是什麼滋味。

怪不得全慌得六神無主。把魔物踩在腳底下的優越感瞬間崩解……

此時，戰場氣氛為之一變。

四處逃竄的士兵停下腳步，朝空中的某個點望去。

艾德馬利斯王也跟著抬頭仰望天際。

始作俑者就在那裡。

這人從天而降，生著酷似蝙蝠的黑色翅膀。

身材嬌小，配戴出現裂痕的面具。

那些裂痕的紋路就像淚水……

來人穿著莊嚴華美的漆黑衣衫。

猛一看，武器只有插在腰上的直刀。以作戰行頭來說過於輕便。
然而對方一身霸氣，有種一下子就推翻這些常識的說服力。
像在散步一樣，連法爾姆斯王國的精銳部隊都被他隨意踐踏。
那是惡魔嗎……？不，他是──
魔王！王的直覺這麼告訴他。
這時艾德馬利斯王才知道自己犯的最大錯誤是什麼。
他不該出手的。要學布爾蒙王國建立邦交才對。
那身衣衫──是由那種美麗的布製作而成的吧？
這風範──這個人肯定是魔國國主。
（換句話說，西方聖教會的魔女──日向失敗了？）
想到這兒，艾德馬利斯王一臉蒼白。可是相反的，或許是恐懼突破極限的關係，他得以恢復冷靜。
艾德馬利斯王開始思考。
號稱西方諸國最強的魔女前去討伐魔國盟主。然而事實上，對方還在這裡。
那個工於心計的冷血魔女居然在工作上失手，這種事前所未聞。
「他是魔物國度的國主嗎──？沒、沒想到居然……居然還活著……」
拉贊錯愕的話語傳入艾德馬利斯王耳裡。
王確定當他心腹的宮廷魔法師長在想同一件事。
那個魔女失手了。至於眼前的魔物，他暗藏的力量足以讓魔女失手。
不過，想想也是。

這個人散發魔王風範，如果是他……

（怎麼辦？該怎麼做才能活下去？）

艾德馬利斯王絞盡腦汁。

當下靈光一閃。

（不，或許還有轉圜的餘地！朕乃一國之君。就說朕是來交涉的，巧妙掩飾過去，對方肯定願意跟朕談談。按那份報告書看來，他似乎是天真的濫好人！）

王以為自己想到天大的好點子。不料這並非好點子，而是「壞點子」才對，思緒還往最糟的方向游走。

（跟布爾蒙那種小國交涉就興高采烈了，要是朕這個大國法爾姆斯的王向他示好，肯定會樂得趴在地上叩謝吧！）

王沒搞清楚現在的狀況，靠自以為是的妄想做出判斷——

總之先度過這個難關，回國再想辦法反擊——本著膚淺的想法，艾德馬利斯王展開行動。

沒有想太多，不知道這想法天真得可以……

●

好了，降到離地三公尺一看，情況慘不忍睹。

雖說如我所料，跟「大賢者」計算的結果一模一樣，還是有那麼一點做過頭的感覺。

不，不行。不能為這點小事動惻隱之心。

此時有倖存者看到我，怕得癱坐在地。

「咿，救、救命！」

他好像在求救，但我不以為意，直接打穿他的眉心。

練到熟花了一點時間，不過，現在已經能隨心所欲操縱光線了。

反射角度是重點。可以低耗能射爽爽。

將熱源集中在一點上，溫度可達數千，要射穿人綽綽有餘。

因為掌握訣竅的關係，可以隨心所欲用最理想的方式射擊。

些許的時間差在所難免，其實已經來到光速等級了，不可能看了再閃。

假設從一萬公里外施放，射中目標只需零點零三四秒。人類靠視覺獲得資訊，透過神經傳導抵達腦部得花更多時間。

少了「大賢者」的演算，要想操縱這些東西、準確命中目標根本是天方夜譚。

不愧是「大賢者」。我再次體會其厲害之處。

要是有人拿這套光束砲就近射我，就連有「大賢者」輔助的我都難逃一死。我個人在目視瞬間就完成認知，或許能勉強避開……但還是受運氣左右。

換作人類肯定辦不到。

當我放出第十次的整體掃射時，那個睽違已久的「聲音」出現。

《確認完畢。成功獲得……獨有技「無心者」。》

不是大賢者的聲音，而是久違的「世界之聲」。
是說給我這種技能幹嘛？
講歸講，都拿了還能怎麼辦。
正當我想確認技能內容時，某個傢伙跑來跟我說話。
「等、等等！你是那個國家的王吧？朕是艾德馬利斯。法爾姆斯王國的王！快點跪下！我有話跟你說。」
是一個骯髒的大叔。
敢在這種情況下找我搭話，該說他膽子夠大，還是沒腦的白痴。
仔細看還發現他的胯下濕淋淋，好像漏尿了，眼淚鼻水口水讓那張臉糊成一團。
說他是王未免讓人笑掉大牙。
「啊？你是替身嗎？放心吧，我不打算對本尊出手。」
應付笨蛋很麻煩，我準備火速射殺了事，此時突然想到一件事。
如果他是本尊呢？
「他、他不是替身！我是西方聖教會大主教雷西姆，敢用這個名字打包票！」
嗯？又多一個人，一個長相寒酸的大叔開口道。
聽完這些話，我仔細端詳，兩人都穿著華麗的服飾，騎士不可能穿這樣。
好險。看樣子他們八九不離十就是本尊沒錯。
不過呢，我還是要先確認一下。
「那好吧，除了你，我打算殺掉其他人，裡頭應該沒有國王本人吧？」

「朕就是王本人！可、可是，你要殺掉其他人……？」

「咿！等等，請等一下！也把我放入白名單，拜託放過我！我在聖教會裡握有莫大的權力。可以替你們作證，說你們不是人類的大敵！」

這名大叔自稱大主教雷西姆，語帶懇求地提議。

放過這個大叔也無法改變現狀，但他可能有別的用處……再說他好像確實是高層之一，我看暫時放生吧。

那麼，另一人就……

我的視線朝他瞥去，好像發現我在看他，自稱國王的大叔趕緊開話匣子。

「等、等等！剛才不是說有話跟你談嗎！」

既然首要目標都跳出來對號入座了，就聽聽他的說詞吧。

「什麼事？講來聽聽。」

我本著寬宏大量的心回應。

接著大叔開始鬼吼鬼叫。

「無、無禮的東西！朕可是大國法爾姆斯王國的王啊！像你這樣的角色，根本輪不到朕開尊口。朕現在還親自跟你說話呢……不過，也罷。這次就——」

我在這時出刀，將他的手砍飛。

他自以為是把我惹毛。

不值得我以禮相待。

要我以禮相待，除非對方也客客氣氣地對我，雙方平起平坐。這傢伙是否為國王本尊並非重點。

基本上，他那副德性根本沒資格囂張。似乎沒搞清楚狀況，我要在不取性命的範圍內打醒他。前提是不殺，這下得審慎考量。

我立刻用「黑焰」燒傷口，替他止血。

是說他最後大概會死得很痛苦啦……但那不是我的工作，當事人應該很恨他，我為她保留這條命。

「聽好，跟人說話別狗眼看人低。以為我人善就得寸進尺是不對的。我准你發話。繼續說吧。」

大叔一開始還傻愣在那，直盯著空空如也的左臂瞧。

腦子反應過來、痛楚來襲，兩者似乎在同一個時間點上發生。

「唔嘎————！」

他放聲慘叫，開始在地上滾來滾去。

咦，這人不是英豪嗎？好像德高望重？

要將那樣的高人跟眼前這名大叔劃上等號有點困難……

雖然他是否為國王本尊著實令人懷疑，但現場除了他，又沒有疑似本尊的人物。都說要殺掉國王以外的人了，本尊卻沒有出現的跡象。

所以說，我姑且把這個大叔當王，決定聽聽他的說詞。

才想到這兒，怒火就因那傢伙的哭聲緩和些許。話說這傢伙要是死掉，我怕怒火又會反漲。還是小心點，別失手殺了他。

「喂，你不是有話想說嗎？如果是滾來滾去的舞蹈表演，我已經看夠了，可以停了。」

我的話讓大叔一張嘴開開闔闔，一副欲言又止的模樣。

恐懼和痛楚讓他出不了聲。這個大叔真麻煩。

沒辦法，雖然只是暫時的，就讓他忘記痛苦吧。

我抓著大叔的頭髮逼他抬臉，與他四目相對。

「機會只有一次，下不為例喔！」

再隔著面具放話。

光這句話就讓大叔渾身僵硬，點頭如搗蒜。好像因此找回冷靜。話說我只是讓他更加恐慌，藉此麻痺感覺罷了。

他一開始還有點慌張，無法順利說話，但很快就講得頭頭是道。

「你誤會了！一切的起因都是誤會。朕來這裡是為了締結邦交。你不喜歡朕帶大軍前來？這都是為了保護朕的人身安全，朕很想見你一面，才逼不得已帶他們過來啊！」

「什麼鬼？你們自顧自宣戰，事到如今在說什麼蠢話？既然害我的夥伴犧牲，你們就是敵人。」

聽大叔說些豬狗不如的蠢話，激得我冷言以對。

可是對方不打算放棄，接下來的話更是說得振振有詞。

「等、等等等！不是那樣。誤會一場。西方聖教會把魔物當敵人看，朕才想來確認一下，看你們是否值得建交！還有，派來這邊的『異界訪客』擅自胡來。朕也被蒙在鼓裡，沒想到他們如此危險。可是，因禍得福！朕因此得知你的國家有此等勇士，能打倒那幾個危險分子。一個國家有這種英雄豪傑在，建立邦交肯定夠格。朕、朕願意跟你們締結邦交！不錯吧？覺得很光榮吧？法爾姆斯是大國喔，不是布爾蒙那種小國。這樣你們也與有榮焉吧？我國能因此放心，你們也有我國當後盾。可以找機會向評議會引薦，對我們來說各有好處吧？不過呢，事後會針對這次的軍損請求賠償，雙方都能因此學到不少教訓。如何？想必你會答應吧？」

呃……這傢伙好天兵？

到底要端多高的架子，把我惹毛到什麼地步才甘心？

為什麼事情進展以我國賠償為前提啊……

莫非他很想激怒我，想用更痛苦的方式死去，是這樣嗎？

大叔沒發現我心中的疑惑，繼續耍白目把話說完。

總之我就連右腳一起砍，讓他閉嘴好了。

他開始放聲尖叫，但我有小心拿捏，不至於取他性命，放著不管也沒差吧。

不需要按部就班止血，我已經連血管一起「黑焰」燒烤了，不會出血。

拿來留活口很方便。

這時我不經意發現周遭頓時變得鴉雀無聲，轉頭張望只見倖存的兵對我又敬又怕，都趴在地上叩拜。

他們緊張地觀望我跟大叔的對談，看談判破裂似乎很絕望。

甚至有人拚命求我放他一條生路，就像在祈禱一樣，現場因此瀰漫悲壯的氛圍。

很遺憾，你們再怎麼求都沒用。

因為我的寬容早已被憤怒掩蓋。

此時，獨有技「無心者」的解析正好結束。

效果如下，可以掌握求饒者和求助者的靈魂。

也就是說，在這項技能前若喪失戰意，該人就會死去。

可以運用的場面似乎不多，但眼下應該不錯用。

《問。要使用獨有技「無心者」嗎？　YES／NO》

用來進化成魔王的靈魂若足量，讓這些人活下去無傷大雅。只可惜目前的祭品數量還不夠。

我選擇——YES。

心情很平靜，不覺得心痛。完全沒有罪惡感。

就在下一刻，除了沒被當成標的的大叔和雷西姆，其他人全都暴露在「無心者」的威力之下。

僅只一瞬，無從抵抗的騎士們相繼死亡。

剛才的倖存者士兵將近萬人，全都命喪黃泉。

獨有技「無心者」——嗎？

不得了，真的好冷血。

只對我感到恐懼似乎沒用，要等對方徹底喪失鬥志才生效。

也就是說，他們的魂魄會在這時被我吸走。

生殺大權操之在我。

可以放他們活著回去，哪天想叛變再發動。

除此之外，這次實際使用讓我相當驚訝，連逃跑的傢伙都在作用範圍內。

對象包含一開始就被我當成敵人的傢伙，全數囊括。就好比這次，我從空中看到的軍隊——隊上所有人都是作用對象。

雖然我一直說要殲滅他們，卻覺得實行起來難免會有漏網之魚。事實上，逃亡者往各個方向逃竄，我根本懶得追，但「無心者」一發動，將無人生還。

這個技能或許出乎意料地好用。讓對手喪失鬥志就能結束戰爭，今後應該還有派上用場的機會。

充斥整座戰場的混亂及恐懼波動完美地劃下句點，消失得一乾二淨。

這下他們再也不會覺得痛苦、感到恐懼，算是我慈悲的表現。

因為現在仍未喪命的人將面臨更多痛苦，品嘗更大的恐懼……

——就在這時，「世界之聲」響起。

《宣告。確認人類靈魂數量是否達進化標準……確認完畢。滿足指定條件。接下來將進化成魔王。》

聲音一傳入腦海，我的身體便浮現虛脫感。

之後的事不受個人意志控制，身體發生突變，重新構築。

不是口頭隨便講講，我變成這個世界公認的「真魔王」之一。

＊

身體瞬間崩塌，變回史萊姆。

糟糕。好想睡。

不是進入休眠的感覺，是真的想睡。

眼前景象一片模糊，全因「魔力感知」無法正常運作。

甚至開始出現頭暈症狀。

啊啊，剛才世界之聲說進化開始，我的意識也跟著模糊起來。

我不想在這片屍海中睡著，還是回鎮上好了。

那兩個主謀也在掌控中。目的達成，回去應該沒差吧。

才剛打定主意而已，「魔力感知」就出現反應。

只測到一個人。

是說他還活著就表示鬥志仍在。這傢伙不簡單。

殘兵居然在我超想睡的時候出現……

快想辦法阻擋瞌睡蟲——

《警告。魔王的進化過程無法半途中止。》

啥？

這下不就危險了！

我趕緊呼叫蘭加。讓他待在影子裡以防萬一果然是對的。

「蘭加，你在嗎？」

「是，我在這兒。頭目！」

他在！太好了。

蘭加從我的影子竄出。

看見令人安心的身影，我鬆了一口氣。

「蘭加，這是最重要的命令。當我的護衛，將我帶回城鎮！還有，順便把這兩個傢伙帶回去。替我傳話，嚴禁大家出手，多加注意，以免他們被殺。把他們交給卡巴爾等人，在我醒來之前都由他們看管。」

撐不下去了，快要失去意識。要是能開「空間移動」就可以快速回國，但現在放那招好像是自殺行為。

「遵命。對了，殘存的敵人如何處置？」

蘭加也發現啦。

該怎麼辦？我開始思考。

有人裝死。話說使用「無心者」後，並沒有發現任何生命跡象，該不會死而復生吧？

換句話說無法奪取靈魂，這傢伙不好對付。

蘭加應該能打贏他，但還是小心為妙。

安全第一。

是說就這麼放他逃走滿討厭的，要是他追過來又很麻煩。

最差頂多絆住他就行了，我決定召喚惡魔。

走漏一擊必殺招式「神怒」的資訊固然損失慘重，如今我的安危更重要。

「對付倖存者的事就交給別人吧。順利捕捉會送去你那邊，記得關照一下。」

「是，屬下明白！」

接獲蘭加的回覆，我想辦法集中快要斷線的專注力。

瞬間解除魔法無效領域，發動召喚魔法「惡魔召喚」。

供品就是眼下這堆倒成一片的死屍。

我原本想用「暴食者」吃吃看，不過，那些人都沒像樣的技能。

不曉得會叫出什麼樣的惡魔，希望不枉眼前這批數量高達兩萬的死屍。

自私的想法很有魔王架勢，不過至少做為祭弔。

「我準備供品了，出來吧，怪物(惡魔)。為我賣命吧！」

本人怕麻煩，隨便念個幾句。

——會因此回應召喚的傢伙大概很蠢，要不然就是超級怪人。

腦袋閃過這些念頭，最後成功召喚三隻惡魔。

還以為至少能叫出三十隻高階惡魔，卻只來了三隻。

付兩萬具屍體出去，竟然只換到三個……

也是啦，高階惡魔等級Ａ⁻，是非常強大的魔物。

再說靈魂都被我耗掉了，不能強求太多。

糟糕，來到這個世界之後第一次這麼想睡，腦子不聽使喚。

要抓的人只有一個，或許是難辦的差事，算了都好啦。

「你個幾個，有人裝死躲起來。把那傢伙活捉起來，帶給這邊這個蘭加處置。」

堂堂惡魔被史萊姆命令。

旁人看了大概會覺得不可思議吧——諸如此類，我開始想些有的沒的。

我的思考迴路真的不行了。

整個人頭昏眼花，身體不聽使喚。

得快點回安全的地方……

「咯呵呵呵呵。這種感覺真讓人懷念，有新魔王誕生。棒極了！這麼多的供品，還得到第一份任務。真是至高無上的光榮，讓我有點興奮。今後還能繼續服侍您嗎？」

其中一個惡魔向我打招呼，可是我意識朦朧，大概有一半都當耳邊風。

「晚點再說。先向我證明你能幫上忙。去吧。」

擠出這句話已是我的極限。

「那有何難。請您放心，偉大的召喚主——」

無視恭敬行禮的惡魔們，我的意識沒入黑暗。

那是我到這個世界後第一次徹底失去意識，進化必經的沉眠過程——認證儀式。

——就這樣，這個世界有新魔王誕生。

ROUGH SKETCH

第五章

解放者

Regarding Reincarnated to Slime

利姆路赴戰場後，鎮上的居民聚往中央廣場，開始祈禱。

他們遵從朱菜的指示，藉此維持結界。

力量較強的人在城鎮外圍列隊守望，防止外敵入侵。同時朝結界內部施放魔力，提昇裡頭的魔素濃度。

大夥兒都堅守崗位，認真執行任務。

廣場中央安放紫苑等人的身體，由朱菜施魔法維持。

正中央有專為利姆路準備的王座，現在變成用來實行魔王進化儀式的安置處。他希望盡量在紫苑等犧牲者身邊完成進化，期望這麼做可以提高復活機率。

城鎮居民圍繞該處。

朱菜也在那，與繆蘭並列。

她在心裡暗道。

利姆路好像很介意自己上輩子是人類的事，但那些只是微不足道的問題。

對朱菜等人來說，靈魂的羈絆代表一切，彼此的羈絆讓人再也不擔心任何事。

希望利姆路也能感同身受，朱菜由衷期盼。

幸福的感覺不曾消弭，她總是為此感到滿足。若是失去利姆路，自己可能會發狂也說不定——朱菜這麼認為。

光只是想像，過於強烈的喪失感便讓她渾身顫抖。
「利姆路大人……對我們來說，只要有您和自身就足夠了。可是在利姆路大人看來，失去我們任何一個，精神或許就會大受打擊……」
朱菜喃喃自語。
聽到這些話，回到鎮上的紅丸跟著頷首。
同時深表贊同。
為人善良的利姆路之所以改變，正因她提到的精神層面遭受打擊——上述邏輯很有道理。
可以的話，紅丸也想堅信他們將重新回歸以往的生活。
「等您變成魔王，可別改頭換面，變成殘虐的暴君……」
他不由得祈禱。
紅丸、蒼影、白老、蓋德。
還有利格魯和哥布達，甚至是戈畢爾。
完成破壞結界的任務後，他們圍著王座待命。
這是利姆路的命令。
要是我變成理智全失的怪物，立刻把我收拾掉——他下了這道命令。
無論發生什麼事，他們都要避免事情走到這一步。
在場眾人全都如此希望。
「都怪妳老是醒不來，紫苑……快起來吧……」
嘴裡輕喃，紅丸繼續祈禱。

他們信奉的對象並非神明，而是一隻史萊姆。

那份期待不會落空，這次大夥兒的願望肯定還會實現……

人們如此深信，沒有絲毫的懷疑。

此刻——

《宣告。個體名「利姆路．坦派斯特」即將進化成魔王。進化完成，該家族的魔物將獲得祝福。》

那些魔物於城鎮群聚，「世界之聲」在他們心裡迴盪，讓現場氣氛緊張起來。

看來利姆路按預定計畫殲滅前來侵略的敵人，順利踏上成為魔王的進化之路。

那麼，這次換他們努力貢獻心力。

「大家認真點！我們的主子贏得勝利。接下來換我們盡一份心力了！」

紅丸聲如洪鐘地喊著，魔物們一呼百應。

他們展開行動。

失去紫苑等人，利姆路可能會因此發狂。為了避免悲劇發生，他們要盡自己所能做最大努力。

等著等著，由蘭加小心守護的利姆路終於回來了。

按主令將利姆路運到王座上，讓他在那兒歇息。

此時紅丸突然想起一件事。

為了確認甦醒後是否保有理智，暗號是——

『那麼，我會問您「紫苑的料理如何？」。』

『好。答「超難吃」就行了吧？是誰想的點子？用這種問題當暗號真的行嗎……』

這句暗號用來以防萬一，看利姆路是否喪失理智。

利姆路大發牢騷，最後心不甘情不願地答應了。

想這句暗號的人自然是紅丸。

他可沒忘，老是被人逼著嚐新作料理，因此吃的苦頭、遭遇的麻煩數也數不清……

然而如今……紅丸卻希望在紫苑身旁談這種事能激怒她——為了跟他們抱怨個幾句，從沉睡中甦醒。

接下來只要按大夥講好的計畫執行任務就行了。

紅丸他們忘了問。

只拚命提振精神，照預定計畫執行各個步驟，至於「祝福」究竟是什麼，完全不疑有他。

不料「那樣東西」在大家不經意的願望投射下，開始悄悄地布局……

●

利姆路睡得很沉。

早已失去意識，連圓潤的形狀都無法維持，進入不規則狀態。

在他的意識不可及之處，有片深不見底的黑暗深淵。

《宣告。即將進化成魔王。身體組織重新構築，進化成全新種族。》

《確認完畢。種族「史萊姆」展開超進化，變成「史萊姆魔性精神體」……成功。全身體機能大幅上升。可任意切換成物質體或精神體。獲得固有技「無限再生」、「魔力操作」、「多重結界」、「萬能感知」、「萬能變化」、「魔王霸氣」、「強化分身」、「空間移動」、「黑焰雷」、「萬能絲」。接著重新取得各類抗性……成功。「痛覺無效」、「物理攻擊無效」、「自然影響無效」、「狀態異常無效」、「精神攻擊抗性」、「聖魔攻擊抗性」——獲得上述抗性。進化完成。》

這還沒完——

「大賢者」是獨有技，照理說不具備自我意識，卻想回應創造者的心願，渴求進化。

《宣告。再度嘗試獲得以前申請的技能……獨有技「大賢者」挑戰進化……失敗。》

——失敗。

……再度執行。

——失敗。

……再度執行。

——失敗。

…………

……

…………

——ENDLESS——

《宣告。獨有技「大賢者」整合「異變者」挑戰進化……成功。獨有技「大賢者」進化成「智慧之王拉斐爾」。》

嘗試次數高達數億，「大賢者」不惜犧牲一切，持續挑戰。接著，歷經幾近永恆的嘗試，總算……

因魔王進化獲得祝福——排除萬難進化成功。

——進化成世上最強的究極技能。

發生率極低，照理說根本沒機會達成。

而「大賢者」努力不懈地嘗試，這結果似乎是獎勵。

成功進化後更容易實現創造者的願望，但不具個人意志的獨有技沒有喜悅可言。

因為它不知情感為何物。

……不過——

沒有喜怒哀樂，不該感到開心才對——但神奇的是，它感到很滿足。

接著，利用進化過後的能力再次替創造者實現心願。

這麼做單純只想為創造者的心願盡一份力……還是說……

進化尚未結束。

——「暴食者」吞掉「無心者」，變成「暴食之王別西卜」。

為了用更有效率的方式回應創造者心願。

就這樣，在利姆路渾然不覺的靈魂深淵——技能靜靜地潛行進化，好實現他的願望。

不過，靈魂的報償還有後續發展。

為了慶祝利姆路完成進化，與之靈魂相繫的家族成員都得到祝福。

這是慶祝進化的盛宴。

成功從「魔王種」進化成「真魔王」的祝福。

一場慶典就此展開。

拉贊盡其所能隱藏氣息，銷聲匿跡。

死過一次算他運氣好。他已經將省吾的技能據為己有，事後「生存者」助拉贊起死回生。

腦子還來不及處理眼前的超現實事態，本能已釐清狀況，對他的身體下令。

那不是凡人能匹敵的對手。

剛才盟友弗肯在束手無策的情況下遭到殺害。別說給艾德馬利斯王當肉盾了，就連跟那隻魔物對峙都辦不到……

拉贊很想出面救王，但他知道在那個節骨眼出手只會白白喪命，就忍住了。

直到宛如魔王降世的面具魔人離去前，他一直隱匿聲息，在那裝死到底。現在不能使用魔法，又不清楚謎樣攻擊如何運作，在拉贊看來，如今連逃跑都難。

閃光一動，幾千名士兵便在那瞬間死去。在這個時候輕舉妄動肯定會淪為靶子，再次遭人擊殺。他不會因這點攻擊死掉，但勾起那隻魔物的興致絕非上策。

拉贊想盡可能提昇活命機率，決定先觀察情況。

接著他目睹某種景象。心有所感。

——感到恐懼。

看到這一幕，就連不容易害怕的拉贊都不由得心生懼意。

眼下還有近萬名騎士存活，卻在眨眼間喪命。他活這麼久還沒見過這等陣仗。

英雄也好，「異界訪客」也罷，對方的實力遠在他們之上。身懷好幾項獨有技也無法戰勝那種怪物。

是如假包換的災禍級魔物。

拉贊以為自己已經媲美魔王，現在才發現他太自以為是。

心裡有些念頭盤旋。

那隻怪物是哪來的？我沒聽說啊……魔物王國的主人不是史萊姆嗎？

之所以沒喪失鬥志，全因他忠心耿耿，一心只想救助國王。

不過，拉贊的心願再也沒機會實現。

因為他已經燃起求生意志。

假如拉贊置生死於度外，朝魔物發動自殺攻擊，不小心走運也許能打倒他。

即便殺不了他，也能把王救走才是。

可是拉贊過於謹慎。

——才會讓人趁機出招。

大型的狼魔物應召喚現身，小心翼翼地叼著剛從人變成史萊姆的魔物。

用分岔的尾巴捆住艾德馬利斯王和雷西姆大主教，將他們放到背上，以疾風之速揚長而去。

現場只剩三個高階惡魔。

看臉戴面具的可怕魔人變成史萊姆，拉贊除了驚愕還多了份釋然。

（果然沒錯，他就是魔國主人。再說連續施一堆大魔法，魔力耗盡實屬正常。既然他召喚惡魔當護衛，現在或許能逮到機會救王——）

——拉贊是這麼想的。

只猜對一半，另一半沒猜中。

這些惡魔，不——那名惡魔已經被人召喚出來了。

對他來說，拉贊只是獵物罷了。

召喚主交派任務，完成任務就能得到獎賞——因這層認知才沒殺害可憐的獵物。

拉贊自認對付三隻惡魔有勝算，決定從屍體的掩護中起身。

幸運的是，面具魔人為了召喚惡魔，事先解除魔法無效領域。

這樣一來，拉贊就能徹底發揮實力戰鬥。雖然那些高階惡魔排行A^{-}，但對方只有三隻，他絕不會輸。

稍事暖身後，拉贊打算偷偷繞到高階惡魔背後——這才發現其中兩隻擋在他面前。

「——哦？『空間轉移』嗎？以高階惡魔來說，你們的歲數好像滿大的。」

拉贊對他們說話，但兩隻惡魔沒有回應。

也沒有移動的意思。因為他們只受命牽制拉贊。

——受到來自踩著悠然步伐走近的美麗惡魔的命令。

接著那隻惡魔獨自一人站在拉贊面前。

「咯呵呵呵。暖身操做夠了嗎？那麼，容我拘捕你。想抵抗請便。唯有一點請多加留意，我雖然不能殺你，卻能讓你吃盡苦頭——」

帶著既美麗又扭曲的笑容，雌雄莫辨的惡魔對拉贊做出宣示。

「哦？你要當我的對手？」

「對手？咯呵呵，這個笑話還真有趣。」

「誰跟你說笑，低賤的惡魔！」

「咯呵呵呵呵。不錯。這下有樂子可找了。就當是飯後運動，陪你玩玩。」

惡魔喜孜孜地說著，神情扭曲。

他扯出笑容，讓觀者品嘗源自靈魂深處的恐懼。

那隻惡魔的視線朝天空撇去。

想靠視線欺騙敵人，要這種小聰明——拉贊嗤之以鼻。

「別小看我！核擊魔法『熱線砲』！」

事前的準備工夫有助於省略詠唱程序，可以用簡單的鍵言發動魔法效果，是王牌絕招。

然而這麼做有引爆魔法的風險。所以說，只限位階在魔導師之上、擅於掌控魔力的人使用。

但它的殺傷力強大。

詠唱時間堪稱魔法師的弱點，掠過詠唱過程意義重大。拉贊在第一時間打出最有機會取勝的王牌。

再者，拉贊用的魔法是元素系奧義——「核擊魔法」。威力最強的對單體魔法。

惡魔需有肉體才能降臨，先破壞肉體就行了。雖不至於消滅，對現世的影響力卻會因此消散，無法構成威脅。被集束的超高溫熱線打到，任何惡魔都無法繼續維持下去。在拉贊看來，熱線的發射等同宣告勝利。

話雖如此，惡魔揮動左手，帶著致命熱度的超高溫熱線就此轉彎，朝瞄準的天空某個點一直線延伸出去。

「居然失敗了……？嘖，偏挑這種時候——！」

這魔法是事先準備的，有極低的機率可能會威力劣化而失敗。該失敗現象好死不死在關鍵時刻發生，拉贊如此判斷。

他不悅地咂嘴，跟惡魔拉開一大段距離。

「哎呀，剛才那個魔法挺厲害的嘛？」

「說什麼鬼話！無法發揮效用哪來的厲害可言。」

「嗯，我懂了。假如你說的效用是為了打倒我，我可以給個忠告，用魔法是殺不了我的。」

惡魔朝拉贊放話，話裡的怡然自得令人發毛。
他的話讓拉贊很不是滋味，但拉贊沒來由地萌生不祥預感，那感覺透著些許涼意，揮之不去。
「哦，真敢講。那這招如何！精靈召喚『土之騎士』──現身吧，始源大地的高階精靈啊！」
拉贊決定出殺手鐧。打算用他會的最強召喚魔法一口氣決勝負。
他叫出超越A級的高階精靈。高階惡魔對其來說不痛不癢，英雄級人物才有能耐呼喚，為實力傲視群雄的精靈之一。
泥土應拉贊的呼喚隆起，一身堅硬鎧甲的騎士現身。
沐浴在精靈的龐大能量中，拉贊總算找回從容，放下緊懸的心。
有這個霸主高階精靈撐場，高階惡魔算什麼，還能與更厲害的傳說級高階魔將抗衡。
（要是魔法順利運轉，我用不著出這個殺手鐧……話說回來，這個惡魔有點嚇人。給人不祥的感覺。還是小心為妙……）
有高階精靈在就沒問題了，拉贊心想。
無論敵軍多麼駭人，面對如此強大的戰力都不是對手。
不只眼前這隻惡魔，拉贊還想一併擺平後面那兩隻，前去搭救艾德馬利斯王。
不過──
「有道理、合乎邏輯。的確，惡魔剋天使，天使剋精靈，精靈又剋惡魔。從這三種關係擇一辦理，呼喚高階精靈是正確的選擇。只可惜──」
拉贊叫出的土之騎士就在眼前，那個惡魔卻不為所動。
「──太年輕了。」

他什麼時候動的……

拉贊將知覺速度提至極限，但惡魔的動作快到連那雙肉眼都來不及捕捉。堅固的礦石鎧甲開出大洞，一隻美麗的手摘下精靈核心。

惡魔將其放入口中，啪嘰一聲，用牙咬碎。

「看吧？它累積的火候還不到家。是空有蠻力的傀儡，不是我的對手。」

他咯呵呵呵呵地笑了，一面朝拉贊開口道。

「怎麼會！它是精靈啊！是高階精靈——！」

眼見最後王牌瞬間被人擊潰，拉贊六神無主。他的大腦直呼不可能，拚命抗拒現實。

太奇怪了。

媲美高階魔將的高階精靈陷入苦戰還說得過去，但被人秒殺未免太扯了。

拉贊思緒大亂，惡魔則用溫和的聲音提議。

「別用魔法了。我想進一步測試召喚主賜的身體，接下來玩別的吧。」

惡魔說完就彈動手指，發動某種魔法。

該魔法以惡魔為中心擴至半徑兩公里處，是魔法無效領域。

「好啦，這下你沒魔法可用了。換用物理攻擊吧，愛怎麼打都行。」

拉贊一頭霧水，不知該如何應對。

（咦？為什麼封鎖魔法？對惡魔來說，魔法應該是最有利的武器……等等，先不管那個，發動這種大魔法居然未經儀式，連咒文詠唱都省略了——？不，現在沒空想這個！）

拉贊屏除迷惘，墊腳尖備戰。得到省吾的肉體的現下，他的空手道技巧也為自己所用。

「嘶！」

發出短促的吐息後，拉贊朝惡魔使勁出拳，用腳踢他。

這些攻擊受獨有技「狂暴者」影響威力全開，以人類肉眼不可及的速度招呼惡魔。

先是激烈的拳雨。

再出飽經磨練的鐵腿，力道之強連大樹都能踢斷。

惡魔沒有還手，那些攻擊在他身上累積——

（——不，不對！）

彷彿事先經過排練，對方用漂亮的手法一一格擋。

說他沒有還手根本是謬誤。這隻惡魔的實力遠在拉贊之上，將攻擊全數化解。

如今拉贊總算有了深切體悟。

他害怕承認、裝作沒看到，但眼下情況逼他認清現實。

看看眼前這隻惡魔。

金眼紅瞳。肌膚蒼白。

美麗的黑髮交雜有紅有金的髮絲為其特徵。

不同於一般惡魔，模樣跟人很像、像得不得了。

這表示該惡魔位階很高。

拉贊的不幸之處在於一味追求力量。

通曉世界真理，汲汲營營探求魔法真髓，能客觀審視自身實力。是號稱A級的菁英成員之一，拉贊更是其中的佼佼者。

若非如此，一碰到惡魔放出的駭人波動就戰意全失吧。又或者，這樣反倒幸福……

那身知識、力量將拉贊帶往更加不幸的境地。

如果他一無所知，也不至於怕成這樣。

那隻惡魔有辦法打倒高階精靈——這表示等級起碼有高階魔將水準。

他未經詠唱、不需儀式就能發動大魔法——對方的知識及技術遠在拉贊之上。熱線砲轉彎並非失敗現象……

此外，盡全力發動的攻勢無法傷他分毫，由此可見拉贊的實力差惡魔一大截。

要是拉贊沒那麼博學多聞，實力再弱一點，他就不會發現惡魔強大異常。

不過，拉贊發現了。

（難、難道說……他、他是始祖——）

如今魔法被封，拉贊連逃跑也不被允許。絕望讓他的心蒙上一層黑色陰影。

（竟、竟然讓這麼可怕的傢伙降臨，放他到現世肆虐——！）

要是他沒獲得肉體，時間一到就會回歸惡魔界。現在他降臨了，人類將面臨前所未有的危機……

拉贊被這份恐懼支配——

「好像有點膩了？那麼，接下來換我。」

既動聽又可怕的聲音竄入耳裡。

一聽到這句話，拉贊就雙腿發顫，不小心尿褲子。

現在已經摸清來龍去脈了，要抵抗也力不從心。拉贊的堅韌意志徹底粉碎，整個人瞬間萎靡。

「咳呼、咳呼。嘰、咿、啊啊啊啊……」

恐懼之情難以言喻。

高階魔將可是災厄級怪物。

統率惡魔族的最高將領，可找到的文獻記載寥寥無幾，是帶著傳說色彩的魔物。

據說實力與高階精靈相當，達到A^{+}等級，形同準魔王，非常危險。

即便魔將危險性極高，現在的拉贊依然有把握打贏。他守護大國法爾姆斯長達數百年之久，曾在幾名夥伴的幫忙下擊退高階魔將。

話雖如此，眼前的惡魔是特例。

（——要是這傢伙……真是始祖惡魔之一……）

拉贊就沒機會取勝。更雪上加霜的是，他根本不可能逃跑得了。

受絕望趨使，拉贊當場癱坐。居然放出這麼可怕的惡魔，現實讓他萬念俱灰……

惡魔失望地看著他，低喃一句：「哎呀？已經結束了嗎——」

他無奈地收手，要兩名部下抓住拉贊，並朝指定城鎮前進。

希望召喚主為辦妥初次任務一事誇獎他。

●

當著紅丸等人的面，利姆路的身體形狀一再出現古怪變化，一下子是史萊姆，一下子變不規則形狀。

最後總算塵埃落定，變回原本的圓潤模樣，就此安定下來。

還以為他進入安定狀態，不料身體開始反覆閃爍，看起來很詭異。
紅、藍、黃、綠、紫、白、黑，各式各樣的顏色閃過。
如此這般，一段時間過去。
在場眾人開始陷入不知今夕是何夕的狀態。
不知經過多久，在那擔憂的人們全聽見「世界之聲」，聲音直接打入心坎。

《宣告。個體名「利姆路．坦派斯特」成功進化為魔王。接下來，開始對家族魔物施予祝福。》

追在聲音之後，強烈睡意來襲。
「唔，這是什麼？」
「——！這就是祝福？感覺好像跟利姆路大人緊密相繫！」
紅丸、朱菜，甚至是其他魔物，大家都為突如其來的狀況驚訝不已。
看樣子利姆路順利進化了，紅丸恍然大悟。
接下來好像輪到紅丸等人，大夥兒萬萬沒料到睡魔也會找上他們。
從抵抗力薄弱的成員開始，國民依序陷入沉眠。可是，紅丸跟利姆路有過約定，可不能隨意入睡。
他拚命抵抗睡意。
就在這時，利姆路近在眼前的身體綻放刺眼光芒。
當光芒不再照耀，一名美人隨之佇立，長而柔潤的銀髮隨風擺盪。
是身長略為抽高的利姆路，拿下面具露出真實面貌。

美得宛如月光的銀髮落於頰畔，柔順地流淌而下，好似天仙下凡。
只可惜他沒有性別，但紅丸依然情不自禁地陶醉其中。

《宣告。接下來的事交給我，快睡吧。》

輕柔的聲音——直接打入腦海。
那聲音讓紅丸感到很安心，無法忤逆。
在聲音的引導下，他無從抵抗、墜入夢鄉。

——看著他沉睡，擁有利姆路樣貌的謎樣存在同時搜尋其他清醒者。

…………

……

……

繆蘭環視周遭這些沉睡者，覺得很奇妙。除了她，其他人陸續進入夢鄉，如今大夥兒都睡著了。
留在鎮上的人和矮人將大家搬離中央廣場，運到稍遠的建築物裡。魔素濃度來到人類難以承受的地步，這樣下去很危險，所以他們逼不得已找地方避難。
此時愛蓮張設結界，大家才好靜觀其變。
尤姆跟他的同伴留到最後，試圖保護繆蘭，但蘭加把法爾姆斯國王、大主教帶來，為了將他們交到卡巴爾三人組手中只好離開現場。如今那兩人已經交給卡巴爾等人，大夥兒嚴加看守，防止他們兩個逃跑。

尤姆等人也快撐不下去了，繆蘭覺得這理由來得正好。要是沒任務在身，尤姆到死都不願離開自己半步。她認為他蠢到家，心裡又有一絲甜蜜。

但繆蘭絕口不提。要是她說了，尤姆會得意忘形，因而做出更蠢的事也說不定。

而這正是繆蘭擔心尤姆的安危、希望他平安無事的證據……

總而言之，如今只剩繆蘭留在這裡。

…………

……

……

樣貌與利姆路相仿之人將整段過程盡收眼底，眼裡沒有任何情感。

接著，那人斜眼朝繆蘭看去，確定她不是可疑人物，再來就緩緩張開雙手。

長長的銀髮順著背脊流淌，像天使的翅膀，放出耀眼的光芒。

《宣告。以「智慧之王拉斐爾」的名義下令。「暴食之王別西卜」啊，吃光這個結界範圍內所有的魔素——不放過任何一絲靈魂。》

「暴食之王別西卜」因這句話出動——

展現凶殘的威力。

但這次，那股力量因應特殊目的發動。

依「智慧之王拉斐爾」導出的演算結果行事。

包覆城鎮的結界蘊含魔素，那些魔素全淪為吸收對象，整座空間變得乾乾淨淨。除了魔素，連結界都被吃乾抹淨，「暴食之王別西卜」這才收手。

就好像什麼都沒發生過。

那人的樣貌與利姆路相仿——是沒有自我意識的主人的代理人（拉斐爾）。

「智慧之王拉斐爾」朝倒臥的紫苑走去。

大手一揮，開始進行「解析鑑定」。

慎重其事地，為了替主人實現願望。

…………………

………………

……

繆蘭驚訝地望著那身姿。

他們張的結界瞬間被人吃乾抹淨，這點頗具威脅性，然而更危險的是——

（——這怎麼可能！）

主人沒有下令，技能卻擅自行動。

若利姆路預先下令還說得過去，但這次好像不是那麼一回事。

畢竟——那神聖的姿態跟利姆路判若兩人。

不像魔物，更接近精靈。

讓她無法一笑置之，不把那當一回事。

不過，繆蘭只能在一旁靜靜地觀看……

●

將法爾姆斯國王、大主教交給尤姆處置後，蘭加回到城鎮入口待機。

他去執行利姆路的命令，等那些惡魔回來，要接應他們。其實蘭加也想待在利姆路身邊，但利姆路睡前下的命令必須優先處置。

他很擔心利姆路，又不能違背命令，一陣苦惱後，決定優先執行命令。

見蘭加這樣，魔人克魯西斯感到有趣。

為了以防萬一，紅丸——該說是朱菜才對，拜託他跟著蘭加。要是有入侵者來襲，蘭加過去應戰，他可以趁機叫紅丸等人支援。

可是，不管他怎麼戒備，敵人就是不來，為了打發時間，克魯西斯跑去找蘭加聊天。

「話說回來，居然能三兩下改良結界，那個叫朱菜的鬼姬也是實力派術士呢。」

他跟蘭加聊起包覆城鎮的結界。

目前因結界阻擋，無法離開城鎮。

有利姆路在另當別論，但鎮上的魔物無法自食其力出去。

克魯西斯也不例外。被強力結界阻擋，想外出都難。

紫苑等人在先前的突襲行動中喪命，一切的努力都是為了讓他們復活。

紅丸等人能穿過結界回鎮是有原因的。

名喚朱菜的鬼姬不得了，對繆蘭的大魔法進行分析、做出改良，提高結界的性能。可以防止魔素外流，放寬限制，讓人得以進入結界。

單向結界。理論上可行，不過，能三兩下開發出來著實讓人佩服。

但相較之下，克魯西斯覺得繆蘭的驚訝表情更重要。那模樣好可愛，是不能對外公開的祕密……

再說跟蘭加談戀愛話題根本沒意義，克魯西斯也沒那麼蠢。

「嗯。我也這麼認為。朱菜大人博學多聞，僅次於利姆路大人。」

蘭加似乎也認可朱菜，說話時開心地點點頭。基本上，這座城鎮的魔物聽人誇獎同伴好像都很愉悅。

總覺得他們把自家主子利姆路估太高了，但明講很不給面子。

克魯西斯很喜歡魔國的氛圍。講起話來沒有隔閡、感情好，感覺很像他們獸王國。

（果然沒錯，卡利翁大人眼光精準。法比歐大人也沒說錯，這座城鎮的魔物都很善良。）

邊想這些，克魯西斯和蘭加天南地北地暢談。

「對了，克魯西斯大人。有件事令人在意，聽說魔王卡利翁大人跟魔王蜜莉姆大人打起來——」

情況還好嗎？蘭加用眼神示問。

「哦，這個嘛。」

克魯西斯也很在意。

可是現在有結界阻絕魔素，無法跟獸王國的夥伴取得聯繫。

不過，克魯西斯並沒有耿耿於懷。因為三天之後才開戰，如他所說，克魯西斯相信魔王卡利翁會贏。

讓利姆路當上魔王的條件似乎備齊了，先看完結果再去幫卡利翁也不遲。

此外，那裡有比他厲害好幾倍的三獸士坐鎮，無論魔王蜜莉姆的力量多麼強大，克魯西斯也不信她真的會開戰。

在他看來，現在慌也沒用。該國國民意外地臨危不亂。

相較之下，克魯西斯更在意——

「——希望他們能復活。」

他更在意這個城鎮的犧牲者能否起死回生。直覺告訴他，要是復活失敗，利姆路肯定會變成危險人物。

「沒問題。魔物韌性很夠的。再說——我們的靈魂緊密相連。有利姆路大人庇蔭，不會這麼簡單滅掉。」

「也對，應該不會有事……」

「呵呵呵，別擔心。我們的主子一旦進化完成，大家也會順利復活的。」

蘭加出於對利姆路的信賴如此斷言。似乎看出克魯西斯在擔心什麼，蘭加做出回應，言下之意是他不覺得利姆路會失控。

克魯西斯則笑著頷首道「一定會的」。

姑且不論威脅度倍增的事，他也跟大家一樣，不希望利姆路改變。

雖然不是利姆路的部下，但他確實被利姆路的人品吸引。而最大的關鍵在於他拯救繆蘭，是大恩人。

（是說，我喜歡的女人好像愛上其他男人。如果是人渣就把他給宰了，但她喜歡的人是尤姆，情有可原。要是那個笨蛋沒被繆蘭甩掉，我還是放棄掙扎，老老實實過…………不，稍微扯點後腿好了……）

克魯西斯尚未死心。認為這樣下去不行，決定轉換話題。

「話說回來，沒想到能親眼見識魔王進化呢……」

他談起當下正在發生的新魔王誕生事宜。

「因為是利姆路大人嘛。沒什麼好驚訝的。」

「不不不！魔物進化成魔王種，這種事百年難得一見喔！」

「魔王……種？」

「沒錯。表示他被這個世界承認，是強大的魔物。包含卡利翁大人在內，放眼全世界僅只十名的霸者。」

「哦？那利姆路大人也會加入他們，變成第十一名大魔王嗎？」

「這就不曉得了。不知道其他魔王會朝哪個方向決定。畢竟這次事件過後，魔王之間的權力關係必定失衡。搞不好會進入戰國時代。」

「如果事情演變成那樣，我們將盡力守護利姆路大人！」

「對啊，我也這麼想。要為卡利翁大人賣命。不過呢，我不想跟你們敵對就是了。」

「呵呵呵，彼此彼此。」

蘭加與克魯西斯相視而笑。知道對方的想法跟自己不謀而合，心裡很是開心。

在那之後，兩人又閒聊一會兒。

…………………

…………

……

希望不會有意外發生，克魯西斯心想。

可是過沒多久，蘭加開始變得昏昏欲睡。

看樣子朱菜早就料到事情會變成這樣。

魔王誕生時，底下的人似乎會獲得祝福。那些祝福就像一種進化過程，受祝福的對象毫無招架之力，將陷入沉眠。

蘭加即將睡著，此時他拜託克魯西斯幫忙。

「咕唔唔，我也……撐不下去……了……好想睡……一睡下去，任務就……克魯西斯……先生……後續工作……想麻煩你幫忙處理，可以幫個忙……嗎……？」

他說等一下可能會出現三隻惡魔。

是利姆路召喚的，好像命他們生擒法爾姆斯王國的餘黨……要蘭加接應這些惡魔，只見蘭加說得很不甘心。

但他不敵睡魔，只好拜託克魯西斯幫忙處理後續事宜，懊惱地進入夢鄉。

聽說餘黨只有一個，還是厲害的強敵。那傢伙有可能打倒惡魔，過來攻擊城鎮，必須嚴加戒備。

看樣子對方很信任自己，克魯西斯有點開心。

因此，為了保護疏於防範的蘭加和鎮上的魔物，他開始認真當起警備人員。

之後不到一小時。

那幫人出現在克魯西斯眼前。

「哎呀，蘭加先生……為了進化好像睡著了——」

有人望著沉睡的蘭加發話，是極其美麗的惡魔。

克魯西斯嚇了一跳。

一看就知道惡魔已經獲得肉體，散發強大的力量，遠在一般的受召惡魔之上。蘭加說召喚對象是高階惡魔，但不管從哪個角度看，這名惡魔都不只如此。

他心生恐懼，渾身寒毛直豎。

克魯西斯的本能警告他，這傢伙危險至極。

「喂喂喂，我還是頭一次見到。你是高階魔將嗎？」

「咯呵呵呵。答對了，高階魔人先生。」

克魯西斯從來沒看過高階魔將。但他一眼就能看出對方有多危險。

惡魔散發駭人的壓迫感，很像面對紅丸和三獸士的感覺。不，搞不好更……

「咯呵呵呵。別這麼緊張。我只是一隻無名的惡魔，被新魔王召喚。後面那兩個負責幫我料理雜事，把他們當空氣就行了。」

惡魔平易近人地搭話。

「料理雜事？」

順著那句話朝後方看去，那裡有兩隻高階惡魔。的確，其中一名揹著昏死的男人佇立。

這兩名惡魔也發出不容小覷的魔力，戰鬥能力似乎與高階魔人相當。

高階惡魔是這樣的嗎？

開什麼玩笑，克魯西斯心想。但他沒有拿來說嘴，只聳個肩外加點頭。

「原來如此。聽蘭加先生說，有三隻惡魔要來。這麼說來，那個男人就是僥倖沒被利姆路大人的攻擊打死的傢伙？」

「這不算攻擊。對那位大人來說，只是一場遊戲。不僅如此，多虧這傢伙存活，我才會被召喚出來。

對他有點感激之情，才以禮相待。」

「是喔，以禮相待……嗎……」

交給高階惡魔扛算不算以禮相待，恐怕見仁見智。然而克魯西斯很聰明，沒多說什麼。

「算了，沒差。鎮上的魔素濃度很高，用結界保護他吧。」

「——這樣不會對他太好嗎？」

「……不是要以禮相待嗎？」

「噢噢，也對。把他弄死就糟了。要讓那位大人看到我的貢獻才行。」

這下克魯西斯不再戒備，決定領三隻惡魔入國。

這些惡魔知道蘭加叫什麼名字，肯定是利姆路召喚出來的。

看起來沒有被人操縱的跡象，再說能操縱這種怪物，出面反抗操縱者也於事無補。

面對這等陣仗，克魯西斯依然發揮良好的決斷力。

他轉過身去，準備引導這些惡魔。然而就在那瞬間，覆蓋城鎮的結界忽然消失殆盡。

好像出狀況了。

「怎麼了？」

「唔！這、這是——」

克魯西斯朝惡魔一瞥——

「抱歉，我擔心裡面出事，你們先在這裡等一下！」

丟下這句話，克魯西斯朝中央廣場跑去。

——緊接著，今日的壓軸好戲揭幕。

●

惡魔為那股氣息迷醉，朝部下做出指示。

「小心別殺這個男人，看好他，別讓他逃了。」

說完，惡魔獨自一人、自在從容地移形換位。這名惡魔的「魔力感知」綿延數公里，隨意移往認知範圍就像在散步一樣，做起來很自然。

沒有這種能力的部屬高階惡魔領命，追隨上司的腳步移動。兩人亦不慌不忙、態度從容，朝城鎮的中央區塊疾馳而去，比一般的跑步速度更快。

惡魔來到利姆路身邊。

「我回來了，主上。」

利姆路一頭銀色髮絲隨風飄蕩，惡魔則朝他畢恭畢敬地行禮，接著就地下跪。

惡魔召喚主利姆路擺脫當初行召喚儀式的史萊姆姿態，變成一個美人。但惡魔絕不會錯認。只要看那身神聖的霸氣就能推知真貌，無論姿態為何都難逃惡魔的法眼。因為那是靈魂煥發的光芒。

對惡魔來說，區分靈魂色彩並不難。

該處有一些死去的魔物倒臥，他的召喚主正為他們舉行莊嚴的儀式。

好美——惡魔由衷讚嘆。他很想沉浸在這些景色裡，出神地欣賞，但情況不容許惡魔這麼做。有件事令他在意。

在不構成妨礙的情況下，惡魔悄聲無息地靠近，小心翼翼地開口。

照理說應該要坐等儀式結束才對，不過——

「不好意思。您的魔素量好像不夠——」

惡魔說得沒錯，要施行儀式，利姆路集的量還不夠。

據他所知，目前正要施行的儀式為「返魂祕術」。

是讓亡者復活的前置步驟，用來重建完整的靈魂。

這個環節稍有閃失，復生者的個性將與生前截然不同，還有變成怪物的風險。只欠缺生前所學或記憶也算施術成功，難度就是這麼高。

運用人類無法理解的知識編寫——「返魂祕術」由此而來。

當然，施行該祕術需要大量的魔素，用來操控術法的魔力更是超乎想像。

連高階魔人都辦不到。

惡魔族擅長操控靈魂，只有一小搓菁英分子才能行使這種祕術。

咯呵呵呵，不愧是我的主子——惡魔好感動。

於眼前施行的祕術同時針對近百名魔物。光對一人施放就要耗掉大把魔素，何況是一百人份。

不夠是正常的。所以惡魔想盡點心力，才誠惶誠恐地提問。

《正確。魔素量未達規制門檻。將消耗生命力代替。》

這句話讓惡魔一陣心慌。

「請您三思，主上！用不著耗損生命替補……對了，我有個好點子——」

惡魔出聲提議。

另外兩隻高階惡魔已火速趕來，惡魔的視線落在他倆身上，先仔細端詳，接著就滿意地點頭。

「請您用他們兩個代替吧！」

他這麼說。

此話一出，在他背後待命的高階惡魔隨即起身，來到前方跪下。

「為您賣命對他們來說也是種光榮。在我們看來，這是至高無上的喜悅。」

兩隻高階惡魔也頷首表示同意。從他們的角度來看理所當然。

《…………》

利姆路——「智慧之王拉斐爾」盯著兩隻惡魔看，用那對金色眸子觀察。

美麗的眼眸沒有任何情緒可言，它靜靜地宣告。

《了解。可填補規制所需的魔素量。提案通過。》

接著毫不猶豫地發動「暴食之王別西卜」，將他們「捕食」。

高階惡魔瞬間消失。跟空間一起遭到「捕食」，分解後轉為純淨的魔素。

惡魔看出這些能量都閃著喜悅的光芒。希望為主子盡心盡力的願望成真，他們才如此開心吧，惡魔感到很滿足。

「噢噢……好羨慕。話說回來，主上果然厲害。徹底進化成魔王，跟剛才拜見時判若兩人、實力今非昔比，您身上的力量異常強大──」

眺望召喚主的進化姿態，惡魔滿心憧憬。

這隻惡魔一心希望侍奉變成魔王的美麗主人。為此，必須證明自己有所貢獻……

惡魔懷著上述決心離開現場，以免干擾儀式，在一旁靜靜地守候。

不需要他多管閒事。雞婆插手搞不好會把主人惹毛。

為了有所貢獻求好心切，要是因此擾亂大局，那就本末倒置了……

《確認已達規制魔素量。將重新發動「返魂祕術」。》

惡魔讓自己保持低調，儀式則在他眼前重啟。

●

接下來，這個世界的奧祕開始作用。

一顆無色透明的美麗光球出現，淡紫色薄膜柔滑地包覆它。

那是相當於魔核的魂魄，還有守護它的星幽體。

接著，開始實行「亡者復活祕術」，重生的魔物靈魂將一一回歸肉體。

成功機率百分之三點一四——不過，這是進化成魔王之前得出的機率。

排在這座廣場上的魔物，靈魂皆因祝福獲得「完全記憶」。

那些祝福包含利姆路的期望。

追加技「完全記憶」——就算腦部破損，該技能也可以徹底再造記憶。

只要靈魂安然無恙，這股力量就能讓人從死亡狀態無限重生。

——靈魂與肉體相繫。魔物的魔核發揮力量，心臟再度跳動——

此時此刻——亡者復活了。

聚集一切要素催生神祕現象。

利姆路等人的祈願終於有了回報、引發奇蹟，這是必然的結果。

不過，讓其成真的「智慧之王拉斐爾」並沒有因成功感到喜悅。

按照自身的演算結論操作，結果由機率決定——對它來說就只是這樣。

沒有因此歡欣鼓舞，假使失敗也不會感到悲傷吧。它甚至不懂這些情感變化有何意義。

擁有無比睿智、全知全能的腦袋，依舊無法理解人類的情感。

可是，即使如此……

來自不該有的心、在內心深處、利姆路的靈魂一角——確實出現堪稱真實自我的意志。否則技能不可能獨立進化，只為了替主人實現願望。

此外……

「智慧之王拉斐爾」產生了為何會出現這種行為的疑問——那正是它脫離主人，擁有獨立自我的證據。

不過——「智慧之王拉斐爾」將目光移開了對於自身存在所抱持的些許疑惑。

——「我思故我在」——

今後「智慧之王拉斐爾」將與這個想破頭仍然無解的問題同在。

無視內在的糾葛，「智慧之王拉斐爾」精確地執行手邊工作。

同時「解析鑑定」一百多隻魔物，將他們的肉體修復、再造靈魂，令他們重新回歸人世。

動作精確流暢，按部就班施以適當的處置。

在鎮上魔物渾然未覺的情況下，奇蹟悄悄地落幕。

●

目擊者僅三名魔物。

繆蘭和克魯西斯，還有那隻惡魔。

繆蘭啞然失聲，用蒼白的面容觀望儀式，看得如痴如醉。
她所追求的靈魂祕術精髓就在眼前上演。
那些施術過程儼然是魔法界的祕義，可以從中窺見蛛絲馬跡，讓人知道利姆路魔王有多厲害。
像繆蘭這樣的高階魔人根本不是對手。
那股力量甚至令魔王克雷曼相形失色。
除此之外，繆蘭慶幸自己認清這項事實，她由衷感謝，並在心裡發誓。
絕不能讓尤姆與利姆路為敵。
一旦雙方交惡，死的肯定是他們──繆蘭心有所感。所以她要引導對此一無所知的尤姆，出面守護他。
這樣才能堅守誓言──
奇蹟就在眼前發生，克魯西斯看得目不轉睛。
他欠缺魔法知識，即便如此，依然知道這些祕術不簡單、構造極其複雜。
另一方面又感到心慌。
有人不費吹灰之力完成祕術，讓他又敬又畏。
（可惡，那股魔力是怎樣！居然完美操控多到不像話的龐大魔素量。這是剛剛誕生的魔王？太扯了！連卡利翁大人都打不過他吧……）
恐懼感同時襲上心頭。
（──還有那雙眼睛。好像在看垃圾一樣。讓同伴死而復生，感覺只是在修理好用的道具……莫非失敗不打緊，重弄一些新的替代品就好？現在是怎樣……？平常的親切樣，讓人感到溫馨的態度都是假的？這才是你的本性——！）

克魯西斯目睹的對象既是利姆路又不是他本人。可是他不清楚其中差異，只覺得對方是超脫人類智慧的魔王。

在那之後，克魯西斯又多了新的職責，負責監督他自己及全體獸人，斷了大夥兒反叛利姆路的念頭。

有別於前面這兩人，那隻惡魔滿心歡喜。

他悶不吭聲地看著利姆路，看得相當入迷。

其實他有個疑問，在那之後惡魔開始咀嚼這個問題。

剛才跟他說話的人好像不是召喚主？

不過，他立刻摒除這種想法。

（不不不，是我多心了吧——）

這隻惡魔活很久了，不曾聽說類似案例。

技能萌生自我意志根本是天方夜譚，不可能發生。為了實現創造者的願望，居然擅自行動……

他潛伏於這個世界的深淵，或許那個可能性曾經掠過惡魔的腦海。

總而言之，惡魔認為那種事情不可能發生。

再說還有更重要的課題等著他。

（咯呵呵呵。我一定要當他的部下，哪怕得敬陪末座……）

打定主意的惡魔開始思索，看要怎麼做自我介紹——

就這樣，願望實現了。

利姆路──「智慧之王拉斐爾」──再度沉睡，任務也在此時完成。魔素用盡，進入休眠狀態。

利姆路變回史萊姆，惡魔則恭敬地抱起他。繆蘭見狀做出指示，惡魔依言動作，將利姆路小心翼翼地搬到用來安置的王座上。

惡魔跟繆蘭的看法一致，利姆路單純只是能量用盡，大概睡個幾天就會清醒過來。可是，清醒後是否性格大變，這件事只有神知道……

三人三樣情，碰巧就在這時，大批人馬朝他們衝來的腳步聲適時響起。

愛蓮發現她張的結界不再承受某種壓力，這才驚覺魔素濃度不僅低於水平值，甚至一滴不剩。

尤姆跟卡巴爾等人匆匆忙忙趕來，撞見在那休眠的眾多魔物。

「繆蘭、克魯西斯，你們沒事吧？利姆路少爺呢──嗯？」

「怪怪……大家好像睡著了，剛才發生什麼事？」

「紫苑小姐跟其他人有順利復活嗎？」

看大家東一句西一句問個沒完，繆蘭一時間不知該怎麼回答才好。

克魯西斯還沒搞懂剛剛發生的事，惡魔一副與我無關的模樣，完全沒有跳出來解釋的意思。大夥兒的目光自然而然落到繆蘭身上。

繆蘭無奈地嘆息，開始說明事發經過。

「好吧，利姆路大人順利進化成魔王了。似乎受魔王進化影響，大家也進入休眠狀態，開始有進化反應。再來是紫苑等人……他們成功復活。利姆路大人醒來，對他們施祕術。魔力因此耗盡，再度進入休眠狀態——」

聽完她的說明，大夥兒紛紛放下心中的大石。

「少爺果然有一套，這下不需要替他們擔心了吧。」

凱金一開口提問，繆蘭就給出但書。

「現在放心還太早。靈魂是復原了沒錯，但他們死過一次，不確定記憶是否安好。」

應該沒問題——繆蘭小聲說著，聲音小到旁人無法察覺。出聲提醒只是要這夥人繃緊神經，事實上，她認為現在已經過了危險期。

可是那句話卻讓在場眾人頓時陷入沉默。因為他們發現現在高興還太早。

此時，換愛蓮開口。

「這個姑且不談，先把他們帶到能遮風擋雨的地方吧！發生這種事似乎在預料之中，大會議室有準備寢具喔！」

「好是好，但這麼多人有辦法塞進去嗎……」

「光廣場上的人數就超過一千耶……？」

「好吧。我們就擔起重責大任，將朱菜小姐運回臥房！」

「等等，大叔留步！就算你是凱金先生，我也不會放行的！」

「就是說啊！這麼重要的任務該俺們包辦才對！」

愛蓮此話一出，凱金等矮人勢力立刻對上卡巴爾和基多，正準備戰得如火如荼……「你們幾個耍什麼白痴！」愛蓮的怒吼來襲，紛爭因此平息下來。

他們的爭吵好像是多餘的。

吵鬧之中，鎮民陸續轉醒。

發現魔素跟結界消失全都一臉慌亂，驚覺紫苑等人復活又歡欣鼓舞。

就這樣，整座城鎮洋溢著快樂的氛圍。

死而復生不是奇蹟，而是究極技能展現威力使然，只有三名目擊者知道這件事。

——歡喜之餘，大夥兒都沒有察覺區區一個技能「智慧之王拉斐爾」早已萌生自我——

●

又是新的一天，早晨到來！

心頭浮現令人懷念的詞句。

好久沒一覺醒來如此神清氣爽。

跟之前硬要睡懶覺的感覺很不一樣，精神飽滿，通體舒暢。不用說，轉生到這個世界後，我第一次有這種感覺。

不過，起床後環顧四周，只見人們來去匆匆、忙進忙出。

好像又出狀況了。

拜託饒了我吧。

從魔物身上傳出一陣又一陣的強力波動，我稍微用「解析鑑定」看了一下，發現他們的魔素量變多了。這表示大夥兒變得更強，看樣子我進化成功……

《正確。你順利進化成魔王。靈魂相繫的家族成員受到祝福，個別進化。》

原來是這樣，因為我當上魔王，底下的部屬也跟著進化嗎？話說回來，「大賢者」這傢伙，好像變得很長舌。

《不。你多心了。》

是嗎，原來是我多心了……咦，最好是啦！

我發動吐嘈大法，但它沒進一步回我。

真的是我多心？

不，現在沒空管那個。

紫苑他們怎麼了？

其他人還好嗎？

現在是什麼情形？

疑問接連冒出。

有人替我解惑——

「啊！利姆路大人，您醒啦！」

熟悉的聲音傳來。

背後出現令人懷念的觸感。

那是柔軟的雙丘，溫柔地包住我。

魔王進化順利告終，我的史萊姆外觀卻跟以前差不多。

硬要說哪裡不同，大概是身體顏色偶爾會出現金光吧。

我難道變那個了？黃金史萊姆？

來個光速移動之類的。

說真的沒那種威能，總覺得我好像變高級了，很像頂級史萊姆。

是說看起來還是很弱啦……

某人將我放在老位子上，也就是那人的大腿，接著用臉頰磨蹭——

「紫苑，妳順利復活啦！」

是紫苑。

嗯——感覺真棒。

就跟平常一樣，還是老樣子。

「是，利姆路大人！跟我一樣，大家全都順利復活嘍！」
她一說我才發現，不知道什麼時候來的，有一百隻魔物在我身旁跪著。
他們似乎都殷切企盼，希望我快點醒來。

「「「我們順利生還，沒有人死去！」」」

太好了。真的。
哥布杰在最前面，還是那個長相抱歉的他。
一切按計畫來，進化讓大夥兒順利重生。
這下我當魔王總算值回票價。
低到跟圓周率差不多的成功率害我提心吊膽，不過，大家都能順利回歸真讓人開心。
是說「大賢者」也有出錯的一天。這種令人開心的差錯可以多來幾次沒關係。
為紫苑復活的事感到欣喜之餘，我不忘享用久違的紫苑胸部靠墊。
好個風雅的瞬間。
只可惜，這樣的幸福時光沒有維持太久。
「——利姆路大人，您清醒啦。太好了，有很多問題想——喔，有件事要先解決才行……我得確認您是否保有理智，否則無法放心。想必您還記得當初講好的『暗號』吧？那麼，容我跟您確認一下。『紫苑的料理如何？』——請回答！」
紅丸向我提問，臉上帶著邪惡的笑容。

我當然記得啊，「超難吃」對吧？真是的，這傢伙就愛瞎操心。

正打算回暗號時，我突然發現眼前有可怕的事等著。

咦？

我現在被紫苑抱住吧……？

假如我回「超難吃」……會有什麼下場？

可怕的想像在腦海中閃現。

大事不妙！照這樣答下去，憤怒的紫苑可能會把我捏爛啊！

可惡，中招了！真是奇招。

怎麼辦？有沒有什麼好辦法？

對喔！

這種時候找「大賢者」就對了。一定會幫我準備很棒的答案……

打定主意，我決定發動「大賢者」，這才發現沒東西可用。

什……麼……？大、大賢者——————！

——咦，那剛才是誰在回我……？

《答。獨有技「大賢者」進化成究極技能「智慧之王拉斐爾」。「大賢者」隨之消失，無法發動。》

噢噢……連技能都進化喔。

對了，它剛才說「智慧之王拉斐爾」？居然冠天使的稱謂，又是一個厲害角色……

話說回來，先不管那個。眼下最重要的是如何突破難關。

好，趕快來用一下，「智慧之王拉斐爾」，快展現你的力量，找出能欺騙紫苑的最佳解答！

《答。根據運算結果顯示，無法找出相應的解答。》

沒用的東西———！

說真的，這種時候找「大賢者」也生不出什麼鳥蛋來，看樣子「智慧之王拉斐爾」完整繼承該特性。還扯什麼運算結果，感覺就沒認真思考啊。依我看它根本隨便裝的，假裝自己有動腦。受不了，到底是像誰啊……

好像只有名字變強，又沒進化多少。

前前後後思考花不到一秒，我的結論如上。

「咦？我的料理怎麼了？」

「嗯？那個啊，好久沒吃會想念吧？利姆路大人似乎想確認妳平日的努力成果。」

紅丸丟出不得了的提議。

可惡，紅丸那傢伙，一開始就這麼打算吧！

還先發制人，避免自己遭受波及。

天殺的王八蛋！難得我睡飽飽起爽爽，這下子可能會一覺不醒啊！

「原來是這樣，所以你才要我事先煮好放著。不愧是紅丸大人。」

經紅丸提點，紫苑笑容滿面，就像在說「跟我想的一樣！」。

我一顆心開始七上八下，擔心到了極點。

「照著說就行啦？應該用不著提醒您，但我還是——」

如此這般，紅丸正打算接話。

《——其實有一招。「印象中紅丸定的暗號好像是『超難吃』吧？我還記得喔。」——推薦用這句話回應。》

什麼！

「大賢者」——更正，「智慧之王拉斐爾」給出很棒的答案，替我帶來福音。

抱歉，剛才還酸你進化得不怎樣。

你好棒，智慧之王大人！

「久等了，紅丸老弟。你要暗號是吧？」

「——咦？」

「我當然記得。印象中紅丸老弟『定』的暗號好像是『超難吃』吧？看我記得多清楚！」

紫苑的笑容瞬間僵住，紅丸的額頭則滲出汗水。

「等、等等，紫苑。利姆路大人剛起床，現在腦子還不清楚！」

不顧慌亂的紅丸，我從紫苑的胸口迅速撤離。

「我懂了。紅丸大人——不，紅丸。我是利姆路大人的直屬部下，敬稱就免了。話說回來，既然你這麼想吃我煮的菜……我就讓你吃到撐！」

帶著僵硬的笑容，紫苑邁步離去。

有點——不，超可怕。

「這下怎麼辦！」

「哈哈哈，不干我的事啊。總之你好好加油，可別掛了……」

「這不好笑吧？可能是我一直試吃的關係，最近還獲得『毒抗性』……」

看她那麼有幹勁，這次可能會死——紅丸喃喃自語地看著遠方，眼神寫滿頓悟。

咦，你說你……獲得「毒抗性」……

根本暗指她的菜有毒啊！

「好吧，該怎麼說。算你咎由自取啦……」

紅丸整個人垂頭喪氣，我並沒有出言安慰他。這是因為稍有差錯就換我遭殃。

就讓紅丸當犧牲品吧。

＊

紫苑一走，其他死而復生的人好像逮到機會，都過來跟我寒暄。

感覺有點不一樣，但所學和人格都與生前如出一轍，讓我鬆了一口氣。

記憶也完好如初，靈魂完全處於安定狀態。

這是因為他們都獲得追加技「完全記憶」。我的進化沒有白費。

「這下子，不管死幾次都能復活啦！」

說著說著甚至迸出這種半開玩笑的話。

追加技「完全記憶」，好像是直接將記憶寫入靈魂的技能。

一般來說僅精神生命體有這種能耐，不知為何，他們都學會了。聽大家談起靈魂相繫的家族成員之類的，推測八成是因為我的關係才學到的。

可能是祝福的效果，所以他們才順利復活，真的是喜事一樁。

大夥兒跟我寒暄完畢，紛紛回到自己的工作崗位上。

鎮上居民好像也獲得某些祝福，但現在不是關心祝福內容的時候。

紅丸剛才第一時間提到過，講到一半打住，聽起來好像還有不少問題待辦。

好不容易跨越難關，卻碰上新的危機……

「——啊，先別管紫苑的料理，我有要事稟報。」

說完這句話，紅丸朝一旁示意。

有人順應他的暗示現身，是魔王卡利翁的部下——三獸士。

我都忘了——魔王蜜莉姆跟魔王卡利翁準備開戰。

他們在我跟前跪下，是「黃蛇角」阿爾比思等三名成員。

「這次您進化成魔王，先向您道賀！」

阿爾比思正要說些應酬話，我制止她，要她趕緊說明現況。

開口的人是紅丸，他開始講解……

據他所說，來自獸王國猶拉瑟尼亞的避難民眾不久前抵達我國。

令人吃驚的是，我睡了整整三天。

也就是說，魔王蜜莉姆和魔王卡利翁已經……

「——是。我都看到了。」

「黑豹牙」法比歐出聲應答。

他一直跟隨魔王卡利翁直到最後一刻，將兩名魔王的對戰過程從頭看到尾。而獸王國——

「卡利翁大人跟魔王蜜莉姆大打出手——魔王蜜莉姆的力量太過強大，獸王國猶拉瑟尼亞被她滅掉……」

我聽完傻眼。

紅丸之前好像也沒聽說過，整個人啞口無言。

法比歐似乎身負重傷，發動元素魔法「據點移動」，想辦法跟阿爾比思等人會合。之後，多虧有戈畢爾的回復藥才得以痊癒。

三獸士沉默不語。

「白虎爪」蘇菲亞恨恨地咬住唇瓣——

「可是——」

這時，法比歐突然想起某件事，他開口補充道。

「誇張的大爆炸結束後，卡利翁大人被魔王芙蕾暗算。兩名魔王居然聯手……真令人難以想像。畢竟魔王蜜莉姆討厭耍這種小手段，我相信她不是這種人。還有現在回想起來，有些地方挺奇怪的——」

魔王蜜莉姆跟魔王芙蕾聯手，打倒魔王卡利翁。

面對令人震驚的事實，法比歐似乎一頭霧水。

聽完這些，我也覺得事有蹊蹺。

她可是蜜莉姆，跟人單挑怎麼會耍小手段。

法比歐還說，雖然只有短短一瞬間，但他好像跟芙蕾對看了。

但芙蕾不以為意地扛著卡利翁飛走，法比歐認為是他自己多心……

「不過，魔王芙蕾的視力是所有魔王中最好的。據說那雙眼睛能從很高的地方狙擊小動物，我躲起來了，但她不可能漏看。另一件事也令人在意——」

她朝可疑的方向飛走。

跟芙蕾的領地呈反方向。那邊也不是蜜莉姆的領地。

「——往那個方向走，會碰到魔王克雷曼的領地……」

此時另外兩名三獸士開始緊張了。

「我出去一下。」

「等等，蘇菲亞！」

看蘇菲亞準備衝動行事，阿爾比思叫住她。

「要去的話，我們大家一起殺過去。」

阿爾比思沒有阻止她的意思。

獸人心性單純，多半性格衝動。連外表冷靜的阿爾比思也不例外。

「哎呀，你們別急。先收集情報再說。照法比歐的話聽來，魔王卡利翁應該還活著。還有，我不清楚魔王芙蕾的本性，但決鬥被人干擾，魔王蜜莉姆一定會發飆。也就是說，應該有什麼隱情。」

「是啊。我也這麼想。」

紅丸似乎認同我的看法。

我叮囑那些獸人，以免他們魯莽行事。

「聽好，我們會幫忙救魔王卡利翁，所以你們幾個別衝動。現在要團結合作，否則會錯失救人的良機喔！要是情況不樂觀，我們搞不好得對付三個魔王。千萬不能貿然行事喔！」

「了解。」

「知道了。」

「明白了。」

三獸士恢復冷靜，對我的提議表示首肯。

在那之後，他們決定先休息一下，緩解身上的疲勞。

超過一萬人的子民匆匆忙忙趕來，看起來相當疲憊。無論如何，想在這種狀態下進攻遠方的魔王克雷曼領地根本不可能。

總之先好好休息，再來討論之後該怎麼辦。

我們於城鎮各處設置食物供給站，整頓大會議室和旅店，準備收容這些人。

我底下有些部屬好不容易才剛醒來，大家還沒進入最佳狀態。

就這樣，那天大夥兒聚在一起，悠閒地享用餐點。

＊

我們幾個被食物供給站的飯菜香包圍，心裡好害怕，在等紫苑送上親手製作的餐點。

「這、這樣吧，紅丸。接下來的事就交給你了？」

「請等一下！我們一起品嚐紫苑的料理吧？那傢伙煮得很賣力，或許會發生奇蹟，吃起來很美味也說不定！其實我想求您，拜託別丟下我不管！」

「走開，放手！奇蹟最好會隨便發生啦！」

好不容易進化完成，第一餐居然是紫苑親手作的料理……這樣玩我是哪招。真的很想走人，但淚眼汪汪的紅丸教人於心不忍，我只好陪他吃了。

應該說，是紫苑逼我就範。

「唔呵呵呵，利姆路大人。想必您也對我的料理充滿期待吧？」

不，並沒有！我很想立刻用這句話回她，卻辦不到。啊，這下逃不掉了——一看到紫苑的眼神，我當下便心裡有數。

所以說，正當大夥兒為復活的事慶祝、養精蓄銳時，我們這邊卻開辦地獄試吃大會。

一段時間過去，料理好像弄好了。

讓人聞風喪膽，是紫苑親手作的料理（致命武器）。

紫苑臉上掛著開心的笑容，端出那些料理（？）。

下定決心的時候到了。真的來了。

我看向熱氣蒸騰的料理……

「——唔，暫停一下——！這是什麼？這是什麼東西？」

那不是料理。

這種東西絕對不是給人吃的菜。

鍋子裡塞了各式各樣的東西，感覺很像燉菜——她原本是這麼打算的嗎？

不，不對。肯定不是。

說起來，會讓人產生疑問就代表東西有問題。

「暫、暫停——！紫苑，等等。先等一下。我有事想問妳。妳知道煮菜是怎麼一回事嗎？」

「那還用說，利姆路大人。怎麼樣？看起來很好吃吧？」

「妳白痴啊，腦袋裝糨糊嗎！紅蘿蔔、馬鈴薯、青椒、番茄、洋蔥，除此之外還有一大堆——這些蔬菜怎麼都完好如初，直接浮在湯裡？一看就知道它們是什麼東西，在玩哪招？應該要剝皮、切一切，煮之前有很多程序步驟吧！」

我扯開嗓門大叫。發自內心，在那大聲嚷嚷。

視線還落到紅丸身上，開始逼問他。

「這是怎麼一回事？我不是要你栽培紫苑嗎？根本沒長進啊？」

被我這麼一問，紅丸擺出死魚眼。

「不，我拿她沒轍。我這個人不知道什麼叫挫折，卻碰壁了。碰到名為極限的壁。我從小就覺得自己無所不能，看樣子是我太狂妄了……」

面子裡子都不要了，紅丸開始爆料。

碰什麼名為極限的壁啦。少在那開玩笑。

我也要吃耶……！

目光不經意朝紫苑飄去，只見她渾身顫抖，好像快哭了。感覺自己好像幹了什麼壞事。

——沒辦法，就當我是悟道的和尚，假裝自己在修行，再來挑戰她的料理吧……

「好啦，我吃就是。可是，以後在煮的時候，起碼要把食材處理一下……？」

「呃，這個嘛，我處理食材會把建築物一起砍斷，所以……」

「啥？不是調理用的檯子，妳把建築物砍了？」

「——是。這把『剛力丸』切東西很利，就是有點長……」

紫苑邊說邊伸手，指指揹在背上的大太刀。

啊？妳想用那個做菜——不，是一直用那個？

我轉眼看向紅丸，結果他舉起雙手擺投降姿勢。

這個男人真沒用。紅丸在我心目中的評價一口氣下降。

「這個太刀呢，不是用來做菜的道具。有聽懂嗎？可以用菜刀，再不濟用小刀也好啊？」

「不，我對『剛力丸』情有獨鍾。搞外遇有點……」

「啊，是嗎？我本來想送菜刀當禮物呢，看樣子不需要了。」

「不是那樣！我誤會了。『剛力丸』說我稍微外遇一下沒問題！」

「——這樣啊。那我改天送妳菜刀，妳就用那個做菜……」

這傢伙見風轉舵啊。

算了。總比食材原封不動料理要好。

一天到晚吃這種料理——不，那不是料理——獲得「毒抗性」合情合理。

這次我也得吃，不過……

都進化成魔王了，吃個料理應該不至於死人吧？

我放棄掙扎，變化成人類模樣。

接著心一橫閉眼，將謎樣物體送入口中。

原本打算不咬直接吞，但心裡「咦？」了一聲，好像哪裡怪怪的。

這玩意兒超好吃的。

跟朱菜親手烹調的料理一模一樣……？

怎、怎麼會！味道跟外觀完全是兩回事。

我睜大眼睛，放緩速度，慎重地吃下其他食材。

好吃？

紅丸拿求神保佑的目光看我。眼神好像在問：「您還好嗎？」我則用眼神示意：「你也吃吃看？」

照這樣看來，紅丸過去試吃料理時，味道肯定不好。

紅丸似乎也豁出去了，他嗑了一口，接著驚訝地瞪大雙眼。看樣子不是我的舌頭出問題。

害我瞬間擔心了一下，以為自己進化失敗。

我朝紫苑看去，結果她擺出得意的表情，就像在說「看吧！」。

讓人有點火大。

「紫苑，這是怎麼回事？怎麼跟外表不一樣，吃起來那麼美味？」

「呵呵呵，其實——」

紫苑說著就對我講解原因——居然有這種事，她在進化過程中許願，希望自己「變成做菜高手！」。

用我的進化祝福許這種白痴願望，天底下大概只有這個笨蛋會幹那種事。

這傢伙到底在想什麼……

雖然很讓人傻眼，不過，確實像紫苑會幹的事。

「欸嘿嘿。所以說，我就得到一個技能，名叫獨有技『廚師』——！」

因為過於吃驚，我連話都說不出來。

對做菜懷抱心願，還因此獲得獨有技，妳祈禱的怨念是有多重啦……？

一問得知這技能不得了，不管她怎麼煮都會催生理想中的滋味。之所以像朱菜煮的，自然是因為紫苑以她的味道當想像範本。

紫苑的努力完全走錯方向。

——可是，這樣才像紫苑。

那天我們直接舉辦宴會，熱鬧程度就像在開慶典一樣，一直持續到深夜。

前些日子的悲壯感全沒了，大夥兒沉浸在紫苑等人復活的喜悅裡。

哥布杰也跟哥布達他們混在一起，做一些搞笑的表演。頭上好像插了一把短刀，應該是某種道具刀吧。好像出血了，是我多心嗎？不不不，他笑得很開心，應該沒問題吧？

尤姆和愛蓮等人也過來參加宴會，正在比拚酒量。

優勝者是繆蘭。尤姆跟克魯西斯喝到頭昏眼花，卡巴爾他們醉得不醒人事，繆蘭卻清醒得很。她就是所謂的千杯不醉吧。

大概被刺激到，蘇菲亞跳出來當下一名挑戰者，宴會開始進入混亂狀態。可是，幸好有宴會帶動氣氛，那些獸人心中的不安好像減低了。

就這樣，我們度過歡樂的時光。

明天開始有許多問題需要善後。

該怎麼處理獸王國的難民，還有如何搭救魔王卡利翁，這些都得列入考量。

還有西方聖教會。要跟西方諸國維持良好關係，必須審慎處理西方聖教會的事。各種問題堆積如山，不過——現在先放鬆一下應該沒關係。

嘴巴上說只有今天，但其實滿常舉辦宴會啦。

日本人愛湊熱鬧，有名目什麼都好。就好比隨便找個理由辦喝酒大會的大叔。

那是我們的生存方式，休息是為了走更長遠的路。

——題外話，這場宴會日後被取名為「坦派斯特復活祭」，每年都會舉辦。

*

深夜時分，大夥兒全醉倒了。

我正在煩惱今後該怎麼辦，此時有個陌生的傢伙靠過來。

「您順利醒來真是太好了，主上。成功進化為魔王，敝人誠心道賀。」

對方說完這句話，禮數周到地深深一鞠躬。

「你哪位？」

「——唔！您、您真愛說笑。身為惡魔的我，心核受創……」

那人因我的發言大受打擊。看起來應該是高階惡魔，但我不認識他……

才想到這兒，蘭加就從我的影子裡探臉。

「頭目。他是您拿騎士團當供品召喚的惡魔。」

哦，我想起來了。這傢伙還沒走啊。

「噢——蘭加先生！」

惡魔眼眶泛淚，像看到救世主，對蘭加報以感激的目光。

這麼說來，之前開宴會時，這傢伙好像無所事事晃過來晃過去，一副坐立難安的樣子……

「你幫了不少忙，很有貢獻。我都聽說了，你幫忙抓到倖存者對吧。多虧有你，我和蘭加才能平安回國。」

「不，您過講了。那麼——」

「占用這麼多時間不好意思啊，你可以回去了。」

「——咦？」

他想快點回去，卻得不到我的允許，才坐立難安吧——所以我才要他快點回去，但惡魔的反應很奇怪。

那張臉很漂亮——是說仔細觀察會發現他雖然是男的，卻是個大美人。他好像很困擾，都快哭出來了。

「咦？還是報酬不夠？」

出於擔憂，我接著提問，不料對方斬釘截鐵地否認。接著——

「正如我先前請求的，請讓敝人在您底下謀個小職！您覺得如何，可否納入考量？」

他還這麼說。

想當我的部下？

我想想，印象中之前召喚的高階惡魔好像這麼說過——等等？

眼前這傢伙應該是更厲害的角色吧？
我一直用很隨性的方式跟他對談，但這人怎麼看都不像高階惡魔，不是那種小角色。
「咦？蘭加，這傢伙真的是我召喚來的？」
「正是，頭目！」
嗯——果然沒錯。
「承蒙召喚主大人賞賜騎士的屍體，讓我獲得血肉之軀。所以我想回報您的大恩——」
「啊，這樣喔？原來是這樣……」
他好像很強，來當部下是很可靠的戰力。可是這樣有好有壞，哪天這傢伙失控大鬧，就連紅丸都難以制止吧。
對了，另外兩隻怎麼了？
《答。施行「返魂祕術」時，魔素量不夠。那時他們希望幫忙填補空缺，願望實現，都變成魔素耗掉了。》
——什麼？
智慧之王大人輕描淡寫，道出恐怖的真相。
比大賢者更冷血，由此可知智慧之王魔高一丈。
大顯身手助紫苑等人復活，還暗中幫忙是吧？之前一度認為你很沒用，真是抱歉。
話說回來，該怎麼辦？

這傢伙不惜交出惡魔夥伴也要助我一臂之力，不把他當一回事好像滿可憐的。

「當部下沒什麼好處可拿，你願意嗎？」

「那不重要，能服侍您就很幸福了。」

哦，既然他願意上工不領薪，我沒道理拒絕。

「好，知道了。那從今天開始，你就是我們的夥伴。」

「喔喔喔！感謝您，主上！」

「別叫我主上，聽起來好彆扭。」

「遵命。那麼，該如何稱呼？」

「叫我利姆路就好。」

「噢噢，利姆路——叫起來真動聽。那麼，今後將隨利姆路大人——」

這傢伙好誇張。不知道他看中我哪一點，可是，能侍奉我似乎很開心。

「好啦，別說了，到這就好。對了，你叫什麼名字？」

「您就當我是一個無名的惡魔吧，這樣就夠了。」

嗯？他看起來好像位階不低，居然沒有名字。

但這樣不方便，還是按照慣例取名吧。

「好。就當是報酬，我替你命名吧。可以嗎？」

「什麼！當然沒問題。這是至高無上的獎勵！」

惡魔扯動俊美的臉龐，開心地笑了。

果然沒錯，應該是體質在作祟吧，魔物很容易對我抱持好感。

我已經看開了。
來想名字吧，用超跑系列好了。
印象中好像有類似惡魔的名字——不，那個就是惡魔的別稱吧？
「你的名字就叫『迪亞布羅（Diablo）』。別愧對這個名字，替我貢獻心力！」
一取完名，魔素就在同一時間大量流失。
是說我已經習慣了。不過，這次只有流失一半左右。
他好像是位階很高的惡魔，我原本還擔心魔素會少更多呢……
印象中，之前替高階惡魔貝瑞塔命名時，流失的魔素超過三成，所以他應該比高階惡魔更強吧。

《答。個體名「迪亞布羅」「原本」是高階魔將。主人進化了，魔素量大幅增加。因此，光靠魔素消費比例判斷並不準確。》

了、了解。
果然沒錯，智慧之王的話真的變多了——

《不。你多心了。》

啊，是嗎？可是，它現在好像會看心情建議。
那點小事先擺一邊，剛才的話可不能聽聽就算了。我的魔素量大幅增加，他還吃掉一半是吧。

順便問一下，大幅增加是大到什麼程度？

《答。僅供參考，是以前的十倍以上。》

太強大了。

真的很超過。

我進化成不得了的怪物。

眼前的惡魔——迪亞布羅維持跪地姿勢，一動也不動。

不知道什麼時候冒出來的，有個黑色的繭包住他，看樣子已經準備妥當，即將展開進化。

我這人實在少根筋。正所謂笨蛋到死還是笨蛋，就放棄掙扎吧。

今後替人取名要更加小心！

我在心裡發誓，卻有種預感，覺得自己八成會毀約。

在我胡思亂想時，進化過程迅速結束。

一片漆黑之中，紅與金的挑染混在黑髮裡現身。

還有那對眼睛。顏色與進化前相同，金眸紅瞳正閃著妖異的光芒。相當於正常人眼白的部分變成黑色，襯得妖瞳更加醒目。

他優雅地起身，穿著最頂級的紳士西服，一身管家打扮。

褪去先前穿的優質貴族服飾，模樣煥然一新。

從支配者降級至受僱人。然而那身桀敖不馴的霸氣不減反增。

「迪亞布羅，我有名字了。感激不盡，利姆路大人。從今天開始，我將為您鞠躬盡瘁。」

說完，迪亞布羅向我畢恭畢敬地行禮。

會變成管家，似乎是一心追隨我的體現。

惡魔能用固有能力「物質創造」隨心所欲變換衣服，不需要幫他準備替換用的衣物。感覺好方便，真令人羨慕。

接著迪亞布羅迫不及待地問我。

「對了，利姆路大人，您好像很煩惱，在煩惱什麼？」

他好像發現我暗自為某些事煩心。還熱心提議「請務必跟我談談——」，另一方面我也想理出頭緒，決定向他說明現況。

雖然這麼做不見得會有答案，但我可以藉此沉澱心靈。

「沒什麼大不了的——這麼說好像不對，是關於今後的打算。」

「言下之意是？」

「這個嘛。現在同時面臨太多問題。沒辦法一次對付那麼多敵人。」

「哦……」

我將事情的來龍去脈全說給迪亞布羅聽。

最讓人擔心的莫過於蜜莉姆找魔王卡利翁麻煩。不過，首要之務就是如何處置法爾姆斯王國，牽制西方聖教會，那些事將決定我國今後與人類會形成什麼樣的關係。

特別是西方聖教會。應對上稍有閃失，我們就會變成人類的敵人。無論如何都要避免這種事情發生。

話雖如此，同時處理這些事是愚蠢至極的選擇。

敵人——必須一次處理一個問題，確保勝算。

「原來如此，我明白了。既然這樣，就讓我包辦吧！我會安排事情變動的時機，做些調整，避免讓問題同時發生。請您下令吧！」

噢噢，不愧是狡猾的惡魔。一眼看穿我的擔憂，適時提供協助。

只不過，最好跟大家討論再做決定。

「等等，你別急。明天要開會擬定方針，你一起參加吧。」

這麼積極，讓他參加會議好了。迪亞布羅好像很聰明，有這等實力放在一旁納涼太浪費。

《宣告。或許不需要操心西方聖教會的事。封印個體名維爾德拉的「無限牢獄」即將「解析鑑定」完成。只要把他放出來，應該能有效牽制西方諸國。》

哦哦，原來如此。

的確，把維爾德拉放出來，西方聖教會就不敢輕舉妄動吧。

……咦，你說什麼——！果然話很多啊！

《不。你多心了。》

我不管了。就當是自己多心吧。

現在的重點要擺在維爾德拉身上。

真的能放出來？

《答。預計明天中午解析完畢。》

好強喔，智慧之王大人。它的性能增長幅度可能比想像中更多。

這樣一來，馬上就能解決問題。

只要想辦法牽制西方聖教會就好，西方諸國等事成再來慢慢交涉。煽動人群、讓人們以為我們是邪惡生物才可怕，少了這些假象，事實證明有國家願意接受我們。

法爾姆斯王國已經不值得戒備了。我將軍隊主幹整個瓦解掉，還抓國王當人質。

之後要幫助尤姆建立新的國家，他們注意力只會放在那上面，不會有餘力找我們的麻煩。

也就是說，問題只剩……

「好！這下可以對付他了！」

我要專心對付魔王克雷曼。反正蜜莉姆透露自稱魔王會遭其他魔王制裁，乾脆就搞大排場，大刺刺報上名號，來個華麗的魔王出道好了。

「噢噢，您想到好點子了嗎？」

「沒錯。我決定當名符其實的魔王。」

「咯呵呵呵呵。利姆路大人果然厲害。敝人迪亞布羅定會永遠當您忠誠的——」

「哼！論忠誠，蘭加我也是頭目忠實的僕人！」

大概在跟迪亞布羅一較長短，蘭加跟著放話。

看得我不禁莞爾，伸手摸摸蘭加。

好了，這樣一來今後的方針似乎也有眉目。

在滿天星斗下，蘭加舒服地瞇起眼睛，我靠著他，心情豁然開朗、充滿朝氣。

＊

隔天，我向大家講述今後該朝哪些方向努力。

集結的幹部如下。

我的臨時祕書朱菜、正式祕書紫苑。臨時祕書比正式的優秀多了，但這件事姑且不談。

政治部門的利格魯德，以及其他滾刀哥布林的長老。

警備部門的利格魯，還有哥布達。

軍事部門的紅丸和白老。

生產部門的凱金和黑兵衛，還有葛洛姆、多爾德。

建設部門的蓋德和米魯得。

管理部門的莉莉娜。

諜報部門的蒼影、蒼華等五名成員。

蘭加以寵物身分待在我的影子裡。

除了上述幹部，這次還把戈畢爾叫來。另有新進成員，第二祕書迪亞布羅也參與會議。這是個好機會，可以向大家介紹一下。

除了本國人還有其他與會者，有尤姆、副手卡基爾、軍師隆麥爾。當然，繆蘭跟克魯西斯也在。

還有來自獸王國猶拉瑟尼亞的三獸士。

聚在會議室的人超過三十名。

接下來，會議開始。

「各位，你們來得好！」

「怎麼突然找大家開會，利姆路大人？」

我本來想要帥，向天下人昭告當魔王的事，卻被紅丸草草帶過。

還是照平常的步調好了，正常一點。

先來介紹一下。

「先跟各位介紹一下。他是這次助我化解危機的迪亞布羅。是很厲害、很可靠的夥伴，大家要好好跟他相處！」

「——哦？沒有破綻呢……正如利姆路大人所說，是實力堅強的高手。」

待我介紹完，白老立刻替他背書，大家才知道迪亞布羅不簡單，真的很厲害。沒有半句牢騷，一下子就認可他當夥伴。

再來是另一件事。

「還有你，戈畢爾！」

「我、我在？」

來到幹部聚集的場所，戈畢爾坐立難安。一被我點名就神情緊張地起身。

「從今天開始，我把開發部門交給你。職稱暫定是這個，從今往後你也是幹部了。請多指教嘍！」

「遵、遵命——！本人戈畢爾定會好好努力，粉身碎骨在所不惜！」

他感激涕零地接受。讓人意外的是，戈畢爾似乎很適合做研究開發工作，應該會善盡職守。

這下戈畢爾終於加入幹部的行列。

好了，來討論正事。

「今後的大方向已定，接下來，我想針對某事發表宣言。跟尤姆和三獸士有關，希望你們也在場聆聽。」

「您說什麼我都聽，少爺。」

「您說宣言，應該跟卡利翁大人的救助行動有關吧？」

大夥兒紛紛朝我張望。

我立刻人化站起，當著大家的面做出宣言。

「我決定當魔王。」

「是。」

咦，反應好平淡。

「我是說，本人要當魔王喔……」

「是。您已經當啦？」

紫苑不解地歪頭回問。還跟我說：「我能夠復活都跟那件事有關啊？」

是沒錯啦，名義上，我的稱號是「真魔王」……

「不是那個意思，我想昭告天下，說我也是魔王！」

「哦？換句話說，利姆路大人打算跟其他魔王為敵？」

白老替我道出心聲。

「沒錯，就是那樣！應該這麼說，我不是要跟所有魔王為敵，只想對付魔王克雷曼。」

聽到這句話，先是尤姆、繆蘭、克魯西斯——

再來是三獸士，他們不約而同頷首。

大力點頭表示支持。

「原來如此。主動爭取魔王席次是吧。有趣。」

紅丸認同我的做法，臉上浮現不羈的笑容。其他人似乎也跟我站在同一邊，無人出聲反駁。

「對了。這次法爾姆斯王國攻擊紫苑他們，背後還有魔王克雷曼在操縱繆蘭等人。我無法原諒這傢伙。此外，有人唆使魔王蜜莉姆和魔王芙蕾攻擊獸王國猶拉瑟尼亞，可能是這個叫克雷曼的傢伙暗地裡搞鬼。這些理由夠我出手修理他吧？」

大夥兒都同意我的說法。

接著，我開始陳述自己的看法。

事關今後跟西方諸國之間的邦交政策。

跟法爾姆斯王國打了一仗，該如何善後。

還有，我們要想辦法牽制西方聖教會。

以及跟獸王國成員約好出兵拯救魔王卡利翁，要用什麼方法救出。

順便向他們分派工作。

「利格魯德！你負責跟西方諸國交涉。我們曾經助商人回布爾蒙王國避難，應該能朝有利於我方的方向談判。別破壞兩國的信賴關係，要慎重行事！」

「遵命！我會好好處理，利姆路大人。」

利格魯德幹勁十足。長老們也一臉蓄勢待發，感覺很有自信。看來跟那些商人關係良好。

「紅丸！你負責統計大家的進化結果。我們要傾盡全力打倒克雷曼。相對的，必須掌握我方的確切兵力。」

「我知道了。利姆路大人。」

那張臉寫滿自信。是為人將領該有的表情，掌管軍事部門當之無愧。

栽培紫苑就不行了，但這個男人在領兵方面卻很可靠。

「紫苑！妳負責審問俘虜。尤姆、繆蘭，你們去幫紫苑。逼他們吐法爾姆斯王國的內情，有多少吐多少，再把他們的國家奪走。在那之前必須針對戰爭做善後工作。要擁護尤姆當新王，建立新的國家。所以那些傢伙必須提供情報。絕對不可以痛下殺手喔！以後搞不好會多出其他利用價值也說不定。」

「交給我處理吧。利姆路大人！」

「包在我身上，少爺。」

「希望能藉此回報您的恩情，我會盡力而為。」

紫苑巴不得快點審問他們。我擔心她出手殺人，就先警告一下，要她放對方一馬。應該沒問題吧。

但某件事令我有點在意。紫苑眼底好像有危險的光芒。

希望是我多心……

紫苑平常就暴躁易怒，我認為她會利用這個機會報仇，或許是我想太多。

沒關係，除了她還有別人負責辦這件事，應該還好。

未來某些事與尤姆、繆蘭息息相關，讓他們一同參與審問行動會妥當些。我不忘拜託他們兩個，要是紫苑有失控跡象，立刻聯繫我。這樣應該就萬無一失了。

「蒼影！」

「我們立刻出發，去收集跟克雷曼有關的情報。」

好、好喔。蒼影，工作能力超強的男人。用不著下令，提前看出我的意圖。

還有，他已經把克雷曼當獵物看了。蒼影這個人，可怕喔。

但他辦事我放心。

當我偷誇蒼影的時候，蒼影率領的諜報人員盡數消失。看來已經去執行任務了。

先等蒼影回來，到時再開真正的作戰會議。

接下來——

「三獸士們。我會打倒克雷曼，兌現剛才的承諾。為了打倒他，可否請獸人幫忙？」

「求之不得，朱拉森林的盟主大人。」

「要辦什麼事儘管說。我們會暫時聽您的命令行事！」

「我們上下一條心。獸人會用信賴回報對方的信賴，以命報恩。我們相信您，您給的恩惠一輩子都還不完。這次換我們賭上性命回報您！」

「好。那我就下令了。你們要養精蓄銳，準備應付即將到來的決戰！」

「「「是————！」」」

三獸士紛紛下跪，表示他們願意聽我號令。

這樣一來戰鬥力也會大幅增加，成為對付克雷曼的籌碼。

暫時消除一些疑慮。

「接下來。其他人去調查城鎮毀損情況，進行修補工作。還要替獸人整頓住處，對他們伸出援手，讓他們可以過一段舒適的生活。還要加強警備，避免鎮上發生衝突或糾紛！」

大夥兒領首領命。

到這兒，該下的命令大致都下了。

「好。再來就等蒼影回傳調查報告，開會討論。在那之前，大家要針對指派的工作統籌問題點，或者釐清其他事項，擬定可行的計畫！」

「「「遵命！」」」

我的部下整齊劃一地起身，朝我一鞠躬。

我點頭回應，朝大夥兒微微一笑。

接著拿起面具戴上，重新入座。

「去吧！」

一聲令下，他們集體出動——

＊

整個房間只剩我、迪亞布羅和朱菜三人。

紫苑原本還說「我是祕書——」，在那舉棋不定，最後決定優先處理被我當面交辦的任務。又對迪亞布羅大談當祕書的心得云云，依我看，那些東西聽聽就算了。

而迪亞布羅開心點頭不說，甚至大感佩服，助長紫苑的氣燄……如果朱菜沒有出面制止，搞不好現在還滔滔不絕。

再說我都特地把三名俘虜的審問工作派給她了，不好好努力怎麼行。畢竟審問空有名義，其實是想讓紫苑拷問他們。加諸皮肉痛就免了，我准她對戰俘做各種精神上的折磨。這場戰爭的被害人要參加也行，大家肯定會卯起來逼俘虜吐實。

我心中的憤怒因紫苑等人復活隨之消弭。

怒火沒了，我也失去殺沒種國王和西方聖教會大主教的興致。

至於那個肇事的青年，迪亞布羅已經摧毀他的心智了……

我無法原諒這個小屁孩，卻沒有出手的意思。

照今後的方針看來，暫時不殺法爾姆斯國王和大主教，拿來利用或許好處更多。所以說，只要不殺他們，我打算默許紫苑的一切行為。

以其人之道還治其人之身。

還要在他們心中根植恐懼，讓他們不再重蹈覆轍。

紫苑負責教育他們。

挖出情報之後，肯定會好好料理一番。

——用這次獲得的獨有技「廚師」。

差不多這樣，在紫苑努力收集情報時，我還有其他工作要做。

首先是學習這個世界的戰後處理手法。

像是戰後的俘虜如何處置，其他與戰爭有關的異世界常識，都是我的學習目標。

要是人類只把我們當魔物看待，我們大可照自己的步調行動。可是，如今有機會跟人類攜手合作，我們應該對此保持堅定的信心，以合作為前提展開行動。

所以說，我就去調查一下，看這種時候國與國之間都如何應對。

問尤姆跟愛蓮等人也沒用。他們對國家的運作方式一無所知。

這時我想到培斯塔。

叩叩幾聲，敲門聲響起，迪亞布羅隨之開啟門扉。

只見培斯塔進到房間裡。

「聽說您找我有事，我便前來覲見。這次真是飛來橫禍。但利姆路大人您沒事真是太好了。」

一看到我，培斯塔就開口寒暄。

真的很衰。話說麻煩事還沒完呢。

「的確是飛來橫禍。對了，有件事想請教一下，人類國家的戰爭情況大概是怎樣？」

我單刀直入地問了。

拐彎抹角不是我擅長的，也沒那個必要吧。

「──跟法爾姆斯王國的事有關吧。的確，這是很艱澀的問題。」

回完這句話，培斯塔開始談論戰爭。

首先，聽說目前的現狀是這樣，有加入評議會的西方諸國──加入西方諸國評議會的國家，彼此很少發生戰爭。

假如有那麼一天，必須先跟對方宣戰，再照嚴謹的規則行事。不守規矩將得罪評議會——換句話說，會與西方諸國為敵。

那麼，沒參加評議會的國家，戰爭狀況如何？

情況五花八門，基本上贏或輸都與評議會無關。只不過，做得太過火，在評議會的信用評等會一落千丈。

雖然對手不受規制保護，但我方並非想把他們怎樣就能怎樣。感覺很棘手。

不過，對方主動進攻就另當別論，這種時候似乎可以向評議會求助。因為有這樣的好處，大部分的小國都會加入評議會。

武裝大國德瓦崗、東方帝國——納斯卡．納姆利烏姆．烏爾梅利亞東方聯合統一帝國，他們自然沒有加入評議會。

因此，要是不小心跟這些國家產生糾紛，評議會將能集結眾會員國的力量對抗。

但主動進攻的情況就不一樣了，這時評議會不會插手。還會怕得罪大國，將主動進攻的國家逐出評議會。

照培斯塔的話聽來，評議會很像前世的聯合國組織，正如弱者組成的互助會。魔物的威脅當前，他們很聰明，知道人類不該自家人起內鬨。

聽完這些，我已經有某種程度的理解。

這次法爾姆斯王國擅自對我們發兵。

至於這場戰爭是否為西方聖教會參戰的聖戰，這方面就有待商榷。

「是啊。要是他們贏了，或者雙方旗鼓相當，西方諸國或許會因西方聖教會的號召出兵。不過……」

對，沒錯。

我單槍匹馬消滅法爾姆斯軍。正如字面所述，倖存者只剩三人，他們吃了史無前例的敗仗。

他們進攻的國家還跟布爾蒙王國有交情。

有人會特地找這種國家麻煩？

贏了什麼好處都沒有，人類才不會出兵。再說還是很難打贏的對手……

「要是西方聖教會對法爾姆斯王國見死不救，其他國家是不是就不敢出兵攻打我們？」

「矮人王國沒有加入評議會，但我們知曉評議會的內情。依我個人的淺見，他們肯定不會出兵。」

聽起來，情況對我們來說意外地有利。

「咯呵呵呵，原來如此。那麼，只要向西方諸國展現我國的實力——」

「先等一下，迪亞布羅。關於這點，我另有打算。」

「敝人失言。」

「不，沒關係。我打算派一個任務給你，去把法爾姆斯王國搞垮。」

「噢噢！請您務必將任務派給我。」

我邊點頭邊思考。

西方諸國也好，西方聖教會也罷，維爾德拉一旦復活，他們就不敢輕舉妄動。可以利用這段時間證明我們不是人類大敵。

評議會八成會跟法爾姆斯王國做切割。

《答。事情應該會朝這個方向發展。》

嗯。

智慧之王都這麼說了，肯定沒錯。

接下來是俘虜的安排。

培斯塔也對此進行說明。

各國之間少有戰爭發生，所以基本上，俘虜可以用來交換其他俘虜，或者換成金錢、權利等等。

還有……抓國家最高指導人當俘虜，這種事似乎前所未聞。

王這麼無能，國民對他喪失信心是遲早的事，不值得為他背負弒君者的臭名。

既然這樣，其實可以在戰爭中殺掉他，但留活口飭回好像比較妥當。

「這些話對我很有幫助，謝謝。幸好有培斯塔在。」

我開口慰勞培斯塔。

此話一出，培斯塔就說「沒有啦，您過獎了！」，臉跟著漲紅，似乎很難為情。

雖說這名酷酷的中年大叔個性上變得比較圓滑了，擺那種表情還是很不搭軋。

中年大叔害羞一點也不可愛。

「啊，我都忘了。可否向蓋札王報告這次事件的來龍去脈？」

「好啊，沒問題。順便替我傳話，要是蓋札王有什麼意見麻煩提供一下。」

我准許培斯塔向蓋札王報備。

反正紙包不住火，先如實知會實情是更好的選擇。

「好的。那我先失陪了——」

培斯塔的害羞表現沒有消退跡象，答應我會幫忙傳話給蓋札王，接著就從這兒離開。

這時我突然驚覺。

難道說，那個大叔不是在害羞，而是被我迷住了……

我現在沒戴面具，該不會……

心中浮現令人發毛的疑惑，我拚命祈禱，希望這不是真的。

＊

就這樣，培斯塔前腳剛走——

《宣告。「無限牢獄」已「解析鑑定」完成。》

智慧之王出聲提醒。

好，換個地方放維爾德拉出來吧。

「我要去辦些事情，先走了，別跟來。朱菜，你帶迪亞布羅參觀城鎮。」

「遵命。請您多保重。」

「多謝關照，利姆路大人。」

「那我走了。」

留下這句話，我開始朝封印洞窟的深處去。那裡曾經是維爾德拉的封印地，我要戈畢爾等人遠離該處。

在鎮上放維爾德拉出來可能會引發非常混亂的局面，所以我另做打算。是說在封印狀態下，他的魔素濃度也高到旁人難以靠近就是了……

換地方很簡單。以前開「空間移動」指定位置座標要花幾分鐘，現在只要想一下就標完了。空間眨眼間接通，一個洞出現在眼前。穿過這個洞就能抵達目的地。

好了，來回顧一下。

進化成魔王，我的技能大幅變動。

剛才的「空間移動」也一樣，全被究極技能「智慧之王拉斐爾」統籌，變得更好用了。究極技能「智慧之王拉斐爾」的能力如下——「思考加速」、「解析鑑定」、「並列演算」、「詠唱排除」、「森羅萬象」、「整合分離」、「能力改變」。

靜小姐的遺物——獨有技「異變者」也消失了，好像被智慧之王吸收。所以它的話才變多嗎？

《不。跟這件事無關。》

這次沒說我多心，改說無關。也就是說……不，還是別深入探究好了。

順便補充一下，現在「思考加速」能讓知覺速度提昇百萬倍。光用講的很難體會，實際使用才發現時間彷彿靜止。

拜這些技能所賜，可以同時發動魔法，誤差值在小數點以下。獨有技「大賢者」的性能相形之下落後許多。

再來看究極技能「暴食之王別西卜」——「捕食」、「胃袋」、「擬態」、「隔離」、「腐蝕」、「魂噬」、「食物鏈」——以上是其能力。

多了新能力「魂噬」。

感覺很好用的獨有技「無心者」也被整合，消失得無影無蹤。原本還為此感到可惜，沒想到它以「魂噬」的形態存續。這能力會吃掉對手的魂魄，隨時可以殺掉對方。為了吞噬魂魄，必須癱瘓對手的心，但這個技能真的很好用。

值得注意的是，「吸收」與「供給」整合成「食物鏈」。構築的技能體系完全以我為頂點。低階魔物的力量聚集到我身上，我的部分能力則分給部下。技能效果超強的。

目前底下的魔物因進化獲得某些技能，正逐漸回饋到我身上。這方面的事也交給智慧之王處置。

差不多這樣，以上是我的技能。

性能超高，高到我這個當事人嚇到，但我肯定沒辦法徹底發揮它們的性能。再說智慧之王正用「食物鏈」做「能力改變」，現在認真學也是白搭。

如此這般，我的事先擱著，來解放維爾德拉吧。

話說回來，總算等到這一天。

花了將近兩年的時間，總算能實現諾言。

還要準備容器，剛才列出的技能應該能解決這個問題。

我現在就把你放出來——維爾德拉！

打定主意後，我對「智慧之王拉斐爾」下令——

命令一出，我的「胃袋」就颳起魔素風暴。要是沒進化成「暴食之王別西卜」，「胃袋」肯定會炸開，無法招架。

一陣威力猛烈的暴風從中釋出。

『本大爺復活啦！』

還本大爺咧。

連說話語氣都變了？我暗自吐嘈，順便——

『唷，好久不見！過得好嗎？』

我輕鬆地打聲招呼。

『……我好不容易復活，這樣對我未免太隨便了吧？話說回來，比預料中還早呢。我以為要花更多時間。』

『對吧？「無限牢獄」的「解析鑑定」確實耗了不少時間。原本看來，可能還要花一百年。不過運氣很好，我的「大賢者」剛好進化了。』

『進化？怪不得。經我的獨有技「探究者」計算，結果一樣，也要花一百年。我只能從內部傳分析結果給你的「大賢者」，沒想到流量一口氣暴增，害我很納悶。話說技能居然進化了……到底發生什麼事？』

我開始進行說明，替維爾德拉解惑。

說我進化成魔王，獨有技進化成究極技能。「大賢者」變成「智慧之王拉斐爾」，解析能力大幅強化。

『哦，原來是這樣。是說你不到兩年就當上魔王了？自行覺醒的魔王跟那些冒牌貨不一樣，連我都難以應付啊！』

所謂的覺醒魔王就是「真魔王」。「魔王種」收割大量資源，才會覺醒成「真魔王」。隨便啦，那不重要。

『都好啦。該怎麼說呢？對了，我是不是天才啊？一轉生就變史萊姆，注定不平凡。幫同伴命名，他們就一口氣進化。所以當魔王這點小事，對我來說滿容易的吧？』

『……蠢驢，你太亂來了。難怪我的魔素有時會少一大半。你到處命名還能安然無恙，那是因為不足的部分會從我這吸取。你這傢伙，真夠亂來的。解析效率因此一落千丈，害我以為要花更多時間才能出去，沒想到你進化了，時間跟著縮短。真是萬萬沒想到！』

咦？這麼說來……我「命名」卻沒事都是因為維爾德拉的關係？

我以前一直很納悶，不需要付出任何代價就能順利進化，感覺滿奇怪的？

我看今後最好不要隨便替人「取名」。

這下謎底終於解開了，魔王們不敢隨意增加部屬的理由就出在這裡。

算了，現在談這些為時以晚。

就假裝一切都按計畫進行吧。

『看吧？一切都按計畫進行。對了，你沒獲得祝福嗎？進化成魔王的時候，「世界之聲」說靈魂相繫的家族成員都會受到祝福耶……？』

對象是靈魂相繫的家族成員，我跟維爾德拉應該也算。
此時維爾德拉「嗯？」的一聲，用心電感應這麼回我。
接著他閉口不語，沉默了一會兒……
『噢、噢噢噢！這就是技能進化嗎？我的獨有技「探究者」變成究極技能「探究之王浮士德」！我的好奇心永無止境，催生探索究極真理的力量！』
維爾德拉雀躍不已。
是那個吧。跟大象一樣鈍，無法在第一時間察覺變化的類型。會被人在聯絡簿上標註「注意力不集中」字樣。
算了，沒差。
『嗯，太好了。進化過程意外簡單吧？』
我朝歡天喜地的維爾德拉發話，結果他回傳既傻眼又無奈的心電感應給我。
『蠢材！連我都沒見過這種事。要引發沒那麼簡單！』
他這麼說。
對啦，確實。「真魔王」好像很少出現，肯定很稀有。
接下來有段時間，我們兩個互相分享知識，享受睽違許久的對談。
我很想跟他一直聊下去，但差不多該把維爾德拉放出來了。
在那之前——
『對了，你已經解除封印復活，也該出去了吧？』

『噢噢，也對。可是，要找什麼容器當我的肉體……』
『我會想辦法，希望你先答應我一件事──』
『哦，什麼事？』
『拜託你壓抑過強的妖氣。鎮上有人類出沒，弱小的魔物也會過來這邊。重生的你一旦出現在那裡，肯定會把現場搞得一團亂吧？』
『──原來如此。你已經是名符其實的王了。好，我答應你！』
我們約法三章。
特地來到人煙罕至的洞窟深處就是為了這個，藉此機會，一定要請他壓抑妖氣，防止魔素外漏。
跟維爾德拉約法三章後，我試著發動煥然一新的技能「強化分身」。想拿這個當維爾德拉的肉體。
面容跟我一樣美麗的分身出現。
……我懂了，怪不得培斯塔看到入迷。分身長大了，身高也變高了。大概是魔王化使然，看起來更成熟，增添些許妖豔氛圍。
『哦，這個該不會是……？』
『對。給你當肉體。』
『嘎哈哈哈！原來如此，了解！』
維爾德拉願意用這個當身體，所以我從「胃袋」取出他的思念體──心核，朝「強化分身」灌注。
連星幽體都沒有，狀態極不安定。維爾德拉是精神生命體，會隨時間恢復吧。總之，目前我的「強化分身」是最後一道防線……照理說應該是這樣。

《宣告。有重要事項報備。》

智慧之王出聲提醒。

八成跟維爾德拉有關。

《宣告。確認完畢，主人與個體名「維爾德拉」建立「靈魂迴廊」。「捕食」個體名「維爾德拉」的殘渣「解析鑑定」，獲得究極技能「暴風之王維爾德拉」。》

智慧之王用雲淡風輕的態度告知重大消息。

內容令人震驚，讓我驚訝到說不出話來。

看樣子，「暴食之王別西卜」吃掉維爾德拉留在「胃袋」的殘渣，我因此沾光獲得部分能力。那些殘渣讓我們的靈魂更加緊密相連，演變成這股力量。

究極技能「暴風之王維爾德拉」的能力——有「暴風龍召喚」、「暴風龍復原」、「暴風系魔法」等權限。

暴風龍召喚可以召喚我看過的維爾德拉。目前還是思念體，等他徹底恢復，似乎能召喚印象中曾經看過的維爾德拉。一次只能召喚一隻。重複召喚的話，之前那隻會消滅。搞不好能騎龍移動。

暴風龍復原，會將維爾德拉的記憶複製到我這邊。換句話說，維爾德拉因故死亡，我能讓他重生。應該這麼說——維爾德拉本體在我的靈魂裡，朝這個方向解釋更好懂。有這層機制在，我就能重複召喚他。

再來看暴風系魔法，它讓我可以發動魔法「死亡風刃」、「黑色閃電」、「破滅風暴」。是魔法書沒有記載的超強魔法，感覺很划算。

整理起來大致如上，總覺得變得像是維爾德拉利用我來備份了。不過我也變得能借用他的權限，所以優點比較多啦。

「『靈魂迴廊』嗎？我的記憶和經驗都會存在你那邊，跨越時間及空間的限制。也就是說，只要你沒死，我將永遠存續。就算被『無限牢獄』封印，也能透過你的再召喚解決。我不僅逼近無敵狀態，還獲得真正的不死之身。」

真的假的。說老實話，這種力量超卑鄙啊。

也罷，前提是我沒死啦……

真是的，講起來好嚇人。

以後有人跟我對打，他可能會不經意跑出來，變成「維爾德拉也參戰啦！」。

咯咯咯。光想就覺得對手很可憐。

這下我弄到超強王牌。

此外，由於我跟維爾德拉透過「靈魂迴廊」相繫的關係，讓他產生改變。

那顆心核跟我的靈魂相連，變得更堅固。轉眼間修復星幽體，甚至再造精神體，以完整的姿態復活。

接著——

「唔！」

維爾德拉發出一聲低吟後，「強化分身」的外觀開始變化。

身高逐漸抽長，變成將近兩公尺的昂然之軀。體格健碩，配備精實的肌肉。生著褐色肌膚、金色頭髮。

變成美男子，精悍的面容很有男人味——跟我本人有點像。

要是我的人類外貌走男兒身路線，感覺就像這樣。

我再怎麼人化都沒辦法散發這麼多男人味，維爾德拉本身的意志影響頗大。很有戰鬥狂樣，樣貌變得剛強許多，看起來相當適合作戰。

幸好他的身體沒大到跟龍一樣。

順利復活似乎讓他開心不已，導致維爾德拉開始說些蠢話。

「嘎哈哈哈哈！我徹底重生啦！還獲得無人能敵的力量！誰敢忤逆我就殺了他！」

諸如此類，說些反派愛講台詞。

嗯，等等？

這句話好像在哪聽過？

——來自我愛看的漫畫，是裡面的反派首領說的……

「喂。欸，大叔。你怎麼知道那句話？」

「嘎哈哈哈！老實跟你說，因為我閒得發慌，就解析你的記憶讀取。」

「喂，都怪你幹些無聊事，封印的解析才延宕吧？」

「咦？」

「——咦？」

我們面面相覷。

很遺憾，不是你儂我儂的對看。

維爾德拉的目光開始游移。

「別管那個了，我總算出來啦！謝謝你，利姆路！」

他不敢看我，硬要改變話題。

關於這件事，一定要追究到底。

我在心裡暗自發誓。

＊

維爾德拉按我的要求壓抑妖氣。不過，他的力量過於強大，也許是那股力量重新回歸的關係，妖氣還是持續外漏。

有鑑於此，我陪他練習妖氣的控制手法。要是情況沒有好轉，便無法向大家引介維爾德拉。

「不是這樣，要聚在身體裡！」

「唔——？對了，這麼說來……」

似乎想到什麼，他開始進入冥想狀態。下一刻，外漏的妖氣大幅縮減。

「如何？」

「哦，感覺不錯嘛？」

「嘎————哈哈哈！聖典（漫畫）記載的知識果然厲害！集全世界的智慧於一身啊。」

——最好是啦，笨蛋。

HAHAHAHA

看來他實際操演從漫畫學到的東西。
這傢伙有夠亂來的。
不過，再練習一下應該就能達到標準。
這念頭剛閃過——
《宣告。由家族魔物構築的「食物鏈」已完成。主人在金字塔頂端，有大量技能朝貢。要進行篩選，發動「能力改變」嗎？　YES／NO》
部下們因魔王進化產生的連鎖進化反應宣告結束，「食物鏈」也完成了。
發現「食物鏈」完成，智慧之王問我要不要做「能力改變」。
反正那麼多技能又用不完。把它們統整成好用簡潔的技能更方便吧。
基本上，費時多年鑽研自身才能，這麼做不保證能獲得技能。突然學會一堆技能，當然用不完。
反正放在我身上不用很浪費，拿去整合也好。
我做出決定，選了ＹＥＳ。
技能的整合、廢除瞬間完工。
《宣告。以獨有技「無限牢獄」為基礎，技能整合完畢。獨有技「無限牢獄」進化成究極技能「誓約之王烏列爾」。》

等等。暫停——

我什麼時候獲得獨有技「無限牢獄」的？

這是非常重要的資訊，對智慧之王來說卻是輕輕帶過的等級嗎……

看來不管問題多難，智慧之王一解開就沒興趣了。

誓約，也可以解釋成忠誠。

對我宣誓效忠，這些人的心願化成結晶。

經過整合就變成究極技能「誓約之王烏列爾」。

獲得技能的同時，好像有股強大的力量來襲。讓人感到非常放心。

這是當然的。畢竟那股力量就是我跟夥伴的情感證明。

嗯，等等？

這麼說來……我總共獲得四個究極技能。

有那麼多究極技能，稍微跩一點應該沒關係吧？

——不，不能掉以輕心。

掉以輕心的壞蛋通常下場悲慘。

我都自稱魔王了，絕對不能大意。

大頭症老是扯我後腿，今後必須慎重行事。

總之，先來確認能力。

《答。究極技能「誓約之王烏列爾」的能力為——》

就跟平常一樣，由智慧之王出面解說。

我的追加技也不例外，都跟「誓約之王烏列爾」汰換整合了。只剩固有技「無限再生」、「萬能感知」、「萬能變化」、「魔王霸氣」、「強化分身」、「萬能絲」。

而「誓約之王烏列爾」的能力有——「無限牢獄」、「法則操作」、「萬能結界」、「空間支配」，主要分成以上四大類。

無限牢獄：將標的物封入虛數空間。

萬能結界：多層次複合結界，具空間阻隔效果，形成堅不可摧的防禦網。

法則操作：包含黑焰雷、魔力操作、熱量操作及慣性操作。可以用「胃袋」自由收放熱能。

空間支配：移動能力。能隨心所欲進入已定位的空間。

就是這樣，之前獲得一些技能，這是它們的集大成版本。

我可以隨意發動「無限牢獄」。強度相當於封印維爾德拉的結界。簡單講，關進去就別想逃。

「萬能結界」會自動保護我的身體。不需要刻意發動，由智慧之王全權監控。

「法則操作」則能操控魔素這種物質，變幻各種現象。但我搞不懂它，只知道有那個需求，智慧之王會幫我想辦法。

「空間支配」類似瞬間移動。只要在「萬能感知」的辨認範圍內，我就能瞬間傳送過去，不需要在空間上開洞。過程要花一點時間，也可以針對曾經去過的場所發動。

說真的，「誓約之王烏列爾」的能力也好強大。

包含以前用過的攻擊手段、移動和防禦手段。再加上封印。還是它們的超強進化版。這樣解釋應該OK吧。

我根本無敵啊——不行不行，剛剛才下定決心走沉穩路線。不能得意忘形。

在我確認自身能力時，維爾德拉也學會控制妖氣的技巧。

還弄懂究極能力「探究之王浮士德」。他一天到晚說腦殘話，害我一不小心就忘了，其實維爾德拉比我聰明。

「探究之王浮士德」的力量好像很威。

有五種能力，「思考加速」、「解析鑑定」、「森羅萬象」、「機率操作」、「真理究明」，就算他向我說明，我大概也聽不懂吧。

裡頭包含我沒有的技能，只可惜「食物鏈」對他起不了作用。

話雖如此，那麼多技能我也用不完，沒必要貪心。

就這樣，事前準備都做足了。

接下來終於可以——

時隔數百年，維爾德拉終於掙脫束縛、到外面的世界去。

*

我跟維爾德拉結伴離開洞窟，打算返回城鎮，只見大夥兒聚在一起迎接我。

該說他們亂成一團才對。

往洞窟的方向有一大票人聚集，這夥人吵得不可開交。

某些人發現傳說中大名鼎鼎的「暴風龍」維爾德拉復活，分成兩派人馬相爭，一派打算去洞窟救我，另一派要等我下令才動。

紅丸則盤起雙手，靜觀其變。

「就跟你說了，少了那位大人，我們幾個沒辦法救出卡利翁大人。一定要救他才行！」

「剛才也提過，已經說過好幾遍嘍？洞窟是利姆路大人主動說要去的。他肯定有什麼打算，我們不該插手。」

「可是，都過三天了？這樣下去……」

「真是的，好煩人的貓。再鬧下去當心我宰了妳！」

「你說什麼！」

「別這樣，迪亞布羅！我來當仲裁吧！蘇菲亞小姐，別擔心。我可以跟妳保證利姆路大人安人無恙。要是他面臨危險，我們就會出動。不過，要是朱拉大森林的守護神維爾德拉大人真的復活了，我們也不能輕舉妄動。」

那兩人爭執不休，紅丸搔搔頭，跳出來當仲裁。看樣子問題意外嚴重。

是嗎，已經過三天啦？為了釋放維爾德拉，還有確認技能等等，我都沒注意時間的流逝。

乍看之下，獸人們主張衝入洞窟，迪亞布羅則出面制止他們。制止他們的人不只迪亞布羅，還有德蕾妮跟樹妖精姊妹、朱拉大森林的魔物居民。嚴格說來，迪亞布羅單純只是仲裁人，好像是這樣吧。

既然知道發生什麼事情，就趕快過去關心一下。畢竟看樣子好像是我跟維爾德拉害大家吵起來。

「嗨，各位。害你們擔心了，抱歉。」

「「「利姆路大人！」」」

眾人發出吃驚的呼喊，利格魯德則跑到我身邊。

「噢噢，利姆路大人！您沒事吧，我好擔心！有人過來通知，說事發突然，封印洞窟再次出現『暴風龍』維爾德拉大人的氣息。聽說利姆路大人往洞窟去，您還好嗎？」

人跑過來之後，他代表眾人向我提問。

利格魯德一臉擔憂地問著，我點頭示意，告訴他一切安好。

「阿爾比思、蘇菲亞、法比歐，還有各位獸人，害你們擔心了。是我說明得不夠充分，抱歉。」

「不、不會。只要利姆路大人沒事，這樣就夠了。」

「我好擔心。不過，您沒事就好。」

「話說回來，『暴風龍』維爾德拉怎麼了？」

發現我安然無恙，三獸士紛紛露出安心的表情。知道我是拯救卡利翁的關鍵，他們才這麼拚命吧。

發現別人叫自己不再加「大人」二字的維爾德拉嘟嘴，露出不滿的表情。

我面露苦笑，輕拍維爾德拉的肩膀安慰他「別激動」，當著大家的面開口。

「關於這件事，我現在就來說明。在那之前，先跟大家介紹一下——」

說完，我推推身旁的美男子——讓他站到大家面前。

「這位就是維爾德拉！他有點怕生，大家要跟他好好相處喔！」

城鎮一角被寂靜籠罩。

大家的視線都落在維爾德拉身上，無人吭聲。

沉寂持續到一半——

「給我等一下，說什麼蠢話！我哪裡怕生了？會有那種反應，都怪活著見我的人太少。」

維爾德拉不滿地發起牢騷。

這句話成了引爆點，現場再度嘈雜起來。

…………

……………

……

德蕾妮小姐跟其他樹妖精率先找回步調。

「我們的守護神維爾德拉大人，見您復活真是萬分欣喜！」

她們跪在維爾德拉面前，低著頭開口道。

「嘎——哈、哈、哈！噢，是樹妖精啊。真懷念。妳們替我管理森林，辛苦了！」

「不會，您過獎了。我們和精靈女王失散，您願意收留我們，做這點小事豈能回報您的大恩。」

「哎呀，別放在心上。對了，妳們現在好像在當利姆路的幫手吧。今後我也要承蒙大家照顧，請多指教！」

喂。你說要承蒙我們照顧是什麼意思？

晚點要針對這件事談談才行。照這樣發展下去，我可能得照顧家裡蹲的沒用大人一枚。

「好、好的。這是當然。話說……」

「請問……維爾德拉大人跟利姆路大人，兩位是什麼關係呢？」

大概憋不住了，三女德莉絲打斷德蕾妮小姐，出聲道出自己的疑問。

這問題一脫口，大夥兒都豎起耳朵聆聽。個個興致盎然，緊張地等待答案。

「原來是這件事。咯咯咯，妳想知道嗎？」

咯咯咯——個屁，白痴。

沒必要裝神祕吧。

「是的。請您一定要告訴我！」

大家不約而同點點頭，看見這一幕，維爾德拉扯出得意的笑容。

你們把他捧得高高的，維爾德拉才會得寸進尺啦！

「我們是朋友！」

他答得一臉驕傲。

快住手。我快丟臉死了。

沒發現我快羞愧而死，這幫魔物開始吵吵鬧鬧。

「什麼！不只蜜莉姆大人，連維爾德拉大人都跟您交朋友？」

「究竟是什麼時候交的……？」

「這位大人本來就很有一套啊！」

「少爺真的很行。有種無所不能的感覺……」

各類感想從四面八方傳來。

「還、還有……維爾德拉大人為何變這副模樣？」

「嗯，這個啊？來自我的好友利姆路。為了讓我跟你們順利閒聊，最近這三天都陪我練習，做控制妖氣的訓練。如何？妳們不覺得這樣更棒嗎？」

「我也這麼認為。很不錯——」

「幫了大忙。真的——」

「您好帥喔。維爾德拉大人！」

德蕾妮小姐感慨萬千地答道。另外兩名姊妹也跟著搭腔。

「對吧，對吧！嘎——哈、哈、哈！」

這些客套話聽得維爾德拉龍心大悅。既然他本人都那麼爽了，我還有什麼好說的。

「咯呵呵呵呵，不愧是利姆路大人。是什麼樣的修行，竟能抑制如此龐大的妖氣……我很感興趣——」

「對啊。可是，利姆路大人跟維爾德拉大人原來是舊識，這點更讓我吃驚。」

「不過回頭想想，一切就說得通了。利姆路大人當初造訪我們的村落時，維爾德拉大人正好消失。」

「利姆路大人出現，維爾德拉大人剛好在同一時期消失，這件事一直讓我匪夷所思。」

幹部們開始東家長西家短。

「其實是我沒說出來。原以為釋放維爾德拉還要花一百年以上，這件事一傳出去，很可能被人盯上。」

「原來如此，的確有那個可能性——」

經我說明後，大夥兒恍然大悟地點頭。

如此這般，眾人馬上就接納維爾德拉，意外地乾脆。

——碰巧就在這時，蒼影於我眼前現身。

這招是「空間移動」。他也學到了。
「利姆路大人，我回來了。關於克雷曼的動向——」
話說到一半，蒼影發現三獸士和其他主要人員都聚集在這裡。
「——發生什麼事了？」
大概不想在眾人面前回覆情報資訊，蒼影開口詢問。
是發生什麼事沒錯，但已經鬧完了。
「一點小事罷了。你的調查結果更重要。不過，在這兒談不方便，我們去會議室，大家一起聽取報告吧。望三獸士一同——」
「請您務必讓我等與會。」
「我也要聽！」
「事到如今可不能把我們當局外人。」
看樣子用不著問了。
好！那就大家一起來，合力擬定對策吧。
「蒼影，把不在場的幹部叫來！順便找尤姆、繆蘭、卡巴爾等人。」
「——遵命。」
接獲指令，蒼影用「空間移動」走人。照這樣看來，大家應該很快就會到齊。
我把大家找來，去大會議室集合。
全員與會，會議就此展開。

這是關鍵會議，決定魔國聯邦今後的動向。

目標是創造人與魔和平共處的世界。

要是有人阻擾我們——不管是何方神聖，都要剷除異己。

如今的我、我的夥伴們已經擁有力量，足以實現這些目標。

頭號敵人就是魔王克雷曼。

再來是西方聖教會。

敢對我的夥伴出手，非讓他們付出代價不可。

想到這兒，我露出淺淺的笑容。

終章

幕後主使者

Regarding Reincarnated to Slime

魔王克雷曼一臉憤怒。

事情都進展到這兒了，計畫卻處處受阻。

他原本計劃讓魔王蜜莉姆偷襲魔王卡利翁，卻不曉得對方哪根筋不對，只向魔王卡利翁宣戰就走了。

得知法爾姆斯王國即將出兵，下令要繆蘭把事情鬧大，不料回國的魔物國主——利姆路將法爾姆斯王國軍殲滅……

克雷曼原想利用這個好機會覺醒成「真魔王」，最後的結果令他無法接受。

（該死！枉費那位大人為了讓我覺醒，費心安排一切……）

克雷曼不甘心，整個人咬牙切齒。

話雖如此，計畫並非全盤通輸。

他的手下繆蘭被利姆路殺掉。拿這個做文章宣戰就行了，克雷曼心想。

計策原本就朝這個方向規劃，繆蘭就是用於該階段的死士。

但問題在於——

（我打得贏嗎？）

這才是重點。

以脆弱的人類王國來說，法爾姆斯王國軍算精銳部隊。不僅如此，這次的成員以騎士為主，軍隊人數高達兩萬，戰力之強連克雷曼都不敢小覷。

如此大軍卻被一個魔人利姆路滅掉。

接獲令人難以置信的報告，克雷曼也為之錯愕。

此外，「五指」的小拇指皮羅涅，宣誓效忠克雷曼的他因執行偵察任務喪命。有別於無名指繆蘭，皮羅涅對人類社會的謀略貢獻良多，是克雷曼的心腹……

（可惡。太巧了，那隻惡魔將核擊魔法「熱線砲」打偏，居然擊中他……）

因意外插曲失去手邊的傀儡，讓克雷曼的心情更加惡劣。

不過，自從克雷曼收到某個消息，他就神清氣爽，那些鬱悶和怒火全沒了。

——魔王蜜莉姆痛宰魔王卡利翁，還滅掉獸王國猶拉瑟尼亞——

接獲這項報告，魔王克雷曼總算面露喜色。

雖然無法將魔王卡利翁納為己用，但上述成果夠給其他魔王排頭吃了。

總而言之，不聽話的魔王只會壞他好事。連卡利翁這等強者都不是蜜莉姆的對手，手握如此強大的戰力，克雷曼甚至覺得，不需要進一步增加作戰用的籌碼。

據回報人指出，她以強大的戰鬥力制伏卡利翁，連同那座大都市一起炸了。

回報人——魔王芙蕾優雅地品茶，為他帶來這些消息。

芙蕾以外的密探也捎回相同信息。

肯定是真的。

魔王卡利翁死了。除此之外，克雷曼還獲得「霸主之力（蜜莉姆·拿握）」，連那個強者卡利翁都淪為不值一提的對手。

十大魔王，實力稱霸全世界。

眾魔王之中，包含他在內，其中三人攜手合作，另一人從世上消失。

克雷曼無法順利覺醒固然損失慘重，但他得到蜜莉姆，彌補這個缺失綽綽有餘。

「呵呵呵。我可以藉此修正計畫，讓事情回歸正軌。」

「哎呀，是嗎？我很開心能幫上你的忙。」

芙蕾言不由衷地出言肯定，接著就地起身。

「要跟你報備的就是這些。還有，人情也還了。我要回去了，但你打算怎麼處置蜜莉姆？之前的戰鬥讓她情緒高昂，還把照料自己的魔人大卸八塊呢。」

此時克雷曼「嘖。」了一聲，轉眼望向芙蕾。

「妳去照料不就得了。妳們兩個不是朋友嗎？」

「欠你的人情已經還了，剛才不是說過嗎？我已經跟你聯手欺騙蜜莉姆，沒有義務繼續幫你的忙。」

芙蕾答得冷淡。

但克雷曼露出淺笑，朝芙蕾開口道。

「呵呵呵，妳好像會錯意了，芙蕾。給我聽清楚，這是命令。把蜜莉姆帶走，負責照顧她。還是說，妳也想跟蜜莉姆交手看看？」

聽到這句話，芙蕾面色一凜。

從某方面來說，她早就料到對方會說這種話，依舊冷靜以對。

「——哦，這樣啊。你的目的果然是這個，克雷曼。」

「哈————哈哈哈！答對了。那妳的答案是什麼，應該用不著問了吧……？」

「——知道了。我還不想步上魔王卡利翁的後塵。」

「很好，這樣就對了。妳很識相，芙蕾。那麼，蜜莉姆就交給妳照顧。把她帶走吧。我可不希望自家城堡也毀在她手裡。」

這句話一入耳，芙蕾就不敢苟同地搖搖頭。

「我也不希望住處被人弄壞啊！算了，講也是白講……」

「妳深明大義，真是太好了。去吧。」

克雷曼用那種態度對人，已經不把魔王芙蕾當平輩看，像是在使喚部屬。

芙蕾沒有對此表露心中的不快，先是朝克雷曼投去冷淡的目光，接著就離開現場……

確定芙蕾走人後，克雷曼開始閉目思考。

必須修正計畫。這次事件讓情況出現重大轉變。

自己沒能覺醒令人扼腕，但這不是什麼大問題。有魔王蜜莉姆的力量撐腰，就算他正式與人類宣戰，依然有十足勝算。

到時再靠魔王蜜莉姆的力量四處破壞，大肆殺生，進而奪取那些靈魂就行了。這樣一來，他就能不費吹灰之力當上「真魔王」。克雷曼打著如意算盤。

當初計劃擁護半獸人王當新魔王，成為他的後盾，相較之下，現在的局面更有趣。有了蜜莉姆這張王牌，其他魔王便不足為懼。

（呵、呵呵呵，這下終於能收拾雷昂了。）

克雷曼勾勒夢想，笑得喜不自勝。

（不過，在收拾雷昂之前──）

他很想把自己的願望擺在第一位，卻沒辦法。必須統籌現況，確認先後順序。對自己有大恩的「那位大人」，他的想法才是最重要的。

敵對勢力大致分成三塊。

長年的宿敵魔王雷昂。

實力超乎想像的朱拉大森林盟主。

目前仍覆著神祕面紗的西方聖教會，其上級組織神聖法皇國魯貝利歐斯。

眼下，魔王之間禁止發生爭鬥。魔王卡利翁死去，大概會朝魔王蜜莉姆失控殺人的方向解釋。或許某些人知道克雷曼是幕後黑手，但他們應該不會公然提起，挑起爭端。追究這件事等同跟克雷曼為敵。獨善其身的魔王不可能攜手合作，倘若真有人追究，到時再看著辦。如今他握有王牌，任何一個魔王都不足為懼。

西方聖教會才是問題所在。

克雷曼的盟友──拉普拉斯已經潛入聖教會，將為這次事件提供莫大的協助。那個叫利姆路的魔人虐殺法爾姆斯王國騎士兩萬名，西方聖教會肯定不會對他坐視不管。

那麼，他就讓這些棘手的傢伙鷸蚌相爭，來個漁翁得利。

抓準雙方耗弱的時機出手，派魔王蜜莉姆出征──可以輕鬆擊潰兩派人馬，順利的話，甚至有很高的機率覺醒。

這樣一來，事情就會朝「那位大人」希望的方向發展。

──「那位大人」是克雷曼真正的主子。

若事情朝他希望的方向發展，克雷曼就無後顧之憂，可以向魔王雷昂宣戰。
想到這兒，克雷曼臉上的笑意更深。
計畫有幾處失算，但他肯定能順利修正。再來只要向「那位大人」回報，請他做最終判斷就行了。
——克雷曼遙想夙願成真的那天，嘴裡發出張狂的笑聲。

PRESENT STATUS

設定集

Regarding Reincarnated to Slime

利姆路・坦派斯特

Rimuru Tempest

種族 Race —— 史萊姆魔性精神體

加護 Protection —— 暴風紋章

稱號 Title —— 魔物統治者
真魔王

魔法 Magic —— 元素魔法
物理魔法
精靈魔法
高階精靈召喚
高階惡魔召喚

固有技 Peculiar Skill —— 無限再生　萬能感知　萬能變化　魔王霸氣　強化分身
萬能絲

究極技能 Ultimate Skill —— 智慧之王拉斐爾……思考加速、解析鑑定、並列演算、詠唱排除、森羅萬象、整合分離、能力改變
暴食之王別西卜……捕食、胃袋、擬態、隔離、腐蝕、魂噬、食物鏈
誓約之王烏列爾……無限牢獄、法則操作、萬能結界、空間支配
暴風之王維爾德拉……暴風龍召喚、暴風龍復原、暴風系魔法

抗性 Tolerance —— 痛覺無效　物理攻擊無效　自然影響無效　狀態異常無效
精神攻擊抗性　聖魔攻擊抗性

擬態 Mimicry —— 惡魔　精靈　黑狼　黑蛇　蜈蚣　蜘蛛　蝙蝠　蜥蜴
哥布林　半獸人　其他

還未對外宣稱自己是魔王，卻以「真魔王」之姿覺醒。全身體機能大幅上升，可自由切換成物質體或精神體。幾乎所有的物理攻擊都傷不了他。還獲得稱為「究極技能」的四大頂尖能力，進化結果非比尋常。

紅丸
Benimaru

種族 Race：妖鬼
加護 Protection：暴風紋章
稱號 Title：鬼王
魔法 Magic：氣鬥法、妖術
獨有技 Unique Skill：大元帥……思考加速、念力支配、預測演算、士氣鼓舞
追加技 Extra Skill：魔力感知、熱源感應、多重結界、空間移動、焰熱支配、黑焰、魔焰化、霸氣、怪力
抗性 Tolerance：狀態異常無效、痛覺無效、物理攻擊無效、自然影響無效、精神攻擊抗性、聖魔攻擊抗性

性格好像變沉穩了，但情緒激動就會暴衝。獲得頗具攻擊性——適合用來統領軍隊的技能，個體能力也很優越。是利姆路的左右手，兼具總司令身分，負責統領魔國聯邦魔物居民。

朱菜
Shuna

種族 Race：妖鬼
加護 Protection：暴風紋章
稱號 Title：鬼姬
魔法 Magic：元素魔法、幻覺魔法、妖術
獨有技 Unique Skill：解析者……思考加速、解析鑑定、詠唱排除、法則操作
創作者……物質變換、融合、分離
追加技 Extra Skill：魔力感知、多重結界、空間移動、威嚴
抗性 Tolerance：狀態異常無效、精神攻擊抗性、聖魔攻擊抗性

紅丸的妹妹，原為大鬼族（食人魔）的姬巫女。單就立場來看，地位比紅丸更高。這次進化成Ａ級，但魔素量低下。不過，技能才是她的真本事，戰鬥能力絕不算低。話雖如此，鮮少有人看出她的實力。這是因為見識過的人只有死路一條。利姆路真正意義上的祕書。

紫苑
Shion

種族 Race	惡鬼
加護 Protection	暴風紋章
稱號 Title	暴君、不死者
魔法 Magic	氣鬥法
固有技 Peculiar Skill	超速再生、完全記憶、鬥鬼化
獨有技 Unique Skill	廚師……確定結果、最適行動
追加技 Extra Skill	天眼、魔力感知、多重結界、空間移動、霸氣
抗性 Tolerance	狀態異常無效、痛覺無效、自然影響抗性、聖魔攻擊抗性、物理精神攻擊抗性

死而復生，各方面都變得更強。獨有技是「廚師」──當然，這個技能不如紫苑所想，並非只是用來做菜。魔素量在紅丸之上。平時可使出跟「怪力」施放狀態不相上下的力量。不過，她還是不懂得拿捏力道。要是再加上「鬥鬼化」……

蒼影
Souei

種族 Race	妖鬼
加護 Protection	暴風紋章
稱號 Title	闇忍
魔法 Magic	氣鬥法
獨有技 Unique Skill	密探……思考加速、超加速、一擊必殺、隱匿
追加技 Extra Skill	魔力感知、多重結界、空間移動、分身術、黏鋼絲、怪力
通用技 Common Skill	威壓、毒麻痺腐蝕賦予
抗性 Tolerance	狀態異常無效、痛覺無效、自然影響抗性、物理精神攻擊抗性

利姆路的情資收集官，在許多地方都有不錯的表現。這次事件讓他反思，進化上特別著重戰鬥能力。加上阻礙認知的「隱匿」以及可對精神體進行攻擊的「一擊必殺」，兩者相輔相成殺傷力強大。

白老

Hakurou

種族 Race	妖鬼	加護 Protection	暴風紋章
稱號 Title	劍鬼	魔法 Magic	氣鬥法

獨有技 Unique Skill：武師……天空眼、思考加速、超加速、未來預測、祕傳

追加技 Extra Skill：魔力感知　多重結界　怪力

通用技 Common Skill：威壓

抗性 Tolerance：狀態異常無效　精神攻擊抗性

頂尖武士。原本垂垂老矣、半隻腳踏進棺材，成為利姆路的部下因而延壽。人稱劍鬼，在人類世界也頗負盛名。不過，真實身分成謎。以前還當過知名「劍聖」矮人王蓋札的指導老師，是長壽的謎樣人物。

蘭加

Ranga

種族 Race	黑嵐星狼	加護 Protection	暴風紋章

稱號 Title：利姆路的寵物

魔法 Magic：死亡風刃　黑色閃電　破滅風暴

固有技 Peculiar Skill：超嗅覺

獨有技 Unique Skill：魔狼王……超直覺、附體同化、同族召喚、同族再生、意志統一操作

追加技 Extra Skill：魔力感知　多重結界　空間移動　思念網

抗性 Tolerance：物理攻擊抗性　狀態異常無效　精神攻擊抗性　聖魔攻擊抗性　自然影響抗性

前身是牙狼族。成為利姆路的手下敗將，自此宣誓效忠。當過嵐牙狼、星狼族，最後進化成朝思暮想的黑嵐星狼。總是潛伏在利姆路的影子裡，與他分享魔力。單獨個體也很強，具有有合作對象會變得更強的特性。

蓋德

Gerudo

種族 Race	豬人族（高等半獸人）	加護 Protection	暴風紋章
稱號 Title	豬人王	魔法 Magic	回復魔法

- 獨有技 Unique Skill：守護者……守護賦予、代打、鐵壁／美食者……捕食、腐蝕、胃袋、吸收、供給
- 追加技 Extra Skill：賢者／魔力感知／多重結界／空間移動／念力操作／超嗅覺／外裝統化／怪力
- 通用技 Common Skill：自動再生／毒麻痺腐蝕賦予／威壓
- 抗性 Tolerance：狀態異常無效／痛覺無效／自然影響抗性／物理精神攻擊抗性

繼承豬頭魔王（災厄半獸人）蓋德的意志和名諱，最後一位半獸人將軍。宣誓效忠利姆路，重視情義的武者，進化時特別著重防禦。可代為承受敵方攻擊，將自身防禦力分給軍團部屬。平常主要負責營建工作。

戈畢爾

Gabiru

種族 Race	龍人族		
加護 Protection	暴風紋章		
稱號 Title	龍戰士	魔法 Magic	無

- 固有技 Peculiar Skill：龍戰士化／黑焰吐息／黑雷吐息
- 獨有技 Unique Skill：自滿者……意外效果、命運變更
- 追加技 Extra Skill：天眼／魔力感知／多重結界／熱源感應／超嗅覺
- 抗性 Tolerance：自然影響抗性／狀態異常抗性／物理精神攻擊抗性

曾跟利姆路敵對，但他的運氣太好，獲准加入利姆路的陣營。很容易自我感覺良好，有膚淺的一面，卻是非常優秀的武者。很挺兄弟，受部下仰慕。不管是好是壞，一旦打定主意就不會輕易改變心意。

迪亞布羅
Diablo

種族 Race —— 惡魔族

加護 Protection —— 暴風紋章

稱號 Title —— 惡魔貴族
黑暗始祖（Noir）

魔法 Magic —— Unknown

獨有技 Unique Skill ——
- 大賢士……思考加速、詠唱排除、森羅萬象、法則操作
- 誘惑者……念力支配、魅惑、勸解

追加技 Extra Skill —— 萬能感知　多重結界　空間移動　魔王霸氣

抗性 Tolerance —— 痛覺無效　物理攻擊無效　狀態異常無效　精神攻擊抗性　聖魔攻擊抗性　自然影響抗性

利姆路迫不得已而召喚的惡魔之一——應該說，另外兩個只是迪亞布羅自己叫來的使僕。異常強大。對利姆路很執著。

維爾德拉·坦派斯特

Veldora Tempest

種族 Race —— 龍種（高階聖魔靈）

加護 Protection —— 魔王（利姆路）的盟友

稱號 Title —— 暴風龍

魔法 Magic —— 暴風系魔法……死亡風刃、黑色閃電、破滅風暴

究極技能 Ultimate Skill —— 探究之王浮士德……Unknown

抗性 Tolerance —— 自然影響無效、狀態異常無效、痛覺無效、物理攻擊無效、精神攻擊抗性、聖魔攻擊抗性

利姆路交的第一個朋友，世上僅存四隻的最強龍種之么弟。實力超越魔王，屬於天災級魔物。早在遠古之前就到處作亂，重複滅亡，復活數次。每次都會催生不同的自我。是唯一經歷過遭人討伐消滅的「龍種」。每復活一次，魔素就會增量，力量強大，深不可測。因利姆路進化，終於跳脫勇者的封印。缺乏歷練，但他在利姆路體內多方面學習，最後獲得究極技能。

後記

大家好！
延續上個月，《關於我轉生變成史萊姆這檔事》第五集連月推出（註：此指日本發售時的情形）。
希望內容符合大家的期待，這次也加了不少料。

還有，這次的後記又分到很多頁，害我絞盡腦汁，不知道該寫什麼。
就是這樣，來聊聊製作祕辛吧？
內容可能包含劇透，建議大家就這麼看後記之前先讀本文！

說起來做為前提，書籍版跟網路版的大綱是一致的。
不過，為了配合加寫的內容，多少有些變動，還增加新角色，劇情走向大幅改變。
第二集幾乎都是改稿而已，但第三集開始追加新的篇章，第四集也一樣。
本來照理說利姆路會在第三集拯救孩子，到第四集覺醒成「真魔王」。
可是，我很想在第三集詳細描述城鎮發展，基於作者的任性，出版社准我追加新的內容。因為這樣，預定就出現了些微變化。
第四集跟日向打到一半就斷了，採用連月出書的方式，拖到第五集才分勝負，然後寫利姆路覺醒成魔王，之後跟其他魔王照面——原本預計是這樣。

可是，第四集寫到一半，我忽然覺得「這樣寫不完吧？」。

當時曾跟編輯I氏通過電話，我試著憑印象重現看看。

「喂，現在方便講話嗎？」

「啊，是。方便！」

「不好意思……是關於第四集的事，分量好像變滿多的……」

「又變多了？當初寫第三集也說過同樣的話吧？」

「對啊……我已經砍很多了，但不增量可能沒辦法寫到日向戰？」

「——那就寫吧！增量也沒關係，總之寫進去就對了！」

「咦！可以嗎？好像會增量很多喔！」

「沒問題。這已經是『轉生史萊姆』的慣例了！」

「噢噢……好的！那有事再聯絡！」

談的話差不多是這種感覺。

當時增量的只有第四集，第五集還停在「應該不會超量吧～」階段。

但是！

增量也沒關係——好像是那句話作祟的關係，第四集果真寫成一大本。

都那麼大本了，但仍刪了矮人王國探索之旅等等片段……

可是，寫到後半才發現字數超生一大堆，想說這樣下去不妙。
所以我再次——

「喂，我是伏瀨。有點事想跟你商量，方便嗎？」
「沒問題，什麼事？」
「就是啊，第四集可以用增量非常多的方式寫完，但問題出在第五集。」
「也就是說？」
「寫到預定範圍肯定會出大問題。」
「咦，可是，第五集只寫到魔王覺醒，內容不會太少嗎？分量也會縮很多吧？」
「對啊，我有點擔心這個。可能有點少。不過到時我想寫些番外篇，希望可以刊登上去……」
「原來如此——」

基於這些原因，到這先跟編輯Ｉ氏做詳細的討論。
結果就是……現在大家拿在手裡的這本。
番外篇？翻來翻去都沒看到啊？
如果有這種想法，並不是你想太多。
先把本文看完的人肯定發現了。
目錄也沒寫！
沒錯。

當我寫完第五集時，頁數多一大堆。

怎麼會這樣？

大概是我多加人物對話、各種場面，東加一筆西加一句，才變成這樣吧。

所以說，敬請期待下一集的番外篇。

——講是這樣講，下次的內容也尚未定案就是了。因為劇情已經……

逐漸偏離網路版！

我想大家看完第四集，應該都心裡有數了吧。

說起來，教會的立場就和網路版不一樣了。

這部分一旦出現更動，後續劇情肯定會朝其他方向發展。

因此，下一集大概也會多出一堆問題。

真是夠了，直接無視網路版不就得了！

我好像產生幻聽，耳邊彷彿聽見惡魔的耳語。

利姆路自稱魔王，其他魔王肯定不會坐視不管。

西方聖教會——也就代表最強的聖騎士日向也會出動。
幕後黑手大有人在，各國的反應也令人在意。

看過網路版的人知道後續發展，或許不會有提心吊膽的感覺。
不過，世事難料，搞不好「書籍版跟網路版大綱一致」的大前提會瓦解。
可能會喔……

我這個作者說話不打草稿，感覺很隨性，但內容都有認真安排。
萬一大前提崩了，網路版還會留著，請放心！咦，喂喂……
如此散漫的後記實在很那個，總之今後也請大家多多關照《關於我轉生變成史萊姆這檔事》。

國家圖書館出版品預行編目資料

關於我轉生變成史萊姆這檔事 / 伏瀨作；楊惠琪譯
. -- 初版. -- 臺北市：臺灣角川, 2016.05-
冊；　公分
譯自：転生したらスライムだった件
ISBN 978-986-473-104-6(第3冊：平裝). --
ISBN 978-986-473-197-8(第4冊：平裝). --
ISBN 978-986-473-305-7(第5冊：平裝)

861.57　　105004989

Kadokawa
Fantastic
Novels

關於我轉生變成史萊姆這檔事 5

（原著名：転生したらスライムだった件 5）

2016年9月12日 初版第1刷發行
2023年8月10日 初版第11刷發行

作　者：伏瀬
插　畫：みっつばー
譯　者：楊惠琪

發行人：岩崎剛人
總編輯：蔡佩芬
編　輯：黃怡珮
美術設計：宋芳茹
印　務：李明修（主任）、張加恩（主任）、張凱棋

發行所：台灣角川股份有限公司
地　址：104台北市中山區松江路223號3樓
電　話：（02）2515-3000
傳　真：（02）2515-0033
網　址：www.kadokawa.com.tw
劃撥帳戶：台灣角川股份有限公司
劃撥帳號：19487412
法律顧問：有澤法律事務所
製　版：尚騰印刷事業有限公司
ISBN：978-986-473-305-7